U0641262

华语实力科幻作品
群星奖大满贯

Sci-Fi

# 青春的跌宕

韩松——著

山东教育出版社

**图书在版编目（CIP）数据**

青春的跌宕 / 韩松著 . — 济南 ：山东教育出版社，2021.8（2021.9 重印）

（科幻文学群星榜）

ISBN 978-7-5701-0490-1

Ⅰ . ①青… Ⅱ . ①韩… Ⅲ . ①幻想小说－中国－当代 Ⅳ . ① I247.5

中国版本图书馆 CIP 数据核字（2021）第 149565 号

QINGCHUN DE DIEDANG

**青春的跌宕**　　韩　松　著

主管单位：山东出版传媒股份有限公司

出版发行：山东教育出版社

地址：济南市市中区二环南路 2066 号 4 区 1 号　邮编：250003

电话：（0531）82092600　　网址：www.sjs.com.cn

印　　刷：三河市冠宏印刷装订有限公司

版　　次：2021 年 8 月第 1 版

印　　次：2021 年 9 月第 2 次印刷

开　　本：880 mm × 1300 mm　1/32

印　　张：9

印　　数：10001–13000

字　　数：211 千

定　　价：35.80 元

# 《科幻文学群星榜》编委会

# 想象新时代

《科幻文学群星榜》是由中国科普作家协会科幻专业委员会联合其他科幻组织，共同推出的一套科幻书系。这是一个规模庞大的工程，目前来看也是独一无二的工程，基本囊括了中华人民共和国成立以来老中青几代具有代表性的科幻作家的佳作。这些作家以年龄看，最早的是20世纪20年代出生的，最晚的是“90后”。

这套书系的出版，恰逢中华民族实现第一个百年目标——全面建成小康社会。因此，它呈现了百年未有之变局中，中国人对一个崭新时代的想象。随后陆续推出的作品，还将伴随中国迈进基本实现现代化的伟大进程。

科幻文学作为一种年轻的文学品类，本身就是现代化的产物。1818年，世界上第一部科幻小说《弗兰肯斯坦》诞生在第一个实现产业革命的国家——英国。此后科幻文学在法国、美国、日本等工业化国家繁荣起来，进入蓬勃发展的黄金时代。科幻作品反映着科技时代人类社会的变迁和走向，反思当代人类面临的多重困境，力图打破所谓世界末日的预言，最终描绘出一个五彩斑斓、生机勃勃的新未来。

如今，地球上正在发生的最具“科幻色彩”的事件之一，便是中国的

崛起。这个进程不仅改变了这个文明古国的命运，也影响着全人类的走向。中国奇迹般地成了拉动世界经济增长的有力引擎。人类历史上首次十亿以上人口的国家将要集体迈入现代化的门槛。中国科幻文学正是中华民族伟大复兴进程的见证者、参与者与推动者。

早在20世纪初，中国的一些有识之士便把科幻作品译介进来，掀起了第一次科幻热潮。它承载起“导中国人群以行进”“改变中国人的梦”的使命。20世纪50-60年代，随着中国自己的工业和科技体系的建立，科幻作家们以满腔热情擘画了一个欣欣向荣的新世界。1978年改革开放后，中国再次向现代化进军，科幻迎来新的勃兴。作家们满怀豪情地书写科学技术为实现现代化、为谋求人民的幸福生活所创造出的神奇美景。进入21世纪，尤其是随着新时代的来临，这个文学门类也进入成长的新阶段。随着《三体》等作品的问世，中国科幻迎来了新一轮热潮。作家们描绘着古老的中华民族在实现全面小康和建成现代化强国的过程中所面临的新机遇、新挑战，谱写着中国走向世界、步入太阳系舞台中央并参与宇宙演化的新篇章。

科幻文学的发展折射着中国国运的巨大变迁。当今，海内外不同领域的人们对中国的科幻文学的空前关注，实际上是关注中国的未来，关注世界第二大经济体将如何持续演进，关注14亿人的创造力将怎样影响乃至重塑这个星球。从现实意义上来说，这套书系不但包含这些丰厚的信息，而且集中梳理了新中国科幻文学取得的辉煌成就，整理出新中国科幻文学发展的宽阔脉络；从一个特殊的侧面，还反映了中华民族从站起来、富起来到强起来的进程，见证中国走向更加灿烂辉煌的未来。

这套书系具有以下三个特点：

一是权威性。它由中国科普作家协会科幻专业委员会主持编选，并与国内多个科幻组织合作，其中包括得到了中国科普作家协会科学文艺专业委员会、科幻世界杂志社、南方科技大学科学与人类想象力研究中心、未来事务管理局、八光分文化、重庆钓鱼城科幻中心等的鼎力相助。编者从中华人民共和国成立以来的海量科幻文学作品中，精选出足以体现时代特征的作品。收入书系的作者，涵盖了雨果奖、银河奖、星云奖、晨星奖、光年奖、未来科幻大师奖、引力奖、水滴奖、冷湖奖、原石奖、坐标奖、星空奖等中外各类科幻大奖的获得者。

二是系统性。它收集了中华人民共和国成立以来不同时期作家的代表作。作者中有新中国科幻奠基者和老一代作家如郑文光、童恩正、萧建亨、刘兴诗、潘家铮、金涛、程嘉梓、张静等，也有改革开放后崛起的新生代作家刘慈欣、王晋康、何夕、韩松、星河、杨鹏、杨平、刘维佳、赵海虹、凌晨、潘海天、万象峰年等，以及以“80后”为主体的更新代作家陈楸帆、飞氘、江波、迟卉、宝树、张冉、程婧波、罗隆翔、七月、长铗、梁清散、拉拉、陈茜等，还有在21世纪崛起的全新代作家杨晚晴、刘洋、双翅目、石黑曜、王诺诺、孙望路、滕野、阿缺、顾适等，从而构成比较完整而连续的新中国科幻光谱，是对中国科幻文学发展历史的一次系统检阅。

三是丰富性。它比较全面地展现了广域时空中新中国的科幻生态和创作风格。这里面既有科普型的，也有偏重文学意象的；既有以自然科学为主体的核心科幻，也有侧重社会现象的“软”科幻；既有代表科幻未来主义的，也有反映科幻现实主义的；既有传统风格的写法，也有实验性质的探索。作品的主题涵盖了中国科技、社会、文化和民生的热点。从中可以看到，一个曾经积弱的民族，如今正活跃在地球内外、大洋上下、宇宙太空、虚拟世界、纳米单元、时间航线、大脑意识等各个空间。这里有中国政府和人民引领抗击全球灾难的描述，有脱贫的中国农民以新姿态迈出太阳系的故事，也有星际飞船和机器人在银河系中奏唱国际歌的传奇。

这套书系力求构建起一个灿烂的星空，并以此映射人们敏感而多样的心灵。爱因斯坦说，想象力比知识更重要。科幻是相伴人类发展进步而产生的新兴事物，是一个民族想象力的集中反映，是科技创新的艺术表达，在人们面前呈现出一幅幅奔向明天、憧憬和创建未来的美好画卷。许许多多杰出的科学家、工程师和企业家，在年轻时就受到科幻文学的熏陶和影响，因此走上了创造神奇新世界的道路。中国正在稳步建设创新型国家，需要更多富有创造力的人才脱颖而出。科幻文学也肩负着实现中国梦的责任，在点燃青少年科学梦想、激发民族想象力和创造力方面，起着不可或缺的作用。

这套书系将为广大读者尤其是年轻人打开中国科幻和未来世界的门户，有助于人们拓宽视野、开阔思想、激发灵感、探索未知、明达见识。它也将进一步促进中外科幻、科技、文化和文明的交流，为人类的共同发展做出中国的一份独特贡献。

中国科普作家协会科幻专业委员会

2020年10月1日

# 简谈我的科幻创作

2020年9月29日是一个值得纪念的日子，一大早，我把“中国科幻文学群星榜”书系中我的稿件共14万字，用电子邮件传给了北京书香文雅公司。另外这套书的最后一位作者滕野也终于在这天签约交稿了。我代表中国科普作家协会科幻专业委员会为这套书系写的序，也于这天完成并交专委会审阅。下午，又接到DHL送达的来自美国的一件快递，箱子上印着兰登书屋的字样和图案，内装两册样书，为*The Big Book of Modern Fantasy*（《当代幻想小说大书》），有876页之厚。打开来看，见到了我的名字及入选的作品*All the Water in the World*（《天下之水》），我是唯一入选的中国作家。同书中还有很多耳熟能详的名字，如厄休拉·勒古恩、乔治·马丁、斯蒂芬·金、豪尔赫·博尔赫斯、加西亚·马尔克斯、伊塔洛·卡尔维诺等，每人也只有一篇入选。能与他们排在一起，也真够科幻的。而不久前，我的第一部英文科幻小说选集也在美国出版，还有一篇作品被收入《美国年度最佳科幻选》。

算起来，到今年，我写科幻小说已经38年了。我最早开始创作并发表科幻小说是在1982年，那年“第二次联合国探索及和平利用外层空间会议”召开，联合国在全球举办了主题为“探索太空”的中小学生征文大赛。当时还是中学生的我参与了比赛。最终我创作的科幻小说《熊猫宇宇》获得了学校的一等奖，并发表在重庆的《红岩少年报》上。用今天的话来说，它反映的是人类命运共同体这一主题。中国小朋友想要把大熊猫宇宇作为和平大使用宇宙飞船送到美国小朋友在月球上建立的基地，他们一路上遇到宇宙射线、陨石撞击、进食问题等各种困难，历尽千辛万苦后终于到达了月球基地。科幻的是，没想到，后来在2018年，我竟当选了四川省政府任命的"大熊猫文化全球推广大使"。

从那时起，我就积极投身于科幻创作，并延续至今。回忆起来，当时的科幻环境远没有现在这么好。学校里没有科幻组织，同伴中没有共同爱好者。那时出版书也是很难的，像我的长篇小说《让我们一起寻找外星人》《红色海洋》《火星照耀美国》《地铁》等都遭到过多次退稿，还有不少的中短篇小说难以发表。但我没有放弃，而是继续不停写作。到如今我已经发表了上百万字的作品，并多次获得银河奖、全球华语科幻星云奖等大奖。那么，是什么让我坚持下来的呢?

一是始终不放弃自己的兴趣爱好。科幻是一个很年轻的文学类型，是工业化和科技革命的产物。它非常有意思，也非常有意义，让我拥有了现实世界之外的第二个世界，可以说是终身受用。如果没有热爱，仅抱有功利目的去创作，我是走不到今天的。

二是各方面的支持帮助。关键时刻，成都科幻世界杂志社的编辑杨潇、谭楷、阿来、秦莉、姚海军等帮助了我，还有四川少儿出版社的田曦、新华出版社的黄绪国、黑龙江人民出版社的韩继海、文艺风赏杂志的笛安、世纪文景的杨越江、上海科普出版社的李重民、上海文艺出版社的于晨，以及台湾的吕应钟、张大春、张系国、叶言都等，都在困难时刻给我以支持。另外科幻界的前辈如郑文光、叶永烈、刘兴诗等亦给我很多指引。广大科幻爱好者和科幻界的同仁对我鼓励也很大，他们人真的太多了，难以一一点名。

三是最重要的——时代的机遇。我成长的关键时期，正逢改革开放。1978年后，中国才有了新一轮科幻的热潮。在包容和宽松的环境中，我们这代人，如饥似渴地阅读了大量国内外的优秀科幻小说，成为受益者。科幻的思维方式，也是改革开放的思维方式，奉行了解放思想、勇于开拓、大胆创新、敢闯禁区、实事求是、尊重科学的精神。这也让我在后来的职业生涯中，能够把科幻与工作结合起来，取得了较好的成绩。

2020年，新中国的科幻泰斗，也是对我影响很大的叶永烈先生去世了。我们在总结他的成功之道时，谈到了天才、热爱、勤奋和机遇等因素，只要把这些结合起来，一个人便能对社会做出贡献。其实，科幻创作便是综合以上因素的一个很好的平台。在这个科技的时代，似乎没有比科幻更能表现人心的玄奥、宇宙的神秘和未来的奇妙了。如果有第二次机会，我还会选择科幻创作。

目
录
Catalogue

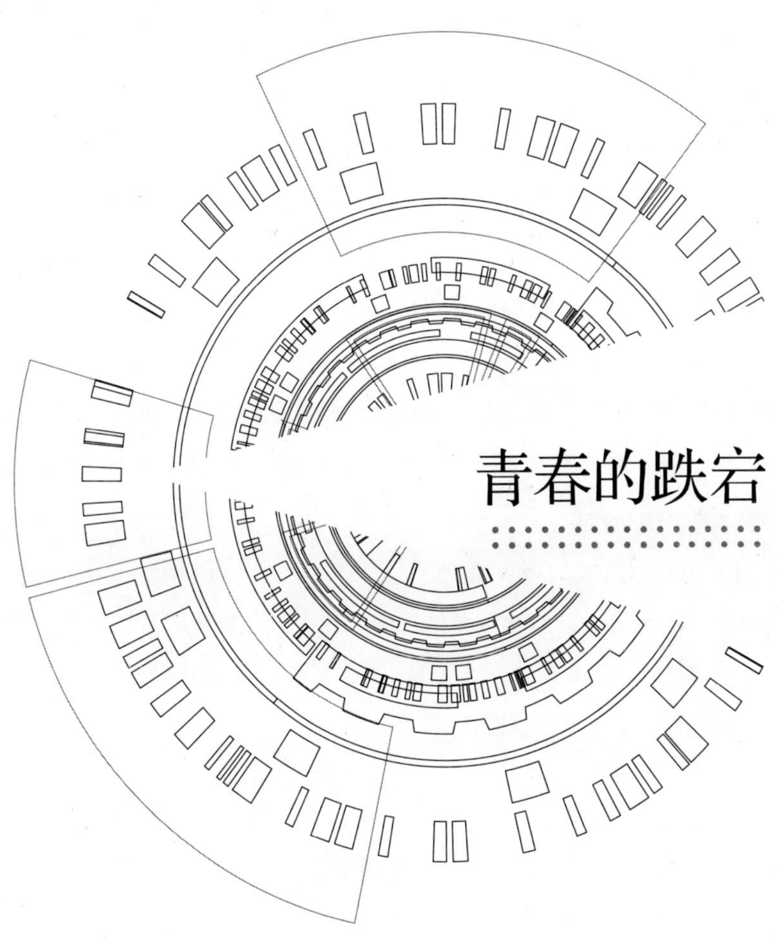

# 青春的跌宕

# 一

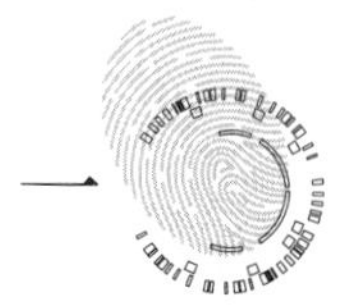

在过道上，我看见明正走过来。我们对视了一眼，又把目光移开。头顶的闭路电视，正监视着我们的一举一动。就在我与明擦肩而过时，他的手不经意地在我的衣服口袋上碰了一下。我的心猛然狂跳起来。

我回到办公室，心不在焉地写着那一大堆一大堆的材料，老想着明和我对视的那一眼。捱了一个小时，我磨磨蹭蹭地出去上厕所。

很好，厕所里一个人都没有，而且这里面是不安闭路电视的。我侧身挤进旮旯里，把手探进明刚才碰过的那个口袋，一下触到了一个纸团。我取出一看，见上面写着：

晚十时举行全体会议，在老地方。

我的心又狂跳起来，但脸色异常平静。我把纸条撕成碎片，投进抽水马桶，放水冲掉。

哗啦哗啦的水声盖过了一切。

# 二

晚上九点四十分，我离开了家。一路上，我注意到没人跟踪。一会儿便到了老地方。这是一家破旧的游艺场，白天搞些很不吸引人的娱乐，晚上，则成了我们“反青春同盟”的联络地点。

我看见许多同志已经先到了，明也在其中。还有个大胡子，是同盟主席。大家在窃窃私语。我觉得好像出了什么事。

果真，大胡子告诉我们一个不幸的消息：反青春同盟在大区的十六个分会被发现，领导人均已被捕。更严重的后果是，不但下周的联合行动不能实施，连总部成员的安全都受到了极大威胁。所以，本次会议作出决定：同盟暂时解散，成员转入分散活动。

这无异于给我当头一棒。我昏沉沉的，不知怎么回的家。我伏在床上哭了。我不怕被捕，但令我痛苦的是联合行动被取消了，这意味着五年来的艰苦操劳付诸东流。

## 三

我加入反青春同盟是在五年前。在此之前，我的生活是充满阳光的。我有女朋友，也有令人羡慕的职业：在大区政府部门从事资料统计工作。

然而，就在这个时候我认识了明。他当时只是大区政府部门的一个小职员。开始我们纯属工作关系，后来发展为非常密切的私交。

一天，在明家里，他和我谈了下面这些话。

“你生活得很好。”他说。

“是的。”我颇自得。

“可就总这么下去吗？”

“你指什么？”

“我的意思是，我们再也长不大了。”

“你真会开玩笑。人一出生就是小孩，然后青春时代接踵而来，一直到死。这是自然规律，还能怎么长大呢？”

“你真不知道吗？”

明用一双奇怪的、闪闪发亮的眼睛看着我。我第一次感到明不是一个寻常的人。

“那么，让我告诉你吧。”

明说这话时，把窗帘拉上了。他小心翼翼地从床下扒出一个帆布包，一层层打开。最后，里面露出一本发黄的旧书。显然，这是那种古代流行过的翻页书。我只是风闻却未曾目睹，想不到明竟然有。

“你自己看一看吧。”

我便颤抖着双手，一页页翻开。我虽看不懂里面的文字，但有很多图片。其中有一张图片把我吓了一跳。

那是一张脸的特写，不是我们天天看惯的年轻光润的面孔，而是一张布满皱纹、皮肤松弛、两眼无神的脸。头发也不是黑的，而是一片雪白。

“这是什么？是外星人吗？”

“不。他是你我的祖先。确切地说，是一位老人。在古代，人的青春时代度过后，跟着来的是中年和老年，人生还有这么两个阶段。可今天，这两个阶段却悄无声息地消失了。你不觉得很奇怪吗？”

我第一次听到这种议论，不由把眼睛睁得老大。

“你加入反青春同盟吧。这样，你就会知道关于这方面的一切。”

明的这句话决定了我以后的人生道路。

# 四

没有人知道反青春同盟起源于何时，它只是一个秘密组织。进来后，我才知道它的危险性：组织里的言行，是跟当今社会对着来的。我有些后悔。

反青春同盟探讨的基本问题就是明提到的那个问题：我们的中年和老年到哪里去了？

中年和老年确实存在过，这已不是疑问。反青春同盟搜集了大量的资料来证明这一点，包括古籍、古代电影胶片、民间传说和一些只有专业人士才能鉴别的物证。

通过研究这些资料，同盟得出了一些基本结论：人类的中年和老年期是与青年期相对而言的时期，是一脉相承而又性质不同的阶段。

中年和老年时期，人的智力、学识和人品都达到了青春期不曾有过的完备和成熟。向死亡的过渡，是一步步走到的，而不是像今天这样由青春一跃而至，毫无预兆。而今，这两个阶段都神秘地失踪了，恰像被谁阉割了一般。

是谁呢？

这便是反青春同盟要回答的第二个问题。我们仍从资料入手，经过艰辛的探索，终于发现了答案的线索。那便是青春防疫针！

在现代社会里，小孩一满十二岁，便要由大人带着去打这么一针。注射后，小孩的生长并不会马上停下来，而是要到十年后，才不再发育了。青春的一切体态和心态特征，便长期保留着，直到大限来临。

青春防疫针起着这个神奇的作用，它使整个社会清一色地由青年构成。长期以来，没有人怀疑过这种构成的不合理性，因为人类对远古的回忆，早被时间的流水冲磨殆尽了。

人人都必须注射青春防疫针，也不管小孩是什么样的体质。小孩因为过敏，注射后死去的事也发生过。然而政府却不准谈论这个问题。大街上和公共设施中都安装了闭路电视和监听器，一旦发现有拒绝注射或诋毁青春防疫针的言行，便立即将人逮捕，不经审判便投入监狱。

反青春同盟的使命便是揭穿这一骗局，“回归自然人”成了我们战斗的口号。渐渐地，有一大批人聚集到我们周围来了，包括政府官员、科学家和一般市民。诚然，我们这批人已接受过注射，谁也不能进入中年和老年期了。但是，大家有这么一个信念：让我们的社会中产生一些中年人和老年人吧，让我们真切地看一看人的本来面目吧！

这，或许根本就是一种青春的逆反心理和好奇的本能在作祟。但我们一直认为，这里面一定有着更深刻的意义。

我越来越为加入同盟而自豪。

我因为从事资料统计工作，便被同盟分派去搜集更多的有关中老年人的资料，以便有朝一日，能将它们作为审判独裁者的证据。五年来，我的工作被注入了新的含义和活力，我的努力和其他同志的努力汇合在一起，终于迎来了准备联合行动的时刻。

然而，这一切都因为分会被发现而告终，怎不令人痛哭呢！痛定思痛，我又感到其中必有蹊跷。

## 五

我们转入分散活动了，但我与明仍常来往。每当我们相聚时，便不免嗟叹万千。

我们都执着地认为一定要继续未竟的事业。

但怎么干却是个头痛的问题。两个人的力量是无法推翻独裁统治的。只有一条路——我和明不约而同地想到了一起——去炸毁大区的青春防疫中心站！

这个防疫站贮存了四百万支针药，还有各种配套设施。如果炸毁它，就有四百万个孩子的生命历程能暂时摆脱人为的支配。更重要的是，它会吸引世人的注意力，唤醒大家去沉思这一事件的意义。

我和明已对中年和老年时代无所企望了。那么，就让我们的青春焕发出不寻常的光彩吧！

## 六

这个夜晚漆黑。我和明身披黑色伪装网，悲壮地出发了。

在我们腰上，各系着一个“罐头”。这两个“罐头”叠加在一起，便能产生撕毁一幢大楼的力量。反青春同盟在武器禁令法下，秘密制造了许多这种以备不时之需的武器。

像这个大区的所有建筑一样，防疫中心站向我们显现出它那巨大无比的穹顶。这里的房屋都修成了这么个威慑人的样子。

我们匍匐在离它一百米远的地方，小心地观察着。

中心站的卫兵和狼狗在巡逻。这不是军事设施，但也戒备森严。明掏出一个玩意，揿了一下。这是一台次声波振荡器，它的方向正对着巡逻者。

人和狗都痛苦地倒下了。

我飞快地跑过去，将两个黏性“罐头”贴在大楼墙基上。这时我心跳得紧。我知道刚才次声波的发射一定被附近某个监测器测知了，只要一会儿，就会有一大批人拥来——同我们一样的青年。

我飞快地回到明身边。快跑！跑出三百米远时，我们听见了警笛声。明也按下了遥控器的按钮。

……

第二天凌晨，我在家里被捕了。

## 七

在传讯室里，在转送监狱和大区监狱里，我反复提出我唯一的请求。

我要见一见那位决定我们命运的当权者。不，他不是法官，不是大区政府的一般行政官员，他的职位还要高一些。但他躲在幕后，从不现身。

我这五年来，便是在跟他战斗着。我现在输得一干二净，但要以胜利者的姿态去见他。因为，真理在我这边，他不过是一个大骗子。

我要当面揭穿这个骗局。我知道，我可能活不长了。这将是我最后的战斗。

我的请求反复提交上去，又反复被退了回来。

“不见。”

于是，我在牢房里大声笑，大声叫：

“他不敢见我！他不敢见我！”

一周后，我被卫兵带了出去，蒙住眼，上了车。我知道，要杀我了。我挺起胸，抬起头。

等摘去眼罩，我才发现我来到了一座半地下式的宫殿前。它比起清一色的穹顶式建筑，又是另一种风格：雅致、华丽，好像照片上的古代建筑。

“进去吧。”卫兵说。

我一犹豫。

“进去吧！”卫兵给了我一掌。

我便走了进去。过道黑得伸手不见五指，仿佛永远走不到尽头。我一个人走了半天，终于看见前面出现一点灯光，投出一个坐在藤圈椅上的人影。他正背对着我。

我站在他的背后，猜度是怎么一回事，却心乱如麻，汗直往下淌。

那人像睡着了，蜷曲在黑色的大氅里。就这样，我在静谧中等着。他终于动了一下，缓缓转过身来。我大吃一惊。

在我眼前的，是一张干枯起皱的面孔。我有生以来第一次面对一个活着的老人。

他头顶稀疏的黑发中，生长着一片片枯草般的白发；那双眼睛，如两个掏空的洞穴；脑袋下是一具干瘦如臭虫的身躯。

啊，我终于从现实世界中找到了唯一证明同盟观点的活证据。

“就是你，要见我吗？”他吃力而缓慢地说。我看见他嘴里牙齿全无，一挂口水正顺着嘴角往下流。

那话音仿佛来自另一个世界，凛冽地渗入我的骨髓，使我呆立着，一句话也不能说。

“年轻人，现在明白了吧，你们为什么会失败？”

我摇了摇头，否认失败。但他误会了。

“不明白？那让我告诉你吧。你们不过是一帮愣头小子，而你们的对手，是我，一位饱经风霜的老人。我过的桥，比你们走的路还多呢。你说说，你们能不失败吗？”他轻轻地笑起来，慈祥而善诱。

“我们没败。我们炸了青春防疫中心。”我咬牙切齿地说。

“还说没败？”他笑容顿失，一脸铁青，“实话告诉你，炸掉一个青春防疫中心算什么。对了，他们在监狱里不给你报纸看。你要是看了，就会知道，就在你们炸毁中心的第二天早上，所有适龄儿童都由他们的父母带领，主动到别的城区注射去了。”

“不，一定是你们强迫的。”

“这话不对。我们从来不强迫。追求青春长驻，是公民们自己的意愿。”

“可是，并不是所有公民都向往青春。像我，还有我们同盟的同志，都盼望中年和老年早一天到来。而你这暴君却把我们抓起来，剥夺我们的自由！”

“是吗？”他又笑起来，“年轻人，我很佩服你的勇气，看来跟你见面并没有错。可是，你们仅仅是冲动而已。请问，如果全社会都被你们煽动，一下子出现那么多没有生产能力的老人，由谁供养？你们不是经常研究资料吗，这个问题应该想过吧？”

我语塞。我们没有考虑过这个问题。

他接着说：“所谓‘回归自然人’，根本就是自欺欺人。纯粹的自然人，生活是艰辛凄惨的，这你永远不会知道。中年人和老年人比起你们来差远了。你们是身在福中不知福，总是要设法改变良好的现状。”

“可是，你就是老人。”

“哈哈，你真聪明。可你看见我的形象了吧？我丑陋，行动不便，既无法打网球，又无法追女人。有什么意思呢？我是老人，只是因为这个社会需要老人来指导。”

“可是，为什么会是你？”

“这，你就不用多问了，这是命运的选择。”

“不，我要知道。”

“如果你真想知道，我可以告诉你。这是以青春为代价的。你们能永葆青春，是因为有青春防疫针——你不要叫唤，不要指责我强迫你们注射。青春防疫针，这是科学上的奇迹！人的总寿命不能改变，但其中一个阶段却能相对地延长或缩短。”

“你，缩短了你的青春部分？”

“我从二十二岁起就在过我的老年生活了。”

“……”

“这里都有教训的。古代社会因为中年人和老年人太多，所以其发展受到了阻碍。于是那时的人才拼命追求青春长驻。青春给人以活力、给人以创造、给人以享乐，社会才繁荣进步起来。可是，人类慢慢发现，这样的社会却缺乏经验和自制。于是我被选中了。”

“青春防疫针并不是唯一的？”

“是的。只是我们不会让一般人知道衰老剂的存在。”

我沉默了。老人打量着我，深深的眼窝中投射出不可测的幽光。

“你可以走了。”半晌，他开口说。

“不，我也要减缩我的青春！”

“我预料到你要说这句话。”他哈哈大笑起来，“还不放弃你的事业和想法吗？”

“不！”

# 八

我终于变成了一个老人！却是被判了刑的。

在监狱里，我遇见了明、大胡子，还有其他反青春同盟的同志。他们也都跟我一样，银须白发，老态龙钟。这样一来，反倒无事可做了。我们便在监狱里设棋摆牌，饮茶谈天。峥嵘岁月已是往事。我们每人身上都染上了多种疾病：哮喘、肺气肿、肺心病、高血压、糖尿病，每走一步都要依赖拐杖或轮椅。

我们开始为小事计较：谁用了谁的筷子，谁借了谁的盐不还。

唯一尚存的是我们对共同事业的记忆，便体现在——仍旧念叨监外的同志：你们是否安全？可不要被抓进来。但有人反驳说，抓进来倒好些，就可以成为老人了。这不正是我们的目标吗？

其他人不置可否。

终于有人说：太无聊了，应该找点事来做。

于是我们上书给那当权的老人。

不久，回复来了：

“诸君想法很好，我也有此打算。老朽已年高，疾病缠身，任期届满，欲从诸君中挑选一人，接替我的职务。”

看着这个纸条子，大家默不作声，眼睛却打量周围的人。我一下看见明和大胡子眼中潜伏着一股杀气。那是一种和老年人迟钝眼光不相称的东西。我忙把眼光跳开。而他们的目光一和我接触，也触电般闪到了一旁。

我握紧了拳头，捏紧了拐棍，可仍觉得两手竟那么无力。

我忽然悲哀地想到，我要还是青年该多好！

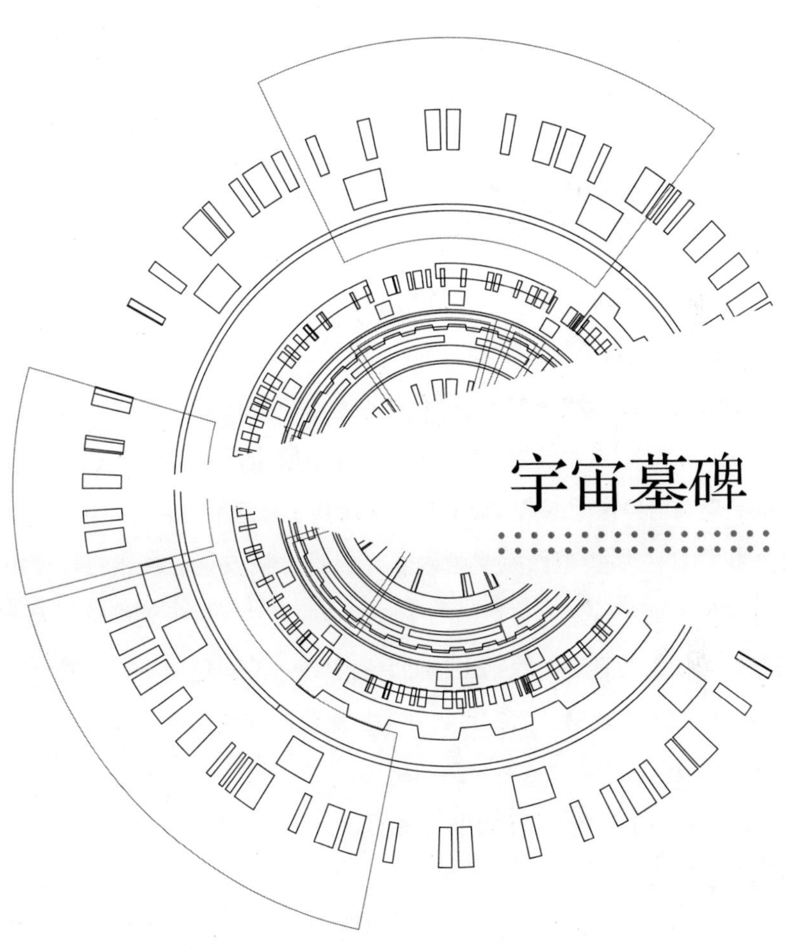

# 宇宙墓碑

# 上篇

我十岁那年，父亲认为我可以适应宇宙航行了。那次我们一家去了猎户座，乘坐的当然是星际旅游公司的班船。不料在返航途中，飞船出了故障，我们只得勉强飞到火星着陆，等待另一艘飞船来接大家回地球。

我们着陆的地点，靠近火星北极冠。记得当时大家都心情焦躁，船员便让乘客换上宇航服出外散步。降落点四周散布着许多旧时代的人类遗址，船长说，那是宇宙大开发时代留下的。我清楚地记得，我们在一段几公里长的金属墙前停留了很久，跟着墙后面出现了意想不到的场面。

现在我们知道那些东西就叫墓碑了，但当时我被它们森然的气势镇住，一时裹足不前。那是一片辽阔的平原，地面显然经过人工修整。大大小小的方碑犹如雨后春笋一般钻出地面，有着统一的黑色调子，散发出寒意，与火红色的大地映衬，着实奇异非常。火星的天空掷出无数雨点般的星星，神秘得很。我少年之心忽然跳动起来。

大人们却都变了脸色，不住地面面相觑。

我们在这个太阳系中数一数二的大坟场边缘只停留了片刻，便匆匆回到船舱。大家表情严肃而不安，并且有一种后悔的神态，仿佛是看到了什么不该看的东西。我便不敢说话，却无缘无故有些兴奋。

终于有一艘新的飞船来接我们。它从火星上启动时，我悄声问父亲：

“那是什么？”

“哪是什么？”他仍愣着。

“那墙后面的呀！”

“他们……是死去的太空人。他们那个时代，宇宙航行比我们困难一些。”

我对死亡的概念，很早就有了感性认识，大约就始于此时。我无法理解为什么大人们的神态会刹那间改变，为什么他们在火星坟场边感情一下子复杂了起来。死亡给我的印象，是跟灿烂的旧时代遗址紧密相连的。它是火星瑰丽景色的一部分，对少年的我拥有绝对的魅力。

十五年后，我带着女朋友去月球旅游。“那里有一个未开发的旅游区，你将会看到宇宙中最不可思议的事物！”我又比又画，心中却另有打算。事实上，背着阿羽，我早跑遍了太阳系中的大小坟场。我伫立着看那些墓碑，达到入痴入迷的地步。它们静谧而荒凉的美跟寂寞的星球世界是那么契合，而墓碑本身也确是那个时代的杰作。我得承认，儿时的那次经历对我心理的影响是微妙而深远的。

我和阿羽在月球一个僻静的降落场离开飞船，然后悄悄向这个星球的腹地走去。没有交通工具，没有人烟。阿羽越来越紧地攥住我的手，而我则一遍遍翻看那些自绘的月面图。

“到了，就是这儿。”

我们来得正是时候，地球正从月平线上冉冉升起，墓群沐在幻觉般的辉光中，仿佛在微微颤动，正纷纷醒来。这里距最近的降落场有一百五十公里。我感到阿羽贴着我的身体在剧烈地战栗。她目瞪口呆地望着那幽灵般的地球和其下生机勃勃的坟场。

“我们还是走吧。”她轻声说。

“好不容易来，干吗想走呢？你别看现在这儿死寂一片，当年可是最热闹的地方呢！”

“我害怕。”

“别害怕。人类开发宇宙，便是从月球开始的。宇宙中最大的坟场都在太阳系，我们应该骄傲才是。”

“现在只有我们两人光顾这儿，那些死人知道吗？”

“月球，还有火星、水星……都被废弃了。不过，你听，宇宙飞船的隆隆声正震撼着几千光年外的某个无名星球呢！死去的太空人地下有灵，定会欣慰的。”

“你干吗要带我来这儿呢？”

这个问题使我不知怎么回答才好。为什么一定要带上女朋友万里迢迢来欣赏异星坟茔？出了事该怎么交代？这确是我没有认真思考过的问题。如果我要告诉阿羽，此行原是为了寻找宇宙中爱和死永恒交织与对立的主题和情调，那么她必定会以为我疯了。也许我可以用写论文来做解释，而且我的确在搜集有关宇宙墓碑的材料。我可以告诉阿羽，旧时代宇航员都遵守一条不成文的习俗，即绝不与同行结婚。在这儿的坟茔中你绝对找不到一座夫妻合葬墓。我要求助于女人的现场灵感来帮助我解答此谜吗？但我沉默起来。我只觉得我和阿羽的身影成了无数墓碑中默默无言的两座。这样下去很醉人。我希望阿羽能悟道，但她只是紧张而痴傻地望着我。

“你看我很奇怪吧？”半晌，我问。

“你不是一个平常的人。”

回地球后阿羽大病了一场，我以为这跟月球之旅有些关系，很是内疚。在照料她的当儿，我只得中断对宇宙墓碑的研究，一直到她稍微好转。

我对旧时代植墓于群星的风俗抱有极大兴趣，曾使父亲深感不安。墓碑吗？那是很久以前的事了，现代人几乎已把它淡忘，就像人们一股脑把太阳系的姊妹行星扔在一旁，而去憧憬宇宙深处的奇景一样。然而我却下意识地体会到，这里有一层表象。我无法回避在我查阅资料时，父亲脸色阴郁地注视我的目光。每到这时我就想起儿时那一幕，大人们在坟场旁神情怪异起来，仿佛心灵中某种深沉的东西被触动了。现代人绝对不旧事重提，尤其是有关古代死亡的太空人，但他们并没从心底忘掉他们。这我知道，因为他们每碰上这个问题时，总是小心翼翼地绕着圈子，敏感得有些过分。这种态度渗透到整个文化体系中，便是历史的虚无主义。忙碌于现时的瞬间，是现代人的特点。或许大家认为昔日并不重要？或仅是无暇回顾？我没有能力去探讨其后可能暗含的文化背景。我自己也并不是个历史主义者。墓碑使我执迷，在于它们给我的一种感觉，类似于诗意。它们既存在于我们这个活生生的世界之中，又置身在它之外，偶尔才会有人光临其境。更多的时间里，它们保持缄默，旁若无人地沉湎于它们所属的时代。这就是宇宙墓碑的醉人之处。每当我以这种心境琢磨它们时，蓟教授便警告我说，这必将堕入边界。我们的责任在于复原历史，而不是为个人兴趣所驱动，我们要使现时代庸俗的人们重新认识到祖先开发宇宙的伟大与艰辛。

蓟教授的苍苍白发常使我无言以对，但在有关墓碑风俗的学术问题上，我们却可以争个不休。在阿羽病情好转后，我与教授会面时又谈到了墓碑研究中的一个基本问题，即该风俗忽然消失在宇宙中的现象之谜。

“我还是不同意您的观点。在这个问题上，我一直是反对您的。”

“年轻人，你找到什么新证据了吗？”

“目前还没有，不过……”

“不用说了。我早就告诫过你，你的研究方法不大对头。”

“我相信现场直觉。故纸堆已不能告诉我们更多的信息，资料太少。您应该离开地球到各处走一走。”

“老头子可不能跟年轻人比啊，你们太固执已见了。”

“也许您是对的，但是……”

“知道新发现的天鹅座a星墓葬吗？”

“无名之坟，仅镌有年代。它的发现将墓碑风俗史的下限推后了五十年。”

“如果我没记错的话，技术决定论者的《行星宣言》就是在那前后不久发表的。墓碑风俗的消失跟这没有关系吗？”

“您认为是一种文化规范的兴起替代了旧的文化规范？”

“我推测我们不能找到年代更晚的墓葬了。技术决定论者一登台，墓碑风俗便神秘地隐遁在了宇宙中。”

“您不觉得太突然了吗？”

“恰恰如此，才能解释时间上的巧合。”

“……也许有别的原因。那时技术决定论者还太弱，而墓葬制度的存在已有数万年历史，宇宙墓碑也矗立了上千年。没有东西能够一下子摧毁这么强大的风俗。很简单，它沉淀在古人心灵中，叫它集体潜意识也不为过吧？”

蓟教授摊了摊手。合成器这时将晚餐准备好了。吃饭时我才注意到教授的手在微微颤抖，毕竟是二百多岁的人了。有一种复杂的情绪在我心头翻腾，死亡将夺去每一个人的生命，这可能是连技术决定论者也永远无法回避的一个问题。死后我们将以何种方式存在，仍然在人类心灵深处悄悄猜度着。宇宙中林立的墓碑展示出旧时代的人类早就在探寻这个答案，或许他们已经将心得在墓碑上表达？因为现代人不再需要埋葬，所以他们读不懂古墓碑文，也不屑一读。人们跟其先辈相比，难道产生了本质上的不同？

死是无法避免的，但我还是担心蓟教授过早谢世。这个世界上，仅有极少数人在探讨诸如宇宙墓碑这样的历史问题。他们默默无闻，而且常常是毫无结果地工作着，这使我忧心忡忡。

我不止一次凝神于眼前的全息照片，它就是蓟教授提到的那座坟。它在天鹅座a星系中的位置是如此偏僻，以至于直到最近才被一艘偶然路过的货运飞船发现。墓碑学者普遍有一种看法，即这座坟在向我们暗示着什么，但没有一个人能够猜出。

我常常被这座坟墓奇特的形象打动，从各个方面看，它都比其他墓碑更契合我的心境。一般而言，宇宙墓碑都群集着，形成浩大的坟场，似乎非此不足以与异星的荒凉抗衡。而此墓却孑然独处，这是在以往的发现中绝无仅有的一例。它位于该星系中一颗极不起眼的小行星上，这给我一种经过精心选择的感觉。从墓址所在区域望去，实际上看不见星系中最大的几颗行星。每年这颗小行星都以近似彗星的椭圆轨道绕天鹅座a运转。当它走到遥遥无期的黑暗的远日点附近时，我似乎也感到了墓主寂寞厌世的心情。这一下便产生了一个突出的对比，即我们看到，一般的宇宙墓群都很注意选择雄伟风光的衬托，它们充分利用从地平线上跃起的行星光环，或以数倍高于珠穆朗玛峰的悬崖作背景。因此即便从死人身上，也能体会到宇宙初拓时人类的豪迈气概。此墓却一反常态。

这一点还可以从它的建筑风格上找到证据。当时的筑墓工艺讲究对称的美学，墓体造得结实、沉重、宏大，充满英雄主义的傲慢。水星上巨型的金字塔和火星上巍然的方碑，都是这种流行模式的突出代表。而在这座孤寂的坟上，却找不到点滴这方面的影子。它造得矮小而卑琐，但极轻的悬挑式结构，有意无意地使人觉得空间被分解后又重新组合起来。我甚至觉得连时间都在墓穴中自由流动。这显然很出格。整座墓碑完全是就地取材，由该小行星上富含的电闪石构成，而当时流行的是用地球本土运来特种复合材料建造墓碑。这样做十分浪费，但人们更关心浪漫。

另一点引起猜测的是墓主的身份。该墓除了镌有营造年代外，并无多余着墨。常规做法是，必定要刻上死者姓名、身份、经历、死亡原因以及悼亡词等。由此出现了各种各样的疑惑，比如是什么特殊原因，促使人们以这种不寻常的方式埋葬天鹅座a星系的死者?

由于墓主几乎可以断定为墓碑风俗结束的最后见证人，神秘性就更大了。在这点上，一切解释都无法自圆其说。因为似乎是这样的，我们不得不对整个人类文化及其心态作出阐述。对于墓碑学者而言，现时的各种条件如锁链般限制了他们。我倒是曾经计划过亲临天鹅座a星系，却没有人能够为我提供这笔经费。这毕竟不同于太阳系内旅行。而且不要忘了，世俗并不赞成我们。

后来我一直未能达成天鹅座a之旅，似乎是命里注定。生活在发生意想不到的变化，我个人也在不断改变。在我一百岁时，刚好是蓟教授去世七十周年的忌日。我忽然想到这件事时，也就忆起了青年时代和教授展开的那些有关宇宙墓碑的辩论。当初的墓碑学泰斗们也跟先师一样，早就形骸坦荡了。追随者们纷纷弃而他往。我研究了半辈子，毫无建树，夜半醒来时常常扪心自问：何必如此沉迷于旧尸？先师曾经预言，我一时为兴趣所驱，将来必自食其果，竟然言中。我何曾有过真正的历史责任感呢？由此才带来今日的困惑。人至百年，方有大梦初醒之感，但我意识到，知天命恐怕是万万不能了。

我年轻时的女朋友阿羽，已成了我的妻子，如今是一个成天唠叨不休的中年妇女。她这大概是在将一生不幸怪罪于我。自从那次我带她参观月球坟场后，她就受惊得了一种怪病。每年到我们登月的那个日子，她便精神恍惚、整日呓语、四肢瘫痪。即便现代医术，也无能为力。每当我查阅墓碑资料，她便在一旁神情黯然、烦躁不安。这时我便悄悄放下手中活计，步出户外。天空一片晴朗，犹如七十年前。我忽然意识到自己已有许多年没离开地球了。余下的日子，该是用来和阿羽好好厮守了吧？

我的儿子筑长年不回地球，他已在河外星系成了家。他本人是宇宙飞船的船长，驰骋众宇，忙得星尘满身。我猜测他一定到过有古坟场的星球，不知他作何感想？此事他从未当我面提起，而我也暗中打定主意，绝不首先对他言说。想当初父亲携我，因飞船事故偶遇火星，我才得以目睹墓群，不觉唏嘘。而今他老人家也已一百五十多岁了。

由生到死这平凡的历程，竟导致古人在宇宙各处修筑了那样宏伟的墓碑，这个谜就留给时空去解吧。

这样一想，我便不知不觉放弃了年轻时的追求，过起了平静的日子。地球上的生活竟如此恬然，足以冲淡任何人的激情，这我以前并未留意过。人们都在宇宙各处忙碌，很少有机会回来看一看这个曾经养育他们，现在已变得老气横秋的行星，而守旧的地球人也不大关心宇宙深处惊天动地的变化。

那年筑从天鹅座a回来时，我都没意识到这个星球的名字有什么特别之处。筑因为河外星系引力的原因，长得异常的高大，成了彻头彻尾的外星人，并且受到当地文化的熏染而沉默寡言。我们父子见面日少，从来没多的话说。有时我不得不这么去想，我和阿羽仅仅是筑存在于世所临时借助的一种形式。其实这种观点在现时宇宙中一点也不显得荒谬。

筑给我斟酒，两眼炯炯发光，今日却奇怪地话多。我只得和他应酬。

“心宁他还好？”心宁是孙子的名字。

“还好呢，他挺想爷爷的。”

“怎么不带他回来？”

“我也叫他来，可他受不了地球的气候。上次来了，回去后生了一身的疹子。”

“是吗？以后不要带他来了。”

我将一杯酒饮尽，发觉筑正窥视我的脸色。

“父亲，”他在椅子上不安地扭动，“我有件事想问您。”

“讲吧。”我疑惑地打量他。

“我是开飞船的，这么些年来，跑遍了大大小小的星系。跟您在地球上不同，我可是见多识广。但至今为止，尚有一事不明了，常萦绕心头，这次特向您请教。”

“可以。”

“我知道您年轻时专门研究过宇宙墓碑，虽然您从没告诉我，可我还是知道了。我想问您的就是，宇宙墓碑使您着迷之处，究竟何在？”

我站起身，走到窗边，不使脸朝向筑。我没想到筑要问的是这个问题。那东西，也撞进了筑的心灵，正像它曾使父亲和我的心灵蒙受巨大不安一样。难道旧时代人类真在此中藏匿了魔力，后人将永远受其阴魂侵扰？

“父亲，我只是随便问问，没有别的意思。”筑嗫嚅着，像个小孩。

“对不起，筑，我不能回答这个问题。唔，为什么墓碑使我着迷？我要是知道这个，早在你很小的时候就告诉你一切跟墓碑有关的事情了。可是，你知道，我没有这么做。那是个无底洞，筑。”

筑低下了头。他默然，似乎深悔自己的贸然。为了使他不那么窘迫，我压制住情绪，回到桌边，给他斟了一杯酒。然后我审视他的双目，像任何一个做父亲的那样充满关怀地问道：

“筑，告诉我，你到底看见了什么？”

“墓碑。大大小小的墓碑。”

“你肯定会看见它们。可是你以前并没有想到要谈这个。”

“我还看见了人群，他们蜂拥到各个星球的坟场去。”

“你说什么？”

“宇宙大概发疯了，人们都迷上了死人，仅在火星上，就停满成百上千艘飞船，都是奔墓碑来的。”

“此话当真？”

“所以我才要问您墓碑为何有此魅力。”

“他们要干什么？”

“他们要掘墓！”

“为什么？”

“人们说，坟墓中埋藏着古代的秘密。”

“什么秘密？”

“生死之谜！”

“不！这不是真的。古人筑墓，可能纯出于天真无知！”

“那我可不知道了。父亲，你们都这么说。您是搞墓碑的，您不会跟儿子卖关子吧？”

“你要干什么？要去掘墓吗？”

“我不知道。”

“疯子！他们沉睡一千年了。死人属于过去的时代。谁能预料后果？”

“可是我们属于现时代啊！父亲，我们要满足自己的需求。”

“这是河外星系的逻辑吗？我告诉你，坟墓里除了尸骨，什么也没有！”

筑的到来，使我感到地球之外正酝酿着一场变动。在我的热情行将冷却时，人们却以另外一种方式耽迷于我耽迷过的事物。筑所说的话使我心神恍惚，一时做不出判断。曾几何时，我和阿羽在荒凉的月面行走，拜谒无人光顾的陵寝；其冷清寂寥，一片穷荒，至今在我们身心留下了不可磨灭的痕迹。记得我对阿羽说过，那儿曾是热闹之地。而今筑告诉我，它又将重新喧哗不堪。这种周期性的逆转，是预先安排好的呢，还是谁在冥冥中操纵着？继宇宙大开发时代和技术决定论时代后，新时代到来的预兆已经出现于眼前了吗？这使我充满激动和恐慌。

我仿佛又重回到几十年前。无垠的坟场历历在目，笼罩在熟悉而亲切的氛围中。碑就是墓，墓即为碑，洋溢着永恒的宿命感。

接下来我思考筑话语中的内涵，我不得不承认他有合理之处。墓碑之谜即生死之谜，所谓迷人之处，也即此吧。墓碑学者的激情与无奈也全出于此。其实是没有人能淡忘墓碑的。我又恍惚看见了技术决定论者紧绷的面孔。

然而掘墓这种方式是很奇特的，以往的墓碑学者怎么也不会考虑用此种手段。我的疑虑却在于，如果古人真的将什么东西陪葬于墓中，那么，所有的墓碑学者就都失职了，而蓟教授连悔恨的机会也没有。

在筑离开家的当天，阿羽又发病了。我手忙脚乱地找医生，就在忙得不可开交的当儿，我居然莫名其妙地走了神。我忽然想起筑说他是从天鹅座a来的。这个名字我太熟悉了。我仍然保存着几十年前在那儿发现的人类最晚一座坟墓的全息照片。

# 下篇

——录自掘墓者在天鹅座a星系小行星墓葬中发现的手稿

我不希望这份手稿为后人所得，因为我实在无哗众取宠之意。在我们这个时代，自传式的东西多如牛毛。一个历尽艰辛的船长大概会在临终前写下自己的生平，正像远古的帝王希望把自己的丰功伟绩标榜于后世。然而我却无心为此，因为我平凡的职业和经历都使我耻于吹嘘。我写下这些文字，是为了打发临死前的寂寞时光。并且，我一向喜欢写作。如果命运没有使我成为一名宇宙营墓者的话，我极可能去写科幻小说。

今天是我进入坟墓的第一天。我选择在这颗小行星上修筑我的归宿之屋，是因为这里清静，远离人世喧嚣和飞船航线。我花了一个星期独力营造此墓。采集材料很费时间，并且着实辛苦。我们原来很少就地取材——除了为那些特殊条件下的牺牲者。通常发生这种情况时，地球方面无力将预制件送来，或者预制件不适合当地环境。这对于死者及其亲属来说都是一件残酷之事。但我一反传统，自有打算。

我也没有像通常那样，在墓碑上镌上自己的履历。那样显得很荒唐，是不是？我一生为别人修了数不清的坟墓，也只为别人镌上他们的名字、身份和死因。

现在我就坐在这样一座坟里写我的过去。我在墓顶安了一个太阳能转换装置，用以照明和供暖。整个墓室刚好能容一人，非常舒适。我就这么不停地写下去，直到我不能够或不愿意再写。

我出生在地球。我的青年时代是在火星度过的。那时世界正被开发宇宙的热浪袭击，每一个人都被卷了进去。我也急不可耐地丢下自己的爱好——文学，报考了火星宇宙航行专门学校。结果我被分在太空抢险专业。

我们所学的课程中，有一门便是筑墓工程学。它教导学员，如何妥善而体面地埋葬死去的太空人，以及此举的重大意义。

记得当时其他课程我都学得不是太好，唯有此课，常常得优。回想起来，这大概跟我小时候便喜欢亲手埋葬小动物有一些关系。我们用三分之一的时间学习理论，其余时间用于实践。先是在校园中搞大量的设计和模型建造，尔后进行野外作业。记得我们通常在大峡谷附近修一些小墓，然后转移到平原地带再造些较大的。临近毕业时我们进行了几次外星实习，一次飞向水星，一次去小行星带，两次去冥王星。

我们最后一次去冥王星时出了事。当时飞船携带了大量特种材料，准备在该行星严酷的冰原条件下修一座大墓。飞船降落时遭到了流星撞击，死了两个人。我们以为活动要取消了，但老师命令将演习改为实战。如果你今天要去冥王星，还能在赤道附近看见一座半球形大墓，那里面长眠的便是我的两位同学。这是我第一次实际作业，由于心慌意乱，坟墓造得一塌糊涂，现在想来还内疚不已。

毕业后我被分配到星际救险组织，在第三处供职。去了后才知道第三处专管坟墓营造。

老实说，一开始我不愿干这个。我的理想是当一名飞船船长，要不就去某座太空城或行星站工作。我的许多同学分配的工作比我的要好。后来经我手埋葬的几位同学，都征服过好几个星系，中子星奖章得了一大排。在把他们送进坟墓时，人们都肃立致敬，独独不会注意到站在一边的造墓人。

我没想到我在第三处一干就是一辈子。

写到这里，我停下来喘口气。我惊诧于自己对往事的清晰记忆，这使我略感踌躇，因为有些事是该忘记的。也罢，还是写下去再说。

我第一次被派去执行任务的地点是半人马座a星系。这是一个具有七个行星的行星系。我们飞船降落在第四颗上面。当地官员神色严肃而恭敬地迎接我们，说："终于把你们盼来了。"

一共死了三名太空人，他们是在没有防护的情况下遭到宇宙射线的辐射而丧生的。我当时稍稍舒了一口气，因为我早已做好了跟断肢残臂打交道的思想准备。

这次第三处一共来了五个人。我们当下二话没说便问当地官员有什么要求。他们道："由你们决定吧。你们是专家，难道我们还会不信任吗？但最好把三人合葬一处。"

那一次是我绘的设计草图。首次出行，头儿便把这么重要的任务交给我，无疑有培养我的意思。此时我才发现我们要干的是在半人马座a星系建起第一座墓碑。我开始回忆老师的教导和实习的程序。一座成功的墓碑不在于它外表的美观华丽，更在于它透出的精神内容。简单来说，我们要搞出一座跟死者身份和时代气息相吻合的坟来。

最后的结果是设计成一个巨大的立方体，坚如磐石。它象征宇航员在宇宙中不可动摇的位置。其形状给人以时空静滞之感，有永恒的态势。死亡现场是一处无垠的平原，我们的墓碑矗立其间，四周一无阻挡，只有如湖泊般的天空垂落下来。万物线条明晰。墓碑唯一的缺憾是未能详尽表现出太空人的使命。但作为我的第一件独立作品，它超越了我在校时的水平。我们实际上仅用两天便竣工了。材料都是地球上成批生产的预制构件，只需把它们组合起来就成。

那天黎明时分，我们排成一排，静静站了好几分钟，向那刚落成的大坟行注目礼。这是规矩。墓碑在这颗行星特有的蓝雾中新鲜透明，深沉持重。头儿微微摇头，这是赞叹的意思。我被惊呆了。我不曾想到死亡这么富有存在的个性，而这是经由我们几人之手产生的。坟茔将在悠悠天地间长存——我们的材料能保持数十亿年不变形。

这时死者还未入棺。我们静待更隆重的仪式的到来。在半人马座a星升上一臂高时，人们陆续来到了。他们裹着臃肿的服装，戴着沉重的头盔，淹没着自己的个性。这样的人群显示出的气氛是特殊的，肃穆中有一种骇人的味道。实际上来者并不多，人类在这个行星上才建有数个中继站。死了三个人，这已了不得。

我已经记不太清楚当时的场面了。我不敢说究竟是当地负责人致悼词在先，还是人们向我们表示谢意在前。现场不断播放的一支乐曲的旋律在我心中也已模糊了，我只记得它怪异而富有异星的陌生感，且在努力表达出一种雄壮。后来则肯定有飞行器隆隆飞临头顶，盘旋良久，掷出铂花。行星的重力场微弱，铂花在天空中飘荡，经久不散，回肠荡气。这时大家拼命鼓掌，可是，是谁教给人们这一套仪式的呢？又为什么要由我们万里迢迢来给死人筑一座大坟？

送死者入墓是由我们营墓者来进行的。除头儿外的四人都去抬棺。这时现场的喧闹才停下来，铂花和飞行器也无影无踪了。在墓的西方，也就是现在朝着恒星的一方，开了一个小门洞。我们把三具棺材逐次抬入，祝愿他们能够安息。然而就在这时我觉得有什么不对头。但当时我一句话也没说。

返回地球的途中，我才问一位前辈："棺材怎么这么轻？好像学校实习用的道具一般。"

"嘘！"他转眼看看四周，"头儿没告诉你吗？那里面没人呢！"

"不是辐射致死吗？"

"这种事情你以后会见惯不惊的。说是辐射致死，可连一块人皮都没找到。骗骗a星而已。"

"骗骗a星而已！"这句话给我留下一生难忘的印象。我在职业生涯中目睹了无数的神秘失踪事件。我在半人马座a星的经历，比起我后来遇到的事情，竟是小巫见大巫。

我的辉煌设计不过是一座衣冠冢！可好玩之处在于无人知晓那神话般外表后面的中空内容。

在第三处待久了，我逐渐熟悉了各项业务。我们的服务范围遍及人类涉足的时空，你必须了解各大星系间的主要封闭式航线，这对于我们以最快速度抵达出事地点是很必要的。但实际上这种做法渐渐显得落后起来，因为宇航员在太空中的活动越来越弥散。于是我们先是在各星设点，而后又开展跟船业务，即当预知某项宇航作业有较大危险时，第三处便派上筑墓船随行。这便要求我们具备航天家的技术。我们处里拥有好些一流船长，正式宇航员因为甩不掉他们而颇为恼火，自认晦气。我们还必须掌握墓碑工业的各种最新流程及其变通形式，根据各星的具体情况和客户的特殊要求采取专门做法，同时又不违背统一风格规定。最重要的是，作为一名营墓者，必须具备非凡的体力和精神素质。长途奔波、马不卸鞍地与死亡打交道，使我们成了超人。第三处的员工都在不知不觉中戒绝了作为人类应具备的普通情感。事实上，你只要在第三处多待一段时间，就会感到普遍存在的冷漠和阴晦，以及玩世不恭。全宇宙都以死为讳，只有我们可以随便拿它来开玩笑。

从到第三处的第一天起，我便开始思索这份职业的神圣意义。官方记载的第一座宇宙墓碑建在月球。这个想法来得非常自然，并不是谁突发灵感要为那两男一女造一座坟。后来有人说不这样做便对不起月海风光，这完全是开玩笑。这里面没有灵感的火花。

其实在地球上早就有专为太空死难者修建的纪念碑了。这种风俗从一开始进入浩繁群星，便与我们远古的传统有着天然的渊源。宇宙大开发时代使人类再次抛弃了许多陈规陋习，唯有筑墓之风一阵热似一阵，很是耐人寻味。只是现在我们用先进技术代替了殷商时代的手掘肩扛，这样才诞生了使埃及金字塔相形见绌的奇迹。

第三处刚成立时有人怀疑这是否值得，但不久后就证明它的建立完全符合事态的发展。宇宙大开发真正开始后，便出现了大批的牺牲者，其数目之多，使官员和科学家目瞪口呆。宇宙的复杂性远远超出人们论证的结果。然而开发却不能因此停下来。这时如何看待死亡就变得很现实了。我们在宇宙中的地位如何？进化的目的何在？人生的价值焉存？人类的使命是否荒唐？这些都是当时大众媒介高声喧哗的话题。不管口头争吵的结果如何，第三处的地位却日益巩固起来，头几年里狠赚了一些钱。更重要的是它得到了地球和几个重要行星政府的支持。待到神圣的方尖碑和金字塔形墓群率先在月球、火星和水星上大批出现时，反对者才不再说话了。这些精心制造的坟茔能承受剧烈的流星雨的袭击。它们的结构稳重，外观宏伟，经年不衰。人们发现，他们同胞飘移于星际间的尸骨终于有了归宿。死亡成了一件值得骄傲的事情。墓碑或许代表了一种人定胜天的古老理念。第三处将宇宙墓碑风俗从最初的自发状态转化为自觉的功利行为，乃是一大杰作。这样持续了一段时间，直到人心安定，墓碑制度才表露出雍容大度的自然主义风采。

现在已经没有人怀疑第三处存在的意义了。那些身经百战的著名船长见了我们，都谦恭得要命。墓葬风俗已然演化为一种宇宙哲学。它被神秘化，那是后来的事。总之我们无法从己方打起念头，认为这很荒唐。那样的话，我们将面临全宇宙的自信心和价值观的崩溃。那些在黑洞、白洞边胆战心惊、出生入死的人们的唯一信仰，全在于地球文化这个坚强后盾。

如果有问题的话，它仅仅出在我们内部。在第三处待的日子一长，其中的内幕便日益昭然。有些事情仅仅是我们这个圈子里的人才知道的，从来没有流传到外面去。这一方面是清规教条的严格，另一方面出于我们心理上的障碍。每年处里都有职员自杀。现在我写下这些话时，仍是心跳不止，犹如以刀自戕。我曾悄悄就此问过一位同事。他说："噤声！他们都是好人，有一天你也会有同感。"言毕如鬼影般离去。我后来年岁渐长，经手的尸骨多了，死亡便不再是一个抽象的概念，而成为一个具象在我眼前浮游。意志脆弱者是会被它唤走的。但我要申明，我现在采取的方式在实质上却不同于那些自戕者。

有一段时间，处里完全被怀疑主义气氛笼罩。记得当时有人提了这么一个问题，即我们死后由谁来埋葬。此问明显受到了自杀者的启发，而且里面实际包含着不止一个问题。我们面面相觑，觉得不好回答，或答之不祥，遂作悬案。此时发生了上级追查所谓"劝改报告"之事，据说是处里有人向行星联合政府打了报告，对现行一套做法提出异议。报告中有一点令我印象很深，即有关墓碑材料的问题。通常无论埋葬地点远近，材料都毫无例外从地球运来，这关系到对死者的感情和尊重。更重要的，它是一种传统，风俗就该按风俗办理，这一点在《救险手册》里规定得一清二楚。因此谁也不能忍受该报告的说法，即把我们迄今做的一切斥为浪费精力和犬儒主义。报告还不厌其烦地论证了关于行星就地取材的可行性和技术细节。其结果大家都知道了，打报告者被取消了离开地球本土的资格。我们私下认为这份报告充满了反叛色彩，而且指出了我们从不曾想到的一个方面。我们惊诧于其用语、震慑于其大胆，到后来竟有人暗中试行了其主张。某次有船载运墓料去仙女座一带，途中燃料泄漏。按照规定，只能返航。但船长妄为，竟抛掉墓料，以剩余的燃料驱动空船飞往目的地，用当地的岩浆岩造了一座坟，干出骇世之举。此坟后来被毁掉重建，当事者亦受处分。这是后话。

要将我的感受说清楚是困难的，我还是继续讲我们的工作中的故事吧。我仍旧挑选那些我认为最平凡的事来讲，因为它们最能生动地体现我们事业的特点。

有次我们接到一个指令，与以往不同的是，它没有交代具体的星球和任务，只是让筑墓飞船全副武装到火星与木星之间的某处待命。我们飞到那里后，发现搜索处和救险处的船只已经忙碌开来。我们问："喂，你们行吗？不行的话，交给我们吧。"但是没有人回话。对方船上似乎有一种焦灼气氛。末了我们才知道有一艘船在小行星带失踪了，它便是大名鼎鼎的"哥伦布号"，人类当时最先进的飞船之一。不用说其船长也就是哥伦布那样的人物了，并且船上搭乘着五大行星的首脑人物。

我们在太空中待了三天，搜索队才找回一舱飞船的碎片。这下我们有事干了。虽然从这些碎片中找出人体的部分是一件很烦琐的活，但是大伙仍然干得十分出色。最后终于拼出了三具尸身。"哥伦布号"上共有八名船员。出事的原因基本可以判明为一颗八百磅的流星横贯船体，引发爆炸。在地球家门口出事，这很遗憾，但惨状是宇宙中共同的。

“他们太大意了。”宇航局局长在揭墓典礼上这么总结。第三处的人听了哭笑不得。人们在地球上都好好的，一到太空中便如小孩般粗心忘事，为此还专门成立了第三处来照顾他们。这种话偏偏从局长口中说了出来！然而我们最后没敢笑。那三具拼出来的尸体此刻虽已进入地穴，但他们又分明血淋淋地透过厚墙，神色冷峻，双目睁开，似不敢相信那最后一刻的降临。

有一种东西，我们也说不出是什么，它使人永远不能开怀。营墓者懂得这一点，所以总是小心行事。天下的墓已经修得太多，愿宇宙保佑它们平安无事。

那段时间里，我们反常地就只修了这么一座墓。

在一般人的眼中，墓的存在使星球的景观改变了。后者杀死了宇航员，但最后毕竟作出了让步。

写到这里，我看了看我用笔的手，亦即造墓之手。我这双老手，青筋暴起、枯干如柴，真想象不到那么多鬼宅竟由它所创。这是一双神手，以至于我常常认为它们已摆脱了我的思想控制，而直接遵从天意。

所有营墓者都有这样一双手。我始终认为，在任何一项营墓活动中，起根本作用的，既非各种机械也非人的大脑。十指具有直接与宇宙相通的灵性，在大多数场合，我们更相信它们的魔力。相对而言，思想则是不羁的、带有偏见和怀疑色彩的，因而对于构造宇宙墓碑来说，是危险的。

在营墓者身上，我们常常可见一种根深蒂固的矛盾。那些自杀者都悲观地看到了陵墓自欺欺人的一面，但同时最为精美的坟茔又分明出自其手，且足以与宇宙中任何自然奇观媲美。我坚信这种矛盾仅仅存在于营墓者心灵中，而世人大都只被墓碑的不朽外观吸引。我们时感尴尬，他们则步向极端。

接下来我想说说女人的事情。

小时候，在地球上看见同我一般大的小姑娘一无所知地玩耍，我便有一种宿命感。我相信此时此刻天下有一个女孩一定是为我准备的，将来要补充我的生命。这已注定，就是说哪怕是安排这事的人也改变不了。稍微长大后，我便迷上了那些如天使般飞来飞去的女太空人。她们脸上、身上、胳膊上、腿上洋溢着一层说不清是从织女星还是仙女座带来的英气，可爱透顶，让人销魂。那时我也注意到她们的死亡率并不比男宇航员低，这愈发使我心里滚滚发烫。

我偷偷在梦中和这些女英杰幽会。此时宇航学校尚未对我打开大门，可我命运的结局已被注定。当晚些时候我被告知宇航圈中有那么一条禁忌时，我几乎昏了过去。太空人和太空人之间只能存在同事关系，非此则不能集中精力应对宇宙中的复杂情况。大开发初期有人这么科学地论证，竟被当局小心翼翼地默认了。有一段时间，此事令普通宇航员心生不满，但并没经过多长时间，飞船上的男人都认为找一个宇宙小姐必将倒霉。于是这禁忌便固定了下来。你要试着触犯它吗？那么你就会“臭”起来，伙伴们会斜眼看你，你会莫名其妙地找不到活干，从一名大副降为司舵，再沦为掌舱，最后被贬到地球管理飞船废品站之类。我以为宇航学校最终会为我实现儿时愿望提供机会，结果却恰恰相反。可是那时我已身不由己了。宇宙就是这么回事，不让你选择。

我以营墓者身份闯荡几年星空后，才慢慢对圈子中这种风俗有所理解。有关女人惹祸的说法流行甚广，神秘感几乎遍生于每个宇航员心灵。我所见到的人，几乎都能举出几件实例来印证上述结论。

此后我便注意观察那些女飞人，看她们有何特异之象。然而她们于我眼中，仍旧如没有暗云阻挡的星空一样明艳，从她们的身上怎么也看不出大祸来袭的苗头。她们的飞行事实使我相信，在应付某些事变时，女人确比男人更加自如。

有一年，记得是太阳黑子年，我们一次埋葬了十名女太空人。她们死于星震。当时她们刚到达目的地，准备进入一家刚建成的太空医疗中心工作。幸存者是她们的朋友和同事，也多为女性。我们按要求在墓碑上镌上死者生前喜爱的东西：植物或小动物，手工艺品，首饰。纪念仪式开始时，我听身边一个声音说："她们本不该来这儿。"

我侧目见是一位着紧身宇航服的小巧少女。

"她们不该这么早就让我们来料理，连具完尸也没有。"我怜悯地说。

"我是说我们本不该到宇宙中来。"她声音沉着，使我心中一抽。

"你也认为女人不该到宇宙中来？"

"我们太弱。那是你们男人的世界。"

"我倒不这么看。"我满怀感情地说，不觉又打量她一眼。我以前还没真正跟一个女太空人说过话呢。这时在场的男人女人都转过头来瞧着我俩。

这就是我认识阿羽的经过。写到这里我停下笔，闭上眼，对这无限甜美而又备尝辛酸的回忆咂摸了好几分钟。

认识阿羽后，我就意识到自己要犯规了。童年时代的冲动再度涨满心中。我仍然相信命中注定有个女孩已等了我好久，她是个天生丽质的女太空人。

阿羽的职业是护士。即便在这个时代，我们仍需要那些传统的职业。不同的是，今天的白衣天使正乘坐飞船，穿梭星际，潇洒不俗而又危险万端。

当我坐在坟茔中写这些字时，我才注意到自己竟一直忽略了一个事实，即我和阿羽职业上的矛盾性。总是我把她拯救过来的人再次埋入陵墓。她活着时我不曾去想这个，她死了我也就不用想了。可为什么直到此时才意识到呢？我觉得应该为我俩的结识赋予一个词："坟缘"。我要感谢或怪罪的都是那十具女尸。

在那天的回程途中我心神不定，以至于同伴们大声谈论的一件新闻也没有听进。他们大概在讲处里几天前失踪的一名职员，现在在某太空城里找到了尸体。他在那里逛窑子，莫名其妙被一块太阳能收集器上剥落的硅片砸死。我觉得这事毫无意思，只是一个劲回想那坟地边伫立的"宇装少女"和她的不凡谈吐。这时舷窗外一颗卫星的阴影正飘过行星明亮的球面，我不觉一震。

我和阿羽偷偷摸摸地通过书信来往了两个月，而实际见面只有三次。其间发生的几件事有必要记录下来，因为它们一直困惑着我的后半生，并促使我最终走进坟墓。

首先是我病了。我得的是一种怪病，发作时精神恍惚、四肢瘫痪、整日呓语，而检查后又是全身器官正常，无法治疗。我不能出勤。往往这时就收到阿羽发来的信件，言她正被派往某个空间出诊。等她报告平安回到医疗中心站时，我的病便忽然好起来。

我不能不认为这是天降之疾，但它又似乎与阿羽有某种关系。但愿这是巧合。

跟着发生了第三处设立以来最大的惨案。我们的飞行组奉命前往第七十星区，途中刚巧要经过阿羽所在的星球。我便撺掇船长在那星球作中途泊系，添加燃料。他一口答应。领航员在计算机中输入目的地代码。整个飞行是极普通的。但麻烦不久便发生了。我们分明已飞入阿羽所在星区，却找不到那颗星球。无线电联络始终清晰无比，表明导引台工作正常，那星球就在附近。可是尽管按照指引的方向飞，飞船仍像陷在一个时空的圆周里。

我从来没有见过船长如此可怖的脸色。他大声叫喊，驱使众人去检查这个仪器，调整那个设备。可是正像我的怪病一样，一切无法解释和修正。终于人们停下不动了。船长吊着一双眼睛逼视大家，说："谁带女人上船了？"

于是我们迟疑地退回自己的舱位，等待死亡。良久，我听见外面的吵嚷声停止了，飞船仿佛也飞行平稳了。我打开舱门四顾，难以置信地发现，飞船正在地球上空绕圈子，而船上除我一人外，其余七人都成了僵尸。我至今已记不住各位同伴的死态，唯见他们的手，还一双双如柴荆般向上举着。

此事在处里引起了巨大震动，调查半年之久，最后却不了了之。在此后一段时间里，我耳边老回响着船长绝望的叫声。我不认为他真的相信船上匿有女子。航天者都爱这么咒骂。然而我却不敢面对如下事实：为什么全船的人都死了，唯有我还活着？事件为什么恰好发生在临近阿羽工作的星球的那一刻？又是什么力量遣送无人控制的飞船准确无误回到地球上空的呢？

女人禁忌的说法又在我心中萌动起来，但另一个声音却企图拼命否定它。

不久后我见到了阿羽。她好生生的，看到我后，惊喜异常。我一见面便想告诉她，我差点做了死鬼，但不知为什么，忍住了没说。我深深地爱着她，不在乎一切。我坚信如果真有某种存在在起作用的话，我和阿羽的生命力也是可以扭转其力矩的。

我不是活下来了吗？

前面已经说过，我和阿羽相识只有两个月，两个月后她就死了。她要我带她去看宇宙墓碑，并要看我最得意的杰作。这女孩心比天高，不怕鬼神。我开始很犯愁，但拗不过她。她死得很简单。我让她参观的墓并不是最好的，但仍有一些东西很特别。我们爬上三百公尺高的墓顶，顶上有一个直径数米的孔洞通达底部。我兴致勃勃指给她看："你沿着这往下瞄，便会——"她一低头，失了重心，便从孔中摔了下去。

后来我才知道她有晕眩症。

一丝星光正在远处狡黠地笑着。一艘飞船正从附近掠过，飞得小心翼翼。此后一切静得可怕。

我让一个要好的同事帮我埋了阿羽。为什么我不自己动手？我当时是如此害怕死。同事悄悄问我她是什么人。

"一个地球人，上次休假时结识的。"我撒谎说。

"按照规定，地球人不应葬在星际，也不允许修造纪念性墓碑。"

"所以要请你帮忙了。墓可以造小一点。这女孩，她直到死都想当太空人，也够可怜的。"

同事去了又回。他告诉我，阿羽葬在鲸鱼座β附近，并且他自作主张镌上了她的宇航员身份。

"太感谢了。这下她可以安心睡去了。"

"幸亏她不是真正的太空人，否则，大概是为你修墓了。"

很久我都不敢到那片星区去，更谈不上拜谒阿羽的坟茔。后来年岁渐长，自以为参透了机缘，才想到去看望死去多年的女友。我的飞船降落在同事所说的星上，逡巡半日，心中不安。我待了一阵，重跳上飞船，返回地球。随后我拉上那位同事一齐来到鲸鱼座β。

“你不是说，就在这里吗？”

“是呀，一起的还有许多墓呢！”

“你看！”

这是一个完全荒芜的星球，没有一丝人工的孑遗。阿羽的墓，连同其他人的墓，都毫无踪迹。

“奇怪。”同事说，“肯定是在这里。”

“我相信你。我们都已搞了几十年墓葬，这事蹊跷。”

黑洞洞的宇宙却从背景上凸现出来，星星神气活现地不避我们的眼光，眨巴眨巴地挑逗着一切。我和同事忽然忘了脚下的星球，对那星空出起神来。

“那才是一座真正的大墓呢！”我指指点点着说，全身寒意遍起，双腿也成了立正姿势。

那时我就想到，我在第三处可能待不长了。

第三处的解散事先毫无一点迹象，就像它的出现一样神秘。在它消失之前宇宙中发生了多起奇异事件。大片大片的墓群凭空隐遁了，仿佛蒸发在时空中。这是不可思议的事情，真相一直被掩饰，不让世人知晓，但营墓者却惶惶不可终日。那些材料不是几十亿年也不变其形的吗？仍然有一部分墓遗下，它们主要分布在太阳系或靠近太阳系的星区。这些地方，人类的气息最为浓郁。后来第三处又在远离人类文明中心的地方修了一些墓，然而它们也都很快失踪了，不留任何痕迹。星球是拒绝了它们，还是接收了它们呢？

似乎是偶然间被触动了某个敏感部位，宇宙醒了。偏激的人甚至认为它本来就是醒着的，只不过早先没有插手。

那些时候我仍周期性发病，神志不清中往往见到阿羽。

“我害了你。”我喃喃。

她沉默。

“早知道我们跟它这么合不来，就不去犯忌了。”

她仍沉默。

“这原来是真的。”

她沉默再三，转身离去。

这时我便感到有个强烈的暗示，修一座新墓的暗示。

于是就有了现在的情形。天鹅座a星是一个遥远的世界，比那些神秘消失的墓群所在的星球还要遥远。我是有意为之。我筑了一座格调迥异的墓，可以说很恶心，看不出任何伟大意义。在第三处你要是修这样一座墓，无疑是对死者的亵渎。我觉得我已知道了宇宙的那个意思。这个好心的老宇宙，它其实要让我们跟他妥帖地走在一起、睡在一起，天真的人、自卑的人哪里肯相信！

这我懂得。但我的矛盾在于我虽然反叛了传统，却归根结底仍选择了墓葬。我还有一点点虚荣心在作怪。

写到这里我就觉得再往下写没什么意思了。

我要做的便是静静躺着，让无边的黑暗来收留我，去和阿羽相会。

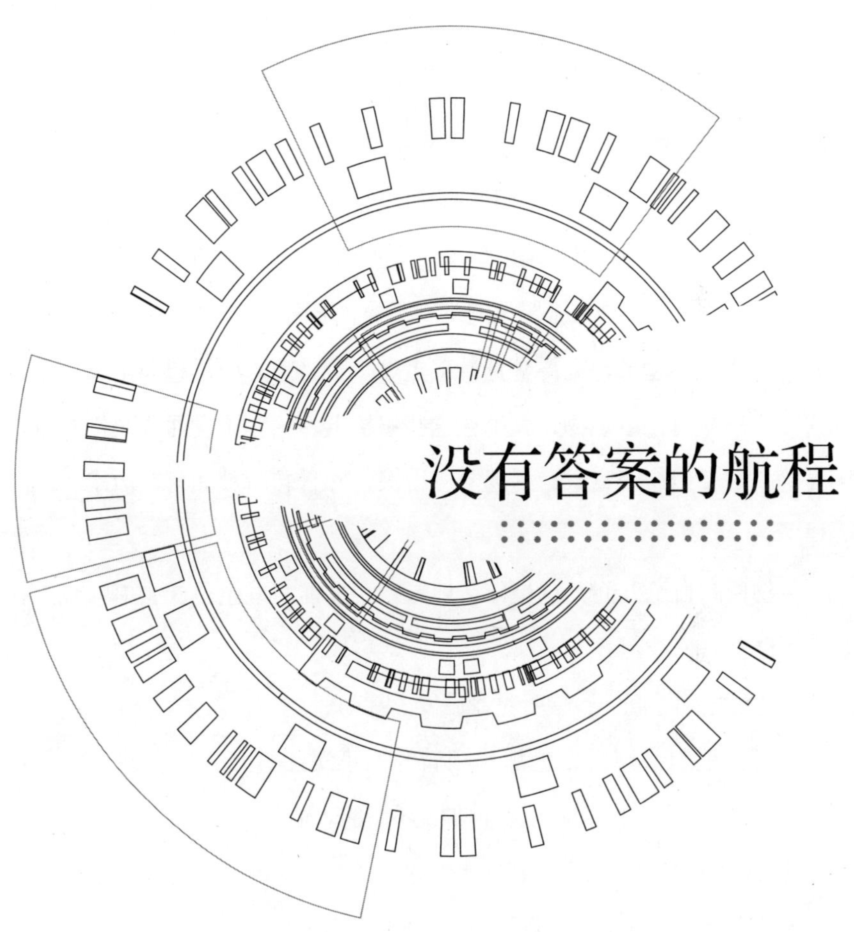

# 没有答案的航程

# 一　生物

生物从昏迷中醒来，发现自己不再记得以前的事情了。

它躺在一个不大的房间里面。房间是半圆形的，周遭是洁白的金属墙。一端有一个紧闭的门，另一端是窗户，透过它能看见室外群星森然密布。

正对窗户不远，是三张紧挨的皮制座椅。上面空空的，一尘不染。

生物努力站起来，觉得全身骨架生疼。于是它心中浮起一个意象：曾几何时，一共有三个生物，就坐在这些座椅上，一言不发而久久地观看那闪亮的星空。但这个意象，遥远陌生得很，并且转瞬就如落花流水一般散失掉了。

生物便向自己发问：这是什么地方？我是谁？发生了什么事？我怎么会来到这里……

它还没把问题问完，便听见身后发出响动。

它紧张地回头观看，见那扇闭着的门正缓缓打开，门边站着一个物类。那后来者看见生物，脸上有种种说不清的表情。

这时生物便听到室中嗡嗡响起一种声音。它惊讶于自己听出了是“你好”这个音节。而这个音节竟是门边那家伙发出的。

生物迟疑一下，感到自己被不由自主的反应主宰，便也回应：“你好。”

这声音又使它们吃了一惊，原来都会说话呀。而且这不假思索、脱口而出的语言，竟然是同一种呢。

生物判定它和对面的个体是属于一个门类。因此，生物推断从它的模样上，也能反映自己的形象：五官集中在一个脑袋上，有一只脖子，两手两腿，直立行走，穿着灰色的连裤服。

生物开始重新认识自己。这种形象有些熟悉，但生物想不起在哪里见过，这使它非常不安。它在心里称后来者为“同类”。

接下来，生物飞快地与同类熟识了起来。它才知道，原来同类也失却了记忆。自然地，它们有了同病相怜、同种相亲的感觉，亦便立即讨论了目前的处境。

显而易见，这种讨论根本无效。它们头脑里供参考的背景知识一去不返。

很快它们就累了。生物和同类不安已极，愣愣地看着白色的四壁，任凭星宿从窗外流过……时间逝去了。

同类忽然叫出声：“喂，我们是在一艘宇宙飞船上！”

生物循这声音，在几条隐蔽的脑沟中拾回一点似曾相识的东西。宇宙飞船、发射……好像是这么回事。

“我们可能是这艘飞船的乘员。”它便也说，为零星记忆的恢复感到鼓舞。

它们在这种鼓舞之下，便作了如下假设：它们驾驶这艘飞船，从某个地点出发，去执行一次任务。中途发生的某种不测使它们昏迷，昏迷中它们失去了记忆。飞船现仍在航行途中。

可是出了什么事呢？它们的智力之流至此再次受到阻绝。另外一个思虑倒生出来：飞船上就它们两个吗？它们不约而同去看那三张座椅。不错，房间内的座椅的确是三张。

生物和同类梦游般移到座椅跟前，然后小心地欠身坐下去。这椅子分明是按照它们这种物类的体形来制作的，可是到处找不到操纵手柄和仪表盘之类的布局。

它们相视一眼，觉得世界很奇怪，便咯咯笑出声，却又忽然止住笑。

它们想到自己其实并不了解对方，亦不明身处之境。

这时，星光以很佳的角度攒射在生物眼帘中，像无数的鱼儿竞身投入饥饿的池塘，召唤起驾驶的冲动。只是，它和同类都忘记如何操纵这艘飞船了。

它们仔细体会渗入骨髓的惊诧和恐惧。

第三张座椅空着。

还有第三者。

## 二　第三者

生物便说：“喂，得赶快找到第三者。”

同类说：“如果它还能记起一些什么就好。”

生物说：“哪怕它也失了记忆，我们三个在一起互相提醒，也许要好一些。三个臭皮匠，顶个诸葛亮嘛。”

同类说：“这话很有意思。它是什么意思？你想起它来了！”

生物腼腆地笑笑。它也不记得这句话的来历。

同类又说："可是它看见我们会吃惊吗？"

生物说："我想它也在找我们呢。"

它们便开始在船舱内寻找第三者。它们知道肯定能找到它，因为有第三张座椅嘛！

这是生物和同类的首度合作，它们的配合竟相当默契。它们惊喜地看看对方，心想，在出事前，它们一定是一对好搭档（这是一个回忆的线索）。

世界的确不大，很快走遍旮旮旯旯，结果鬼影也没发现一个。这一点是可以打赌的。它们不放心，又寻一遍，结果如前。

可是，为什么要设第三张座椅呢？

四周静无声息。不祥的气氛开始笼罩生物和同类，但它们还没有由衷地感到阴森。因为它们沉浸在唯一的收获中，它们弄清了，这大概真的是一艘飞船。

它的结构简单，像一根哑铃。（为什么这样的结构就是宇宙飞船呢）它们甚至确定它由一个主控制室（生物昏迷的房间）、三个休息室、一个动力室和一个生活室构成。

其中，控制室对于它们来说暂时没用，因为它们忘记了操纵方法。但使它们惊喜的事还是有的：在生活室里发现了大量食物。用它们知道的那种语言通俗来讲，是"吃的"！

这使它们醒悟，肚腹中越来越强的那种不适之感叫作"饥饿"。消除饥饿，是它们在飞船上解决的第一个实际问题。但它似乎很快被更为重大的理论问题踹到一边儿去了。

没有找到有关这次航行的资料，没有找到足以证明生物和同类身份的信息，没有发现它们的任何个人物品。这样就不能回答那几个最关键的问题：

它们是谁？它们从哪里来？它们要到哪里去？它们要干什么？

飞船上没有白昼和黑夜，时间便像盲流。生物和同类心情紧张，只好继续喋喋不休地讨论了一些事情：

一、事故。第三者死了，它们则失去了关键性记忆（一些细枝末节的倒还记得，比如“哑铃”“门”“窗”“语言”等概念）。

二、第三者被劫走了，连同所有的资料（飞船遭到过抢劫）。

三、第三者是一个重要人物，指令长之类。

四、第三者正在劫持这艘飞船。

五、没有第三者。第三张座椅是虚设的，比如为候补船员用。

六、……

这样讨论下去照例没有结果。更恐惧的是，它们似乎来自一个喜欢讨论的种族（又一个可供回忆的线索）。

于是在同类的提议下，它们又回到了现实。

目前有这么一个问题：无论第三者存不存在，飞船总算还在它们自己手中。尽管不知道来历和去向，它们得控制它。这才有光明的前途呀。恍然大悟。

这样一想，一切似乎又简单了。它们便动手动脚尝试，但一会儿后发觉并不容易。没有一个按钮，没有一台计算机，没有一个显示器，没有一个文字和图案。

在缺乏提示的背景下，生物和同类连一点操纵飞船的常识也记不起来了。这已非行动与否的过错。

跟着它们意识到这飞船也忒怪了。整个光溜溜的，很现成的感觉。它整个地包容着它们，它们却无法动它一爪。它被做成这种样子，可能是一种先进的型号。设计师是谁呢？

同类说，它更像一个虫子的空壳。这虫子原来生存于无名的外星。它此刻虽然没有展示什么神通，却也漠视乘者的存在。不过，正常的结论似也应有三种：

一、只有第三者知道操纵法。

二、它们加上第三者共同用复合意念才能操纵。

三、这艘飞船是自动控制的。

最后，它们不约而同地决定相信第三种结论。有了这样的揣想，它们松了一口气。无聊的话题便又一次跟强迫症似的开了头。

同类相信它们正在执行一项严肃的任务。它说："你难道认为我们原来是那种碌碌无为者吗？我觉得不可能。看看这艘飞船，这次航行。我想我们当初一定经过严格的训练和挑选。这次航行有着伟大的使命。"

"那也不见得。"生物反驳，"没准儿，我们是两个逃犯，两只实验用的动物。"

其实它心里也像同类那么想来着。它对这位感兴趣。它的生活与它的生活必定有过巨大的交叉。什么逃犯，也许二位是至爱亲朋呢。但是好友在一夜之间便对面不识了。

生物摇摇头，否认了这是它们原来生活的那个世界的普遍现象。

"那真还没准儿。"同类却微笑着接过生物的话茬，打断了生物的沉

思。生物不知为什么有点不高兴。

同类接着说："但是，也有可能，逃犯只有一个，另一个是上船来捉逃犯的警察。实验动物也只有一个，另一个是科学家。这种配合也正属于好搭档之列。"

生物只好干笑着拍了拍同类的肩膀，说："你讲得太有意思了。幸好我们什么都记不起了，不然中间有一个可就麻烦了，老兄。"

同类推开它的手："喂，你正经一点。好好想一想。我现在一点都不了解你，虽然我不明不白地信任着你。换几个问题问问，看你想不想得起来。第一个：你今年多大了？"

生物艰难地想了想，老实回答："不知道。"

"你最喜欢什么颜色？"

"不知道。"

"有什么爱好？"

"不知道。"

"崇拜过谁？"

"想不起来。"

"一生中最难忘的事情是什么？"

"好像没有。"

"你是什么星座？"

"什么意思？"

"我偶然想起了这个。喏，星座。"

"星座？"

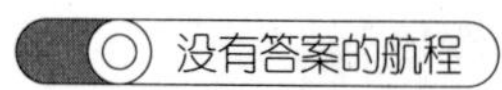


同类摊摊手。船舱外的星光便沿着它的指缝，密密麻麻地溢过来，针扎般刺痛了生物的脑海。

时间久了，它们都感到没话可说。

后来一想到这段情节，生物仍否认它们曾拒绝进行交流和理解。

当时，它忍受不住这冷场，说："你说，会不会有谁在寻找我们？"

同类一惊，道："倒是有这种可能。如果我们接受派遣，从某个基地出发，必定有谁在跟踪监测。"

在无聊的话题行将结束之际，它们为最后偶然冒出的这个想法激动不已。那派遣它们的人，会不会就是第三者？

它们决定实行轮流值班制度。记忆的丧失使它们不敢轻易对任何东西下注。而且，它们对正在发生什么和将要发生什么毫无把握。

所谓轮流值班，便是让一位休息，另一位在主控制室待着。虽然实际上不能控制什么，却可以对突发事件进行观测，发出警报。

值班者更重要的职责，便是等待，万一遇上寻找它们的飞行器或者别的路过的飞行器向它求救呢！虽然不知道用什么办法能使对方获知它们的处境，但它们觉得，到时候就应该会有办法的。它们的智慧目前达到的地步便是这样。

## 三　方舟

等呀等，可是黑暗的空间好生静谧，老不见第二艘飞船。生物和同类

失望至极，愤恨至极，便又去看窗外的星空。

星空亮晶晶的，就像宇宙大洪水一样，从四面八方泄入荒凉的船舱和寂寞的心胸。于是又有了无话找话。多亏语言——它本身大概也是一种生命形态，这时它们就这样感激地想。

同类骂道："它们不管我们了。"

生物说："喂，看起来我们的世界已经毁灭了，我们两个是唯一的幸存者。"

同类点点头："这大概是事故的起因。"又说，"但你说的跟《圣经》中的不一样。听你的意思是说我们乘的是诺亚方舟？那么鸽子呢？"

《圣经》是什么武器？诺亚方舟又是何种东西？为什么要提到鸽子？生物听了同类的话，陷入了痛苦的思索。它朦朦胧胧地记起了一些往事，却不得要领。它也试探着说："那也应该有性别之分。这种场合，通常是安排一男一女。"

同类就谨慎地发问："什么场合？"

生物便又乱掉了方寸。性别是什么呢？一男一女又该干何事？一团模糊遥远的云彩，带着毛边儿，在它的神志中纵横切割。心乱与静谧的空间不成对应。语言杀人！生物慌慌张张地去看同类，发现它也在十分尴尬地打量自己。

"这些事情是说不清楚的，除非你真的记得。"末了，生物黯然说。

"一定有什么地方搞错了，但不是我们的过错。"同类说。

渐渐地，它们的谈话中老有一个星球的名字出现。但由于没有年代坐标对它进行定义，它们断定这东西大概没有什么价值，便把它抛在了脑后。

另外它们逐渐回忆起自己跟“人”这个概念有关。这是一个沉重得有点可怕的概念，它们有这种感觉。

可是就算是“人”，也并不能说明它们是谁呀，因此也没有多大用处。于是它们令人遗憾地放弃了这方面的进展。但是……第三者会不会是个女人？这种新想法使生物精神一振，忘乎所以地兴奋和慌乱起来。

## 四 威胁

飞船上没有白昼和黑夜，谁也不知道宇宙中的时间究竟过了多久。轮到生物值班时，群星仍然缄默，像做游戏的小孩绷住脸，看谁先笑谁就输。

生物晕晕乎乎地坠入了臆想。窗外的星星在不知疲倦地旋转。那里的所有生物，也都如它们这样浑浑噩噩地活着，不知生来死往，不知自己是什么东西，不知目的地吗？

一瞬间它隐隐约约回忆起，这正是它在昏迷之前向往过的生活呀，这正是一段如痴如醉之旅呀。但生物马上又确信整个航程是有目的的，只是它暂时忘记罢了。

生物便蔫头蔫脑地去看那张座椅，心里泛起泡沫一般没有指向的念头：第三者真的死了吗？还是仍在这艘飞船上？还是在什么地方跟着飞船？如果它出现，它能带来什么信息？还有，女人的事……

它忽然背脊发凉。

生物转头看去，一双眼睛在门上的小圆洞里盯着自己。

生物凝视这眼睛，一时不知道该做什么好。这是一双布满血丝的眼睛，充盈着怀疑和阴毒。它和生物的目光接触了片刻，也凝固住了。

生物跃起的刹那，那眼睛从门洞上移开了。生物冲出门，通道空空的，并无踪迹。它蹑手蹑脚地回到自己的休息室，发现里面略有凌乱，似乎被搜查过。

它一声不吭地出去了。它的腿部肌肉在痉挛，这证明它的确是一个普普通通的生物。

生物费了好大劲才重新挪动脚步。它匆匆去到同类的休息室。同类这时不在。生物刚要退出，却撞上同类进来了。同类看见生物在这里，满脸狐疑。

生物告诉同类：第三者确实在船上。

“你看见了吗？”同类冷冷地问。

“我看见了。”生物牙齿打颤，因同类这种口气感到委屈。

“不会是幻觉？”

“不是幻觉。”生物十分肯定。

“它跟我们一样吗？”

“我没有看清它的脸。但感觉上是跟我们一样的生物。”

同类面部肌群便有些抽紧，像一只游历许久的峥嵘的陨石。它说：“你有没有看走眼？这艘飞船上不可能有第三者的藏身之地。”

生物说：“也许上次搜查时我们忽略了什么角落。它可能在跟我们玩捉迷藏。而且我的房间好像被人动过了。此刻它在暗处我们在明处。”

同类低声道："就像个幽灵？"

生物解释："它可能以能量态存在，我感觉得到。它现在可能正伏在飞船壁上。它一直在外面跟着飞船。它跟我们不一样，它能在太空中呼吸和行走。"

同类说："你怎么想呢？"

生物脸有些泛青，说："它也许就在外面，它要吸我们的血。你有没有听说过黑暗太空中的冤魂？"

同类说："那都是水手们杜撰的故事。"

生物说："可是这种情况下你不能不去想！一切是那么不可思议。"

同类说："什么叫不可思议？第三者它究竟要干什么？"

生物说："我能感觉到，这整个是一个阴谋。我们得找到它，赶快抓住它！"

同类咬着嘴唇，想朝前迈出一步，却好像没有力量这么做。"你的分析不能说没有道理，你看见的也可能并非幻觉。"它慢吞吞地说，"但另一种可能性也许更符合常情。如果真有第三者，根据第三张座椅的样式和你刚才的描述，它最多是跟我们一样的乘员，那么它又会有什么特别呢？它一样没有了记忆，一样对环境不适应。它要看见我们，也一样的恐惧，以为我们是阴谋者。"

生物摇摇头："你是说，是它在躲着我们？防范我们？猜测我们？"

同类哈哈一笑："你说一个生物，在这种环境中，还能做别的什么吗？我觉得没必要去找第三者。找到了它又会怎么样呢？我们需要从三个生物中选一个指令长吗？我看还是让它要怎样就怎样吧。"

生物说：“不需要选谁当头。但多了一个生物，我们就可以减少每个生物的值班时间，用余下的时间来恢复记忆。”

同类说：“可是食物就得按三个生物来分配了……”同类忽然缄口，又哈哈笑了起来。

当生物终于反应到同类道出的一个重大问题时，场面便有些尴尬。生物一直忘记了第三者也要进行新陈代谢才能活着，可见记忆的丧失是多么危险。

“如果它与我们一样是船员，它是应该有一份的……飞船本是为三个生物设计的。刚开始我们不是努力找过它吗？”生物这样说，而内心正在拼命否定什么、又重建什么。它是那么胆战心惊，以至于不敢去看同类的眼睛。

“那是原先呀。有好多事情我也是这两天才想到。你就当第三者不存在吧。”同类见话说到这个地步，便这么总结。

生物承认它说得有些在理，又感到其中逻辑的混乱，而唯一的断线头又随时间的退潮一寸寸地从它手中滑脱。它在线索离手的刹那，又回忆起某些东西，却没有向对方言说。

它们仅仅达成协议认定第三者并不存在，因为它们需要它的不存在。

跟着它们建立了一项制度。在取食物时，必须两人同时在场，并进行登记。尽管达成协议否认了第三者的存在，它们仍然在值班制度中加入了一条对食物舱进行保卫的规定。

一个明显的事实：由于它们的生存，食物的确在一天天减少。但这是一个刚开始没引起注意的特别事项。对于“吃”的忽视是一件重大事情。

同类是什么时候留意到这个情况的？生物因为怀疑对方的记忆恢复得比自己更快，便第一次对同类产生了戒备之心。

这种戒备甚至有时盖过了对第三者的防范。

生物企图否认这种情绪。它希望到食物刚好用完的那一天，飞船在一个地方降落，有人告诉它们，这一切不过是一个精心设计的玩笑，是一场无伤大雅的试验，是计划中的一部分，包括它们的失忆。

可是，万一不是这样，会怎么样呢？同类是不是也在想这个问题，是生物所不能知道的，但它这几天越来越寡言，使生物很担心。

生物希望与同类一起商量一下。但每次它都无法开口，它不再认为商量能解决问题。实际上，现在，它们已开始对见面时要说些什么字斟句酌起来，先前那种古怪的闲谈成了真正可笑的往事。那个想法不断浮现：会怎么样？它们都会灭亡，还是……

其中一生物会灭亡？

生物的心被这个念头刺激着，冷冰冰的，越跳越凶。跟着，大段时间里它努力使自己接受一个新的想法。同类说没有第三者是对的。

因为它就是第三者。

## 五　最后的X餐

事实是，飞船上一共有三个生物。事故发生后，同类最先醒来。它发现出了事，便杀害了一名同事——为了独享食物。然后它来加害生物，碰巧这时生物醒来了。

生物是这么想的。生物又想：换了我可能也会这样做。

要不就是：同类在控制飞船。它假装失去了记忆而实际没有。为什么要这样呢？当然是一个阴谋。而生物是它的人质。

因此，这艘飞船的使命，极有可能是肮脏、卑鄙的。

生物要使自己接受这样的想法，就不能没有思想斗争：它是坏人还是好人？它是好人还是坏人？它要不是好人会不会就是坏人？它要不是坏人会不会就是好人？它要是好人，我该怎么办？它要是坏人，我又该怎么办？

唉，它怎么连以前的什么事都记不得了。

飞船上没有白昼黑夜，时间不知已流失到了何处。这是没有人来管的。生物和同类羞羞答答地又一块去取食。

轮到生物登记。它查了一下，原本堆得像山似的舱里，各种食品已吃掉三分之二。就它们两个生物，消耗量也很惊人。由于有了那种新想法，它看同类的目光不一样了。

它有意只取不足量的食物，然后它注意观察同类的反应。生物看见同类的眼睛时不觉愣了一下。布满血丝，似乎有怀疑和阴毒在其中一闪。

它吓了一跳，但表面上不动声色。然而同类并不待生物捕捉到什么和证实什么，便表现出高兴和理解，拿了自己那份食物，乐滋滋地吃去了。

生物也开始吃自己的一份，这时它发现量太少了。同类便过来把它盒中的一部分扒拉到生物盒中，这个意料之外的举动使生物的脸孔热了一下。

它也不让对方捕捉到什么，便堆起笑容说：“干脆再到舱里去取一些吧。”

同类用手压住生物的肩膀，不让它动。“我知道你是好意，但是我们必须节省。”它说，“我的确不太饿，你需要你去取一些吧。”

生物便惭愧有加。它努力不在对方面前表现出来，以免同类觉得自己软弱。但它内心的情绪终于释放于脸面。生物察觉到，自己对同类的歉意中夹杂厌恶。这时它就像一个刻薄的可怜虫被人看穿了心事。但生物发现同类竟能装出若无其事的样子，这尤其使它感到深不可测的恐惧。

这时，同类便静静看着生物的鼻尖说：“到了目的地一切都会好的。等恢复了记忆，我会发现，你原来一直是我的好搭档呀。”

听了这话，生物忙随口答道：“尤其是现在这样子，我们面对同一个问题，克服同一种困难，这将是多么宝贵的记忆呵。我一定要把这航程中的种种事情告诉我们的后代。”

可怜的生物便又反复琢磨起来，一会儿觉得同类之外还有第三者，一会儿觉得同类便是第三者。但它的想法并不能阻止食物的不断减少，并且减少的速度有些不正常。它们加强了守卫，却没有发现小偷。

在没有捕捉到第三者之前，生物便再次疑心同类在值班时偷窃了食物。它开始监视同类。生物从主控制室舱门上方的小圆孔观察同类的工作，一连几次后生物发现同类甚为老实，同类的背影写满忧患。同类那么专注地注视一无所有的太空，的确让人感动。

每当这时生物便深知自己错怪了同类，但同时它又非常热望同类去偷窃食物。飞船上缺少一个罪犯，便不能证明另一个生物的合法性。然而终究使它不安的是同类的无动于衷。

“同类知道我在监视？同类会不会反过来监视或者同类早已开始监视我了呢？”生物便这么胡思乱想着，思维不断颠来倒去，心中涌起思乡之情。它回忆起在它原来的世界里，它并不这么贪吃。

# 六 过失

飞船上没有白昼黑夜，时间继续大江东去毫不反悔。飞船亦仍坚持它顽固的航程，无尽无头。

生物和同类变得更为沉默乏味。它们早已不再提第三者，但似乎二位有同一种预感：冥冥中的第三者不久即要露面摊牌。是吉是凶，将真相大白。

但不幸的是，就在紧要关节，同类发现了生物在监视它。这打破了预定的安排。

同类刚把头回过来，便与生物透过门洞的目光对个正着——就像那次生物和第三者陷入的局面。同类无法看见生物的整个脸，就如同当时生物与第三者对视。

同类或许以为碰上了第三者，它明显有些慌张和僵硬。

然后，同类缓缓从椅上站起，这竟然花了很长时间，而不像生物那样猛然一跃。

同类向生物威严而奇怪地走过来。轮到后者僵硬了，同类身后如洪水猛兽般的群星衬托着它可笑的身体。

生物一边搜索解释的词句，一边想还有充足的时间逃跑。然而它却被一股力量固定，在原地无法动弹。

生物知道自己的眼睛这时也一定布满血丝而且充盈着怀疑和阴毒，因为它看见同类越走近便越避开的目光，而且步伐颤抖着缓慢下来。

生物相信到这时同类还没认出它，它要走还来得及。同类走到门前停住，伸出了手。生物绝望地以为它要拉门的把柄，但那手忽然停在空中，变成了僵硬的棍子。

它看见同类的额上渗出血汗。仅仅一瞬间，经过长途航行中时时刻刻的精神折磨的这个躯体，便在生物面前全面崩溃，昏倒了下去。

这真是出乎生物的意料。它急忙推开门，进去扶起同类，拼命掐它的人中。一会儿后它睁开了眼睛。

“你疯了。我死了，你只会死得更快。”同类这么叫着，恐怖的眼白向外溢出，使劲把生物的手拨弄开。它一定以为生物要加害于它。

生物大嚷：“喂，你看看我是谁！”

同类却闭上眼，摇头不看。生物这时犹豫了起来。最后它决定把同类弄回休息室。但在出门的瞬间，同类猛地掐住生物的脖子。

“叫你死！叫你死！”它嚷着。

“你干吗不早说。”生物也大声向它吼道，“既然心里一直这么想来着！”

生物很难受，眼珠也凸出来。生物掰不开同类的手，后者拥有相当锋利的指甲。生物便仰卧在同类身下，用牙乱咬它的衣服，直至咬破肌肉，膝盖则冲着它的小肚子猛顶一下。

这串熟练的动作使生物意识到它很早以前可能有过类似的经历。它全身酥酥的而且想笑。

同类立时昏了过去。生物便翻了一百八十度，攀上同类的身子。它咬它脸，也掐它脖子。这回它处理得自然多了。

同类喘出臭气。生物看见它脖子上的青筋像宇宙弦般搏动，不禁畏缩了。

同类便得了空挣扎。生物复加大气力。同类不动了。生物以为它完了，不料同类又开口说话：

“其实我一直怀疑你就是第三者……”

生物的一对眼珠开始淌血，血滴到同类额头上，又流到它的眼角。同类怕冷似的抽弹了一下。生物的小便就在下面汩汩流了出来。

生物确定同类确实不能再构成威胁之后，便去搜索它的房间，把什么都翻得凌乱。它没有找到足以宣判同类死刑的证据。

它这才醒悟自己并不知道杀死的是一个什么生物（或一个什么“人”），就像它不知道自己是谁一样。

生物开始感到小便流尽后的凄凉。一切只是一个意外的失手。生物答应自己一定要好好原谅自己。它也没发现同类偷窃的食物藏在什么地方。

生物做完这些，全身困倦，横躺在那三张椅子上。这时它好像听见有其他生物在叫它。它浑身一激灵，四处寻找。然而仍然只有白色的金属墙，墙上的门紧闭，再没有什么物类倚立。

可是生物打赌，它的确听见了某种呼唤，尽管这种呼唤以后再没重复。

之后它产生了强烈的毁尸灭迹的愿望，但试了种种办法，都没有成功。没有器材、药剂，也找不到通往宇宙空间的门户。

## 七　性别之谜

余下的时间，生物便吃了那些剩余的食物，以消除周期性的不适感。

尸体便在一旁腐烂。生物用食物的残渣把尸体覆盖，免得气味散发得到处都是。

许多次，生物以为还会从门洞中看见一双监视的眼睛，却再没发现。但那三张座椅仍然静静地原样排列。一张属于它，一张属于死了的同类。另一张呢？

生物没有兴趣再为这个开始就提出的问题寻找答案。

它便去看星空。它是凶杀的目击者。生物便暂定它为第三者，以完成自我的解脱。

它在自己的壳中航行。不知为什么，危险和紧张的感觉依然存在，而且另一种孤单的心绪也袭将上来，渐渐化为一种欲哭无泪的氛围。

生物想不出该干些什么。这时它便有与尸体聊天的冲动。

等到剩余的食物吃完一半，依旧没有目的地将要出现的任何迹象。生物又开始吃另一半，即原来属于同类的口粮。

食物消耗殆尽，它便去吃那具尸体。

生物想：它说我会死得更快是没有道理的。这个生物真幼稚。

噬食裸尸之时生物才注意到它的性别。得承认，这一点它发现得为时已晚。

它仍然试图揣测在余下的时间里是否还会出现一点什么修正自己命运的变故。

这艘飞船——现在生物怀疑它真的是一艘飞船——便随着它的思绪飘荡，继续着这沉默是金而似有若无之旅。

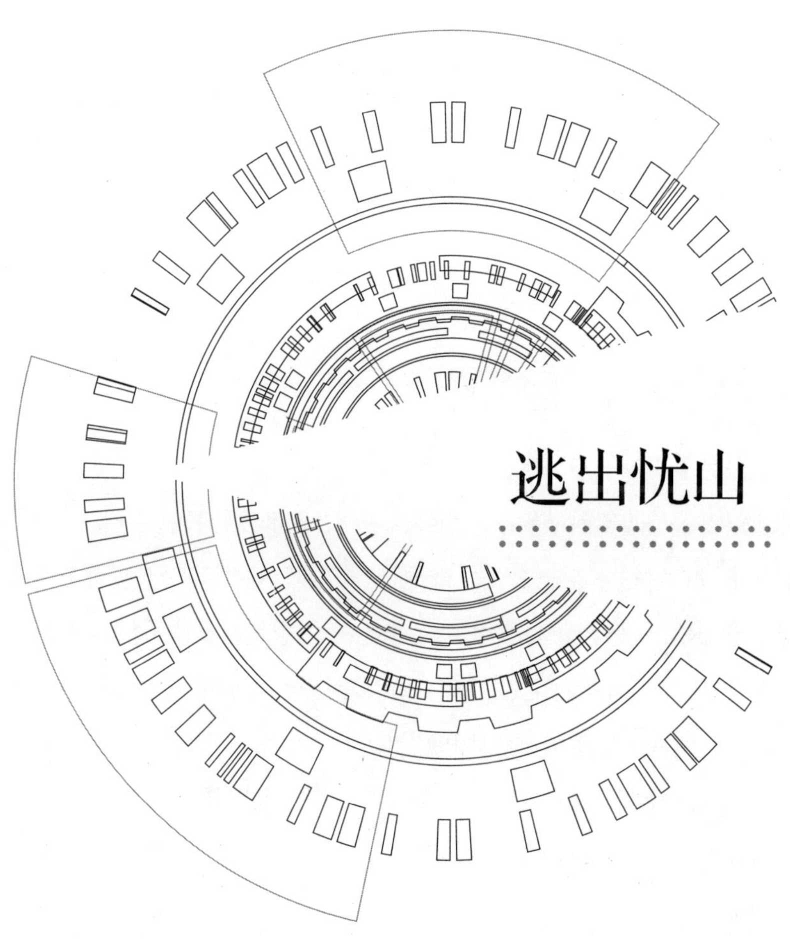

# 逃出忧山

韩愈与妻子感情不和。这天，妻子对他说：

“是时候了。”

“是去离婚吗？”

“不。”

妻子递给韩愈一本杂志。

“我保存了四年了。”她说。

韩愈跟妻子是四年前结的婚。想到这一层，他非常惊异。

他从来没读过这本杂志，便好奇地把它打开，看见第二十九页上有一篇文章，讲述了一个老套的故事，大意是：一对夫妇感情不好，准备离婚。分手之前，他们决定到安徽黄山把定情时系在一起的同心锁解下。不料到了山上，两人触景生情，竟然和好如初了。

“你认为这种事情是真实的？”韩愈冷笑着抖动杂志，对妻子说。

“但我们可以证实它的真实性。”

“原来你早有准备。”

想到她仍然爱自己，韩愈有一些厌烦。

“有这个必要吗？”

女人只是简单地从口袋里掏出早买好的车票递给韩愈。

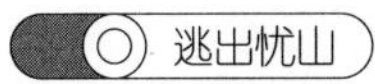


“我本可以到单位去揭发你的。”她说。

韩愈便不寒而栗。

“是一齐走吗？”

“各走各的，就像当初那样。”

他们便去了。

韩愈在北方某座城市的一所重点大学的国家实验室工作，许久没有出门，忙于做他的科研。由于工作太忙，他怠慢了她，这可能是他们不和的一个原因。另外，还有性格上的差异等问题。

一路上景色优雅或丑恶。世界确已大变，但是韩愈被象牙塔所拘，一直还蒙在鼓里。

当然，他们要去的地方不是安徽的黄山，而是西南某省的旅游胜地——忧山。韩愈乘上火车，由京广线到宝成线，辗转来到目的地。他的妻子则乘飞机直达。

忧山城通了飞机，是世纪末的事情。

根据妻子的安排，韩愈和她都应该下榻四年前他们在忧山邂逅时住过的那家客栈。这样，便可尽量做到原汁原味。

韩愈觉得女人都很浅薄，但他想到妻子警告说要去单位告发自己，便没有了主意。他连浅薄也摆脱不了啊。

但是他没有能够找到那家客栈。于是他有些幸灾乐祸。但就在这时，他看见街对面一幢高楼的一扇窗户中探出妻子的脸，她用不耐烦的眼光看着韩愈说：“你还在瞎找什么？”

韩愈向当地人打听，才知道原来的客栈已经拆除，旧址上盖起了“忧山大饭店”。韩愈便走进饭店。妻子刚才就是从这饭店的楼上探出脸来的。韩愈登记了一个房间，顺便查了一下妻子的房号，发现她竟然就住在他的隔壁。他为这个巧合感到不可思议，因为这跟四年前的排列组合恰好一样。当时正是由于这个原因，韩愈才和这个女人产生了关系。

那时韩愈研究生刚毕业，正式上班前有一个月假期。他便利用这段时间，游览国内各地的风景名胜。他在忧山遇见一个女大学生。她失恋后独自一人四处游历，准备最后到成都出家。韩愈在忧山大佛的脚背上阻止了她，后来又在城中一家客栈里跟她睡了觉。

忧山成了韩愈人生旅途中的一个转折点。结婚后，他数度追忆忧山的景物，却一直没有机会重返。抛开妻子的要挟不谈，韩愈其实一直渴望着再度游历忧山。

但他没有想到妻子首先提出了这个方案，这使他犹如游泳时猛呛了一口水。

服务员带韩愈去他的房间。韩愈发现这服务员竟是原先小客栈的旧人，因此愈发感慨。他注意到她手上已戴了结婚戒指，而她根本认不出他来了，只是恶声恶气地催他赶快。

韩愈进入房间，便急不可耐地拉开窗帘，这时他便由上而下看到了忧山的全景。他已经四年没来忧山了，当初的峨山沫水和渔舟波影，如今被一片工业废水和混凝土高楼装饰。韩愈就是在这里播下他的爱情种子的。韩愈怀着愉悦的心情观看了好一阵，正准备拉上窗帘，一眼瞥见忧河对岸端坐的石头大佛，心头哆嗦一下。

大佛的头颅隐藏在高空的云雾中，泛着月亮般的暗光，像一只移动的飞碟。大佛的神情暧昧，像许多这个年龄的已婚男子一样，韩愈心里顿时生出一种神秘和忧郁交杂的感情。

韩愈还想细细看一下大佛，后者的身影却迅疾被暗夜吞没了。

想到明天要与妻子演一出戏，韩愈决定早些上床休息，以养精蓄锐。虽然，他对于这出戏的结果越来越不抱希望，但他仍然期盼出现意料之外的结果。

韩愈是一个内心深处隐藏着强烈破坏欲望的人，他实际希望发生某种变故阻止他与妻子在大佛脚背的会面。

韩愈的愿望竟然成了现实。当他还在梦中时，忧山发生了很大的变故。

韩愈一觉醒来，发现周围静得可怕，这使他感到有些古怪。他在北方那座城市居住已久，那里的早晨总是无比喧嚣。但还不仅如此，因为韩愈立刻觉得这种寂静不太像是国内普通小城特有的安恬。但他也还没想到这是死亡才能滋生的枯寂。

韩愈只是思忖，这忧山的居民已经习惯纵情良宵，过于贪恋床笫，此刻不知时光已迟矣。他看看手表，发现表针停在凌晨三点。而根据天色判断，时间的确不早。韩愈慑于妻子的威势和要挟，要履约于这天上午十时在忧山大佛那硕大的脚背上与她碰头，重新装一次邂逅初恋。于是，他不敢怠慢，下得床来。这时，他发现所有水电气都已断绝。他打电话到服务台，电话也不通。韩愈是个知识分子，没有什么心计。他只是想到，三星级饭店的服务竟也如此糟糕，可见大道之不行久矣。他转念想到在这年头，又何必生气，便打开房门，来到走廊。

走廊和服务台都空空无人。敲服务员的房门也没有回音。韩愈觉得背后似乎有只眼睛在盯着他，猛回头一看，却并没有人。只有走道尽头的一柱阳光竟然不打弯儿、不出声儿地穿过一扇窗户，明亮地投在地毯上，怎么看也透着一股寒气。每一间客房都紧闭着门，韩愈不知怎么便觉得，每一扇房门后面都停着一具死尸。

韩愈叫："有人吗？"

他喊了三遍，也没人回答。这时他看见墙上的一只挂钟也停在三点。韩愈心沉了一下，便回到房间。他首先把门别上，然后把窗帘拉开。天色确已大亮。忧山完完整整、毫发无损，却像一幅余空太多的国画，让人好生心虚害怕。所有汽车都僵停着，大街小巷全无人迹。只有那大佛，仍浮在远方，做神秘状，沉默无语。

韩愈好像一个人掉入了宇宙空间漫长无味的深井。

韩愈本能的反应是出事了。居民们都死了，还是一夜间从这座城里迁走了？怎么没有通知他韩愈？要么，他们是在睡梦中凭空消失了，被劫走了？韩愈想核实这一点，证明自己不是白日做梦。他想下到城池中看一看到底发生了什么事。但他最后没有勇气走出房间。韩愈感到十分的不安。

这时，门口传来窸窸窣窣的声音。

韩愈竟然不敢回头去看。少顷，那声音忽然停住。韩愈这才看去，见是一张纸条，从门缝塞入。韩愈逼视它半天，才缩手缩脚取来，见上面写着三个字：

我害怕。

韩愈辨认出是妻子的笔迹，恐惧感稍稍减轻。这时他才想到他已结婚四年，并处于感情崩溃的边缘，是妻子说服他来这座城中重温旧梦，以挽救这场人生的危机。韩愈知道妻子竟然也还活着，便意识到局面更复杂了。他得应付这个情况。但他还没有在这样的环境中处理与妻子关系的经验，也先试着写了一张纸条，从门缝塞入她的房间：

你怕什么？

韩愈的妻子很快回了一条。

妻子：出了什么事？其他人呢？

韩愈：不知道。这是一座空城、死城。

妻子：为什么会这样？

韩愈：我们被遗弃了。

妻子：我们怎么办？

韩愈：不是说好十点去大佛吗？

妻子：现在几点钟？表停了。

韩愈：我的也停了。

妻子：你知不知道现在我们是什么处境？

韩愈：知道。就我们两个人了。你不想再谈谈离婚的事？

韩愈一边传递纸条，一边拖延时间，想着如何做出决定。他最后认为他可以利用这个机会甩掉她。这个念头使他在纸条中过早暴露企图，写出了离婚那样的语句。

纸条的传递到这时便中断了。韩愈后悔过早流露了心意，等待妻子作出强烈反应。一般情况下，她会凶悍地闯进来大吵大闹。

门果然被“嘭”地撞开了，但韩愈的妻子没有像往日那样撒泼，只是眼泪汪汪呆立在他面前。这种超出预定程序的邂逅使韩愈大吃一惊，手足无措。他咬咬牙便道：“夫妻本是同林鸟，大难来时各自飞。你有没有听说过？”

她用可怜巴巴的、他不习惯的眼神看着他。

他避开她的目光，慌乱地解释：“我的意思是说，你还不去逃命？”

妻子便哭出了声。

韩愈最怕的便是女人哭，心里一烦便想给她一个耳光，但手在途中变成了搂住她的肩膀，说："好了，别哭，那些事情等以后再说。当务之急是赶快离开这个可怕的鬼地方。"

女人却越哭越凶。她说："你好久都没有搂我的肩膀了。听你的就是，但你可不能在这个时候甩掉我。"

韩愈心想，她总能抓住自己的弱点。他与妻子草草收拾，扔掉笨重的行李，仅带上钱和信用卡，走出空无一人的忧山大饭店。正欲上路，妻子想起什么，说："带没带上身份证？"他们便又回去取了身份证。韩愈想，妻子的建议很有必要，如果将来发生什么不测，可以使亲属准确认领。

生存是一个问题，婚姻也是一个问题。当它们同时出现时，情况就具体化了，韩愈想。而明确身份，是其中关键。

韩愈和妻子走上大街，夫妇俩都没有嗅到尸臭。他们只是不断目睹了黑洞洞的门户、空荡荡的阳台和冷清清的橱窗。非但人迹绝无，连飞鸟家畜也不见了。这使两人如坠梦中。他们鼓起勇气，到几户人家去看了一看。生活用品毫无凌乱之象，冰箱里装有食品，有的桌上还摆着吃剩的夜宵，而主人俱不知所往。如果是一夜瘟疫，也是遍地尸体。然而眼前的情景却比真的直面遍地死尸还要可怕。

他们在马路上行走的时候，所有的楼群像是空荡荡的黑森林，大佛也在一边跟进，不时从楼群间露出阴郁的脸庞，有时通过玻璃窗的反射也能看到它。韩愈无法想象这是四年前来过的忧山。然而忧山发生了意料之外的事端，倒使他有些兴奋。心里的积郁有了发泄的出路，他甚至希望那大佛也了无踪迹，从根本上断绝他与妻子重逢的可能。

但是作为一名科研人员，韩愈的眼前也出现了现实中的巨大森林，甚至还有海洋。曾经发生过这样的真实事情：一些人到森林中探险，结果没有一个人能够走出来。搜索者也没有找到他们的尸体。一些船在航渡大洋的过程中，莫名其妙地失踪了，还有一些正在飞行的飞机，忽然与地面失去了联系，最后连残骸也没有找到，像是在空气中蒸发了。这些诡异的事情的确发生过，但都是在人迹绝无的地域，尚未呈现在文明的中心。有人认为这跟瘴气和磁场异常有关，还有人将之与外星文明相联系。

韩愈想到这层，就不自觉往天上望了一眼。天蓝蓝的，一如往常，除太阳外，没有什么稀奇古怪的东西在上面。

他又侧头去看大佛，不巧这时它刚被楼房挡住。

“你在想什么？”妻子冷冷地问。她一贯不喜欢他独自出神。她这时已经稍微镇定下来。

“没想什么。”

“你肯定在想什么。”

“我在想这事得有个解释。”

“哦。”

她没有再追问。她好像对这个问题不感兴趣，对荒谬的事从不寻求答案，这可能是普通女人的通病。韩愈夫妇缺乏交流，缺乏共同话题，常常表现在这些方面。因此，他们只是在危机四伏的马路上默默走着。韩愈想到四年前他们也这样走过。他们刚在客栈里睡过觉，余兴未已，就出来散步，还买了一串荔枝。那水果的白汁，流满当时还是大学生的妻子红红的嘴唇，使韩愈看得全身燥热。他当时真想一直走下去。

但是他们现在每走一步都很艰难。

长途汽车站、火车站都看过了，没有一个人。他们是不知如何开动那些车辆的。

“去飞机场看看。”

“那肯定也没戏。”

“那怎么办？”

“我们还有两条腿。”

“靠两条腿能走出忧山吗？”

妻子的语气中透露出对整个世界的怀疑。

“你以为忧山是什么？是海峡吗？”

“海峡那是跨越，不是走出。”中文系毕业的妻子说。

“不管是跨越还是走出，那都是要用腿的。”

韩愈觉得妻子有些“妇人之见”。

但他忽然有些气壮。在北方那座城市，他是不敢如此顶撞妻子的。可是，此时此刻的忧山给了他勇气。他紧张地看看她。

“你不要再胡思乱想了。我们现在需要的是团结合作而不是纷争内耗。”妻子求饶般说。

这时，韩愈觉得她有些像一个女人了，以前他一直认为她根本不像女人。

他们同时看到忧河边有一个派出所，门口停着两辆“中华”牌山地自行车。这座城市是山城，倒少见有自行车。韩愈心中有些疑虑，然而他却不愿再多想。他们来自平原广布的北方，善于骑术，于是纵身而上，开始逃亡。

这天的太阳非常毒辣，柏油路上甩着他们缩水似的影子，韩愈从未意识到他们的身体竟有这般卑琐。一生一世难得有这般清静。路途中，他们极想遇上哪怕个把行人，却满目仅是绝好风景。只见有村镇乡居，游乐场馆；亭台楼榭，政府寓舍；石林秀湖，厂矿企业；摩崖佛像，外商公司；阡陌田野，乡间别墅。人都弃世而去。而那大佛，随他们行了一程，便慢慢滞后直至看不到了。一路上，夫妻间也没话。

傍晚，他们面前出现了一座石桥，桥上打一横标，上面写着“欢迎各界人士前来乐止县投资合作”。原来不知不觉间竟就要逃出忧山了。韩愈觉得太容易了一些，隐约见那边树影婆娑，似闻鸟鸣。妻子这时一屁股坐在地上。她说：“我累了，再也不想走了。”

韩愈说：“不行，我们还没逃出忧山。”

这时他心中却对忧山充满留恋。

“逃出忧山？”

妻子像学外语一样复述韩愈的话，使他感到陌生。他使用了“逃出忧山”这几个字，而不是“走出忧山”或“离开忧山”，甚至是“告别忧山”。这是一种立场或态度吗？忧山是危险的代名词，但韩愈觉得这样的结论仍然很表面化。

他便含混地重复：“是逃出忧山。”

“那么，就算是逃出忧山，休息一会儿又有什么不好呢？”

妻子的声音柔软，像海妖的歌声。这时晚霞从西边化开来，点燃深不可测的三原色。周遭的稻田、树林、小桥和流水都自成格局。忧山的恐怖，仿佛正在不可避免地幻化成韩愈毕生寻找的一种美妙。韩愈心中告诫，这无非又是一个骗局，他不能御其诱惑。那两辆拾来的自行车便在他们面前立着。妻子以迷蒙的眼神打量它们，韩愈的心为之一动。他想到，他终于挫败了女人企图在大佛脚背上与他重逢的阴谋，但这一天他又确实与她结伴同行。这是一个悖论。两人同行这样的情形，算来已经很久没有过了。因此，他以另一种形式遭遇了失败。妻子一直善于临场发挥，化敌为友，利用危机做台阶，她最终有可能成为他们关系中的胜利者。

“告诉你不要胡思乱想，你又在想什么？”乐止县快到了，果然，妻子的语气渐趋强硬。

“没想什么。”

“你是不是在想，要是我们早点重游忧山，我们的关系也不会恶化到这种地步？”

“未必。”

“你为什么要急着逃出忧山？”

“不是你要逃命嘛。”

“谁要逃命呀。”

女人冷笑了一声，好像看透了韩愈的虚伪，同时看到了他的结局。韩愈回忆起一路上车船辗转的艰辛，想起离开北方城市时的无奈，对于忧山便愈发产生了幽幽的迷情。

他的问题在于他不知道女人把什么看得更重，他缺乏要挟她的办法。四年中，他浪费了许多时机。现在，他肯定又在浪费一个大好时机。忧山危险表面性之后的东西，可能就隐含在这里。

北方那座城市的一切现在毕竟已在感觉上很疏远了。

这时暮色沉降下来，天空中逐渐铺排上了星星，一会儿后，已能分辨出星座的形状。这星星，在北方那座城市里被灯火和废气污染的夜空中，是始终隐遁的。此时的星空似乎什么地方与平常的星空不同。韩愈妻子的脸有一半融在星光中，显出年轻的假象。出了一会神，这张脸依在了韩愈的肩上。他大出意料，没有能够避开，感觉好像被一阵核辐射击中，猛烈地想吐。一旁的石桥的轮廓，开始模糊着后退。但这般也不能持久，因为野地里的寒意已从四面冒出，竟有秋冬之交的气氛，全然不像此时的时令。韩愈逃出忧山的意志弱化了。他转眼见不远处有一个路边店，心想今晚确实也不能再赶路，便准备到里面过夜。

这店是随处可见的那种农户开的小饭馆，兼做客栈，主要招待长途汽车司机。饭馆里面也停电了，一片黑暗。他们招呼一声，没人响应。所幸，他们还是找到了一柄蜡烛，一包火柴，又凭它们找到了一些冷食。两人胡乱吃了一气，又找到一张较干净的床铺。韩愈犹豫着，心想他们很久以来都是分床睡的。

但是在这个夜晚，韩愈与妻子像树藤一样缠绕在一起。他吻她全身，打着抖。他们已经很久没有同过床了。韩愈正欲行事，却见一束星光猛然从窗外刺入，像一道刻薄的眼光，洞察他们的全部行为。韩愈顿然不行。

"睡吧。"韩愈沉闷地说，好像一个童男，为自己初尝禁果时的无能感到羞涩和不安。然而他随即振奋地想到，他居然在最后一刹那抵御住了女人的诱惑，避免了重蹈四年前忧山小客栈中的覆辙。

他们还在忧山啊。

这时，韩愈忽然忘记了自己所来何处。

女人又开始抽泣。这种抽泣韩愈以前也曾听到，一如竹箫之音。

半夜，韩愈被强烈的感觉拽醒。窗外一颗星星好大好大，那光芒在他脸上狂吻。星星怎么可能有这么大呢？而且那光芒吻在脸上，确实具有针扎的实感。昨夜就是这颗星把光探入了眼。韩愈心里一惊，这时才发现妻子不在身边。他叫了一声她的名字，没有听到回答。

韩愈凑到窗口，看到外面广阔的田野被星光映得雪亮。巨幅的夜空好像正在熊熊燃烧。他冲出房间，看见小石桥上磷火闪闪，停在门口的自行车已经不见了。白亮刺目的夜雾中，似乎有一个黑影在田野间飞跑，好像是人，又好像不是人。他朝那东西追去，又唤了一声妻子。那东西不作回答，只一颤，便消失了。韩愈心中奇怪而恐惑，折回屋里，却见妻子正坐在床上，黑暗中他看不清她的脸。

韩愈狐疑地问："你刚才去哪里了？"

女人的回答充满戒备："睡到半夜，我想起来没有关门，便去关门了。"

韩愈问："又没有人，为什么要关门？"

女人狼一般盯着他不说话。

韩愈说："我刚才叫你，你怎么不回答？"

她说："你什么时候叫我了？"

韩愈想继续询问，却咽回了话语。他看看床，上面只有他睡过的痕迹。她似乎看穿了韩愈的心思，便作冷笑状。

"这几分钟，你以为我干了什么见不得人的事？而我还没问你干什么去了。"

这时，窗口的星光黯淡下来，不再有惊惧的景象。韩愈感到自己好像在遥远陌生的行星上跋涉。他淡淡说了声"再睡吧"，却再也睡不着。他有些后悔昨晚没有坚持赶路。他开始琢磨自己潜意识中的疑问：为什么所有的人都失踪了，唯有妻子还紧跟着？

想到这一层，他忽然坐起身，说："不要再睡了，我们立即上路。"

妻子说："要这么着急吗？乐止县就在对面。我们又不是遭到通缉。"

韩愈一震，想起北方那座城市里发生的往事。他喃喃说：

“你怎么知道不是呢？”

“我们也许是在做梦，也许是被洗去了记忆，也许，我们根本就不是夫妻。”她用嘲讽的口吻说。

女人对韩愈的要挟是从一年前开始的，她威胁说如果他不再爱她，她就要把她知道的一切告到他的单位去。韩愈开始以为她仅是说说而已，后来逐渐明白了她的确掌握了不少内情。她是怎么知道的？他一直没有打探出来。或者，妻子在这件事上使用了反侦查战术。他们仅仅是名义上的夫妻，这种可能性是存在的。她可能是公安局的一名干部，一开始就用美人计打入了敌人内部。她在等待获取最后的证据，然后就把他送上法庭。从那时起韩愈重游忧山的意念便日益强烈。他只是在她允许的最大限度内更加疯狂地逃逸，她却先人一步提出了重游忧山的方案，这是她的过人之处。韩愈便不得不逃出忧山。

韩愈再度不寒而栗，为了开始一轮新的逃亡，他把话题引向另外的方面：“你有没有去想这么一个问题，就是昨天我们走了一天，连一个人都没有碰到。”

“这是因为我们身在忧山。这里出了怪事。”

“如果忧山出了怪事，人都平白无故地消失了，那么忧山附近的人呢？比如这个乐止县的人呢？还有其他地方的人呢？他们还在吗？”

“跟你老婆说话，你最好不要夸大其词，也不要以点代面否定一切。”

女人试图阻止话语流向她不熟悉的领域。韩愈看出来了，便决定坚持他的思路。

“你瞧，我们才好了一会儿呢。我只是在分析情况。你想一想，我们走了一天，连一个人也没碰到。如果仅仅是忧山出了怪事，别的地方好好的，那么，它们的车该往忧山开呀，它们的生意人该到忧山来提货呀，它们的旅游者该到忧山来看大佛呀，还有它们的官员，该到忧山来吃吃喝喝呀。至少，它们该派人来看看忧山出了什么事。可是，一路上我们没有遇上这些人。”

韩愈的妻子讥笑着说：“你真是在象牙塔里待久了。现在这个世道谁还管谁呀。也许正是知道忧山出了事，大家就都逃得远远的了。”

韩愈便装得愈发严肃：“话不能这么讲。灾难的范围可能不只限于忧山——我现在说的是一场灾难，一场世界上最顶尖的科学家也没能预报也无法解释的大灾难。我们只能拼命赶路，直到遇上救援的队伍。这是从我们自己得救的角度讲。我们必须赶快去到有人的地方的另一个原因是，我们是这里幸存的见证人，我们得向公众报警。”

“乐于助人者。”她冷冷道。

而他的神态的确很像那么回事，使她最后也吃不准了。女人一涉及非人文的问题便感到头疼。她只好勉强同意前行。韩愈寻思她已中计——从婚姻的领域逃入了生存的领域。

韩愈在屋中找到了一台半导体收音机，发现里面带有电池。他试了一试，它竟然能响。韩愈已有一天未听到人类的声音了，此时精神一振。他调动频道，寻找那些仍在播音的电台。他收到了附近的县台、市台、省台，然后是远方的中央台和外国台。它们都在播放同一个歌星演唱的时下最走红的一首曲目。

“这表明世界仍然存在。”韩愈向妻子指出。

女人说：“那太好了。”但她竟有一丝不悦的表情。

韩愈想起他昨晚好像忘了什么，又问：“你还记不记得我们来的那座城市叫什么名字？”

她奇怪地看了他一眼，不情愿地吐了一个音节。

韩愈恍然大悟。

韩愈又听了听收音机，大约估计一下，说：“往北边走，至多还有几十里地，就可以到达有人的地方。”

两人带上收音机，循着电波指引的方向，走出客店。但就在这一刹那，韩愈心中浮上疑虑：为什么没有一家电台报道忧山发生的事情？为什么所有的波段都只播放一首流行歌曲？然而眼前更为惊异的景象却不允许他再想别的。他们一出门，便看到了只有在忧山城区才能看到的石头大佛。

小桥和乐止县标志消失了，代替它们的是忧河。大佛就端坐在忧河彼岸的忧山山腰，它是重显法身。韩愈转头寻找昨天逃离忧山的公路，却哪里还有。夫妻俩又回到了忧山城中。或者，他们走了一天，根本没有逃出忧山。可是，这又不像是忧山，房屋和街道显得破旧，怎么看都像四年前的忧山。忽然，妻子惊呼：“看后面！”韩愈回头看去，见刚才离开的客栈，容颜不知什么时候已然改观，分外眼熟，却不是昨晚他们暂栖的路边店。韩愈大惊。

妻子说：“怎么回事，明明都快逃出了忧山，如何又回来了？”

韩愈心里电光石火般想到：这世界上本无出路。而那两辆忽然呈现的用来让他们逃命的自行车，早该让他醒悟了。想一想，它们为什么会停在派出所门前？

“我们一定是，”韩愈指出，“走进了一个圈套。”

至于考虑这个圈套是谁设立的，就如同他们走的这路程一样，无法避开盘陀的路。女人是没有本事预谋这一切的，除非她根本就不是人。当然，不排除这种可能，就是她是生活在地球人中间的外星人。但这种可能性是微乎其微的。然而要完全归于自然因素的话，又无法解释他们夫妻二人的独存以及那两辆好像刚好是为他们准备的自行车这类怪事。换句话说，不是他们被忧山遗弃，而是忧山为他们而设立。问题也许就应该反过来问了：他们俩是什么人，而不是设圈套的是什么人。

可是，这时收音机中的声音忽然减弱，然后呜咽一声便消失掉，打断了韩愈的思路。他慌忙调动频率。于是收到了更远处电台的广播，近处的台却怎么也找不到了。这预示他们的行程将更加漫长。韩愈的妻子又哭了起来，声音明明近在咫尺，却又像来自极远的地方，难听极了，像一个人被闷在瓷缸里。韩愈吓得倒退几步，他再次打量忽然陌生起来的妻子和好生熟悉的客店。这两件事情叠加在一起令他十分不安。他们进到店里，那似曾相识的感觉愈加强烈。天下居然有这种事情！

韩愈对妻子说："记得我们初识的日子吗？"

她说："一九九五年六月九日"

韩愈一指桌上的台历："你看那里。"

上面翻到的那页上写着：一九九五年六月九日。

女人说："四年前的今天，我刚在这间客栈的服务台登记完，便看见你进来了。尽管你穿着一件名牌T恤和一条名牌短裤——什么牌子我忘记了，但我第一眼根本没瞧上你。"

"原来我们不是在大佛脚背上见的第一面？"

"当然不是。"

"对了。在大佛脚背上，我只是劝你不要轻生。那时我刚写完毕业论文，便出来周游世界。现在想想，遇上你真是倒霉。"

“你后悔还来得及。”

韩愈又看看日历。他在想妻子说“还来得及”的含义，但她好像只是顺口说说，而且其中又包含着一个极可靠的事实。

韩愈走到服务台前，看见他们俩四年前住店登记的名字，墨迹尚未干，但是服务员一个都不在。随后他们上楼，在曾经住过的房间面前待了一刻，便去推房门。门没锁，床头上放着四年前他们携带的行李，不着灰尘。

韩愈忽然害怕会遇上四年前的他们，这将导致何种物理和感情事件发生？但一切静悄悄，什么也没出现。韩愈的担心中竟又有些失望。他打开了他的旅行包，发现里面一件东西也不少——包括那篇论文。

妻子说：“我其实知道你一直在胡思乱想，甚至以为是我设下了阴谋。现在我可以告诉你出了什么事。”

妻子讲述了一个故事，前半段是韩愈这一年来反复聆听的。在北方那座城市里，她几乎每次都是强迫他听，然后逼他说出感想。

她说：“四年前，一个年轻的控制论博士研究生搞出了一种理论，理论的草稿形成了一篇论文，可是没有一家刊物愿意发表它，也没有一个专家愿意瞟一眼文章的标题。这我说得没错吧？”

韩愈说：“你说得完全正确。”

她接着说：“一气之下，他便带着这篇论文到忧山旅游。那时他对一切权威满怀愤怒，他对现代物理学感到困惑，他不满麦克斯韦方程无法解释光的粒子性，他认为光的本性至今仍是一节悬案，他对爱因斯坦的狭义相对论不讨论超光速现象感到痛苦，他对毕业后的前途深觉迷茫，他对社会的不公正充满愤慨却无能为力。在学校里，他以救世主自居，处处助人为乐，而从不去想自己才是最需要救援的。最后是一个女孩子安慰了他空虚的心灵。是这么一回事吗？”

韩愈道：“也许是的。但那研究生也阻止了她去当尼姑。”

“不管怎么说，最后是女孩付出得更多——在这类事情中，女人总是牺牲品。她不但安慰了他的心灵，还支持他继续他那古怪的研究。这才使他能把所有精力和兴趣投入在那种叫什么物质波的东西上。这个人很聪明，不愧是高才生，没事还爱钻研古籍。他断言中国的道家和儒家洞察了宇宙的实质。由于他的本行是控制论，他开始认为，任何稳定存在的物质系统都是由相互对立又相互依赖、不断变化、向对立面发展的控制和反控制力量作用的结果，这正是东方哲学在现代科学中的还原——我有说得不对的地方你替我指出来。你知道我是学文科的。”

“你对科学有一定了解，虽然在表述上有些不精确。”

“我接着讲吧。有了这些基础，他把物质波式子推广后发现，物质波实际上是时空场振荡波。变化的时间场或者时间波产生了相关变化的空间场或者空间波。各种基本粒子都是时空场振荡波，只是各自的频率构成模式不同罢了。人的存在是一种时空场振荡，思维也是一种时空场振荡，世界其实也是一种时空场振荡。因此，一旦振荡的频率调谐好了，物质便可以在各个时空中搬运转换。可以从此空间进入彼空间，可以从此时间进入彼时间，可以从低维世界瞬间切入高维世界，也就是从普通人的眼中消失。反过来，不存在的物质可以制造，不存在的世界也可以制造，连人的思维也可以制造。一切取决于频率。”

“当时我只是想，如果这一切能实现，世界就不再会有不公平。”韩愈感慨，“你还可以说慢点，我听你快喘不过气来了。”

“他决定要掌握这种法力。他集合了一批志同道合者——包括几名特异功能的志愿人员，利用公家的实验室偷偷进行研究。他们不敢公开，因为这个成果必将动摇整个社会秩序。而且更要命的是，他们把国家每年拨给实验室的专用科研经费用于这个私下的研究。这时他们遇到了困难，理论很难转为实用。”

“是的。当时我们用强磁场来转化时空，没能成功。”

“后来他们还是找到了突破口，他们把一些物理式子推广后证明，电磁波与时空场可以互换，是统一的。时空场具有能量。时空场或时空波就是引力场或引力波。他开始引入引力的概念，这太重要了。四年过去，他基本接近了目的，但他却冷淡了他的老婆。这是不是所有科学家的通病呢？他决定先安内而后攘外。这个没良心的东西却没想到女方死活不愿意离婚。两个人便这么耗着。没有意思。”

这些话的大部分特别是那些理论部分她是绝对不懂的，对于这个文科学生来说这是一种折磨。但她每次却能像背书一样背出，一字不漏。为了使韩愈感到羞愧，为了使他作出忏悔，她委实让自己吃尽了苦头。韩愈能够想象到她一点一滴地下苦功收集有关他的情报的情形。

故事的后半段便是妻子提出到初恋处重温旧情。妻子指出，忧山的一幕是时空场振荡的一次现场表演。

“你认为是我导演了这场引力的游戏？”韩愈阴沉地说。

“以你的道貌岸然，这不是没有可能的。但我认为你们目前的技术水准还没有高超到能影响忧山这么大一片地方的程度。因此，这完全是自然界的变故，正经八百是天谴。”

“有意思。地球进入了一个引力紊乱点，紊乱发生在忧山，这是千载难逢的机会。由于极其偶然的原因，在其他人都消失之后，唯独韩愈和他

的老婆未能切入正确的频率，因此才有机会目睹了这桩奇事，自己也身陷其中。你是不是想这么说？”

“韩愈是不是应该留在忧山继续观看和体验？这其实才是他面临的最大选择，而不是离不离婚，因为他心中根本没有他的老婆。可悲的是，他从来没有意识到自己的真实想法。”

在北方那座城里的时候，韩愈每听了妻子的讲述，便俯首听命。因为她总要加上一句“否则就到单位揭发你”的威胁。

“不管这是不是一个阴谋，你跳进黄河也洗不清。你的所作所为是在颠覆现存的社会秩序。”她总这样说。

“但即使到了那一步我也不会同你离婚，我会到监狱给你送饭。”她这么补充，“让你尝尽爱情的折磨。”

她总是把他们的婚姻与社会的稳定联系起来。

然而，这时的韩愈与城中的韩愈不同。社会已然在忧山遭到瓦解。因为环境的暗示力，他跃起反驳：

“忧山的事跟我们在大学里弄的不一样。一般来讲，在实验室中，振荡持续的时间不会太长，隐形的人很快就会重现。可是，忧山的事件，完全没有要终结的迹象，而且似乎还在恶化。这么发展下去，整个世界将会变成一座石巢。我怀疑有一个特异功能的大师在操纵，而且他肯定来自另外一个星球。他看到地球人太多了，大家又不和谐，就让他们失踪。我敢打赌，大家都是一对一对被变走的，一个星球只分配一对男女居住。也许现在有好多人正像我们一样拿着收音机在收听其他世界的消息呢，其实大家互相之间已没有关系。他是不会把人变回来的，让大家再次彼此看着厌烦。你好好想想，为什么世上刚好只余下我们呢？这是怎么选定的呢？为什么所有的新闻媒介都对这里发生的事不置一词呢？这难道不是人为的吗？这难道不是一个圈套吗？什么地球走进了时空紊乱点，你们学文科的懂什么。”

这一席话说得女人冷笑。她不留情面地指出其中的问题：“你是不是害怕我们要在这里成为亚当和夏娃？”

韩愈勇敢地接受了她的挑战。即便在北方的那座城市中，他也并没有回避过两人的单独相处。

“如果这是对我这几年来搞阴谋的惩罚，那我只好认了。好在这里什么都有，吃的、穿的、用的、住的完好无损。这座城市虽然小了一些，但完全由我们两人支配。清清静静，无人打扰，不也很好？你自可以做女皇。如果闷了，还可以到别的城市去休假。我想我们首先要设法恢复能源供应，有了能源一切就好办。只是有两个问题：第一，生了病，没地方看医生；第二，要离婚，没律师办公证。”他说。

“你的幽默太缺乏责任感，这是你失败的原因。你知道我说的责任感是什么吗？”

“我知道，是生育。”

韩愈为自己的直觉吓了一跳，他已察觉到她统治人类的野心。因此他要重新恢复整个秩序，包括人的存在与活动。

慢着。这种事情似曾经历，但韩愈记不起是在何时何地了。

作为科研工作者，韩愈不甘堕入这种亚当夏娃式的俗套。在他居住的那座北方城市，堕胎和不要孩子都是很流行的事情。

由于妻子的步步紧逼，韩愈已经起了杀机。

在北方的那座城市，杀人是一件需要斟酌的重大事情。但是在忧山，则变得容易得多。在出现了特殊情况的忧山，则几乎不算是一回事了。

比起离婚，这才是一劳永逸解决问题的方法。

这时太阳已升。韩愈感到饥饿，暂时中断了那危险的想法。妻子像洞悉其心，说她去做早饭，找了一阵，只弄回来一堆生食。她说："真要打持久战，可不能这么将就。我再去集一点柴火，你待会儿用火柴点着了，再做饭。"便出去了。

这一去，就再没回来。

她是逃走了，韩愈想。

繁衍人类后代的假说是不是她转移他注意力的一个圈套呢？

妻子的失踪使韩愈如释重负，但他仍然装模作样地寻找了一会儿。他对这里的变故得失已心下泰然。这正应了那句话，该来的，总要来。他知道正有一双眼睛在冥冥中注视着他，但他装得浑然不知。

他一人乐得自由自在，在街头商店寻到了关于大佛的说明。

他发现最新的旅游手册都是一九九五年的版本，当然也许是自此之后便没重印。或者，新版本都让游客——甚至那个神秘的操纵者——买光了。这忧山城本是那人的道具，甚至韩愈的妻子也不过是一个道具。

这就是说有一个遥控妻子的人。她的情人？韩愈忽然想到这层，浑身充满了想要破译悬念的亢奋。

他接着设想下去。妻子因为与他感情不好，另外找相好也是有可能的。那个家伙甚至可能懂得引力波的事情。推理下去，甚至他可能就是他实验室中的同事。

那么，妻子说的这忧山是一个振荡的结果也便有理由成立了。有人在他旅游时制造了这么一个实验，妻子则起到了诱饵的作用。他们用引力波的链条把他锁困在这里，然后便可以在外面行他们的好事。

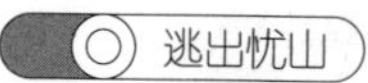


因此，当生存的危机再一次蜕变为婚姻的危机时，逃出忧山便成了绝不可能的事情。他早应想到这一节。

这就齐了。

韩愈无聊至极。他便细细阅读关于大佛的文字，就像一个身陷囹圄的大侠一样，想象从中能读出暗藏的武功秘诀。

忧山大佛始凿于唐开元年间（公元七一三年），相传是附近摩云寺名僧惠通为减杀水势、普度众生而发起凿造。据说，当时为了募集人力物力，惠通远到江淮流域，唐皇亦赐盐、麻税款资助营修。但佛像未成，惠通即害怪病忽逝，死时全身皮毛脱落，躯体臭不可闻，全无有德之僧圆寂之象。工程于是中断。之后，江心不断有神秘游火出现，当地人呼为“鬼灯”。贞元初年，韦皋任剑南节度使，大佛才重得凿造。此时“鬼灯”不复见。至贞元十九年（公元八〇二年）大佛竣工，共历时九十年。当时彩绘金身，并覆以十二层楼阁（旧称大佛阁，宋称天宁阁），金碧辉煌，惜明代毁于兵火。又一说是神秘天火。

数百年来，中国西南诸省战乱频繁，大佛历经沧桑，全身百孔千疮，杂草丛生。从二十世纪五十年代起，政府开始逐年维修，大佛原貌逐渐恢复。一九八二年国务院批准大佛为全国重点文物保护单位，并成为重要的旅游景点。此大佛，依崖而造，为弥勒坐像。通高七十米；头高十四点七米，直径十米，有发髻一千零二十一个；耳长六点七二米，耳窝中可并立二人；鼻长五点五三米；眉长三点七米；眼长三点三米；肩宽二十四米；手中指长八点三米；脚背宽九米，长十一米，可围坐百人。大佛头与山齐，脚踏大江。古人称：山是一尊佛，佛是一座山。大佛体态端庄，雍容镇定，为中国石造像之最，且是世界上最大的石像。

二十世纪八十年代后期，又有人发现，大佛所依的忧山，其形状远远看去，其实就是一尊绵延四公里长的巨大睡佛。巨佛浑然天成，佛头、佛身、佛足形态逼真，惟妙惟肖。忧山大佛正好雕凿在巨佛肩部的深坳之处，正应了“心中有佛”和“圣人出世于腋”之说。至此，佛的分量又被加重，佛的存在进而成为冥冥之中的一链，人工斧凿无非是一种时候到了就不得不表现出来的形式罢了。

韩愈循着旅游说明走向大佛。他还记得与妻子在脚背上的邂逅之约，然而一切约定都恍若隔世。

此时他眼中的大佛，却是腰缠青藤，腹被碧苔，浑身散发出泥石腥腥的气息；面目慈祥，如一位老妈妈。这使人感到，忧山并不是一个阴谋。

然而韩愈还没走到大佛脚下，已疲倦不堪，便步入了一处民居，昏沉睡去。他不知睡了多少时日，醒来时已然忘记了经历的巨大变故。他始觉得，这一切是注定要发生的平常之事。这个感觉，使他模模糊糊意会到自己是什么人。但再往深处想，又不清楚了。

这时外面传来轰鸣。他平静地看去，见忧山正发生第三次翻转。所有建筑都在坍塌，街道上布满瓦砾，好像地震来临。他睡觉的房屋也摇晃不止。求生之念使他夺门而出，刚出门，建筑便一块块剥落下来。但奇怪的是，没有冲天而起的烟尘，那废墟的质地，有异于钢筋水泥或砖瓦岩石。他歪头凝视有顷，拾起一块残片端详。这东西极轻，如纸般白，而又具备纸所没有的坚韧，似非人间能制造的某种合成材料。他又取了其他物件，见也都一样。立柱、门窗、水管，乃至茶杯，都是用这种“纸”一样的东西构造的。

韩愈不解，是空间再次发生转换，把他搬运到了另一座用他种材料筑就的忧山，还是这才是真正的忧山，而以前的是假象骗局？也许忧山本就是纸片糊成，而它一直假也假得那么真实和迷人，使千万人竟然一点看不出、感受不到这简单而明显的欺诈。

他“桀桀”地笑了起来，笑了一阵，心里烦恶。奇怪的是，笑声传不了很远。

他随身携带的收音机被埋在了废墟中，闷声闷气地仍在作响。电台还在播放那首金曲，他们仍然对忧山发生的一切装聋作哑。这电台的声音没过多久也中断了，不知是电池耗完，还是电台所在之地也开始历经崩坏。韩愈此时已无前些时日的惊恐惶惑、患得患失，只是生出了隐隐的百无聊赖，便在这城中游走了起来。他潜行在这滑腻丰腴的城市残体中，渐渐地竟感到这毁灭的静美，便有了一份观赏的心情。

这么走走看看，不觉中来到忧河岸边。那大桥尚未崩坏，似乎是为韩愈的到来而专门留下的。他一眼看到了对岸端坐的大佛，它依然故我。他心中便若有牵挂，梦游般踏上桥面，向它走去。

刚抵彼岸，回头一看，那大桥正在纷纷坍落，叶片一样坠入水中，激不起一星波澜。

不久，韩愈已到达忧山脚下。原来，要至大佛身，需从忧山西侧攀上。他便拾级而上，一路上风光绮丽，又换了一个世界。林木幽深，江河疾驰，气息清新，自有一番游趣。

转过一道山崖，见一碑，他读之，为：“少年愿封万户侯，亦不愿识韩荆州。颇愿身为汉嘉守，载酒时作凌云游。”竟为苏轼所诗，墨迹尚未晾干，书之人似乎刚刚离去。韩愈暗自称奇。

又往上行，见一独亭，映风而立，若处子状。韩愈入内少息，见山下大江翻澜，树木曳烟。亭内亦有一碑，上书：“是邦山水窟，领会得佳处。山回如可招，水集若来赴。竹叶溯江船，春荠隔烟树。”为陆游诗。

韩愈有身处世外桃源之感，精神益爽。奋力续行，前面耸然一大寺，原来便是摩云寺。当初倡修大佛的惠通和尚，便修持于此。此时，寺中绝无人迹。他入得山门，见台阶竟一尘不染，来往之人，似乎都不留痕迹于世；进入天王殿，见那四大天王，竟也崭新。

通过殿堂，后面已是弥勒殿。雕梁画栋的殿堂中央，镀金佛龛内供奉着大肚弥勒。两翼是四大金刚，体态高峻，神灵魁威。金地黑字的刻花柱联，韩愈在别的庙宇中也曾见，是为：“深具慈忍力大肚能容容天下难容诸事，广结欢喜缘开口常笑笑世间可笑之人。”横匾：“记别当来。”

弥勒座后是韦驮像，像前也有一联：“宝杵犹存纵经劫火洞然这个金刚常不坏，铜炉宛在因此信香无闻庶几绀宇又重新。”韩愈愈发有所感悟，触动心事。

出弥勒殿，来到大雄宝殿，正中供过去、未来、现在三世佛。韩愈觉佛身有异，细观之，见金身衣褶里，竟长满三叶虫化石。而佛像大面上，则看不出名堂。

他出得大雄宝殿后门，当下大吃一惊：眼前竟有一支巨大的火箭倚靠在发射台，傲然欲升空状。细看之，却是大佛依绝壁而立。此时韩愈伫立山顶，已与大佛头顶平行。面前出现一道九曲石质栈道，蜿蜒而下，像蛇般缠绕大佛的身体右侧。这原是供游人取道大佛脚面的路径。

韩愈便探手探脚而下，偶尔俯视，兀是头晕，又便觉大佛嘴角露出讥笑之迹。大惊之下，那痕迹已是不见，佛只是正经庄严。这佛像身上的泥土之味却已渐淡，空气中竟慢慢弥漫开一股铁锈气息。气息渐浓，带有腐蚀性，兼有尸臭感觉。韩愈呼吸亦觉困难，仔细辨别，味道似来自大佛身体。

正疑惑间，只见佛身表面泥石忽然层层脱落，竟如蜕皮一般。大佛竟也是假的，最后露出内里的腔子，便是由无数的金属网络织就。韩愈看见，有许多流质在每一条路径中流动，某几处已流动缓慢，甚至停滞不前。这里的金属线路便显出难看的颜色。气滞点又慢慢波及别处，使流质的回转越来越慢。整座岩壁像浮肿病人一样暴胀起来，青亮透明。

韩愈隐约看见，石壁上的金属网络间，竟有群星偶尔凸现，先是点点星光，后来则大批汇集，并缠绕旋转如涡。韩愈感到那物质富集处散发的巨大引力，可他已是身不由己，失足向岩壁坠去，心中却毫无恐惧。在接触石壁时没有意料中的碰撞，而是毫无阻碍便进去了。那里面是大片的虚空。

他心下顿然明白，口中“哦”了一声。星光倏然而逝如糨糊。韩愈再睁开眼时，已是在大佛的位置上。转换只经历了百万分之一秒。他知道他已不再像人类一样观察，而是能如大佛一般看见过去、现在和将来了。韩愈幡然了悟，原来自己就是这个大佛哩，先前倒不曾知道。

一瞬间，他对这个转换十分迷惑，而又悲喜交集。刹那之前，他还是一个普通人哩，而现在他就像那个神话中的贫困渔夫，一夜间过上了龙宫中的荣华生活。韩愈无法选择自己在因果之链中的位置。于是他鼓起勇气用一双污浊的眼看去。

大佛先看见的是脚下的这个名叫忧山的小城。所有的建筑都还原为“纸”的材料，人丁消散仿佛已经很久了，哪里是近些天里的事情。然后，他的目光越过忧山，看见了附近的几座小城，它们不过是忧山的翻版，不值得过多关注。它们背后屹立着的那座佛教名山，亦是十分的冷落虚伪。大佛稍一抬眼，看到了远方的省城，但他没有见着芙蓉花的笑靥。而那里曾经有美丽的姑娘夜夜守候在大酒店门口，期盼有人把她们引领进去；那里还有过集市和广场，让步履懒散、女声女气的男人们迷惑不解；那里也曾出产恐龙、道士、诗人和幻想。但这一切已烟消云散了。他不满足，向更远处望去。他看到东西南北城市，都一样的没有生气。接着，他透视到历代帝王的陵墓，原来都是空的……当他看到城池西郊一座巨大的实验室时，不由一惊，生出一阵惋惜和伤感。实验室中灰尘重叠。

他的目光越过那些长城、那些山脉、那些河流、那些沙漠，还有那些岛屿和大陆架。他没有看到人类及其他种族活动的场景。他掠过大洋，搜寻别的大陆。他仍然没有发现任何生命的迹象。他去看整个宇宙，知道它的确不存在很久了。

他原来即是佛，而佛又是谁？这个问题其实存于心也已很久了，而他竟然多年来糊涂忘却，没再追究。

这时便有一个声音传入他的内心。他四周看看发现并无人迹，可那声音确乎十分真切。它细声细气地说："想知道是怎么一回事吗？"

大佛已觉四大皆空，心绪寥落，便说："不想知道。"

那声音说："难道你不想知道你是谁？"

他知道它能洞察心扉，但他仍然固执地拒绝。那声音又说："世界消失了，还可以再建一个假的嘛。干吗这么灰心。"这话已是诱惑的语调，唤醒了他的一些记忆。大佛尚未远去的最后一点尘心微动，便说："你讲一讲。"

那声音吃吃一笑，说："那你听好了。很久以前，有这么一个世界，它有几十亿人口，几千年文明。它自然是物质丰裕，生活富足。人们甚至开始步入太空。但也像任何古老的文明一样，生活中充满尔虞我诈、血腥杀伐。有一天，它终于也走向了没落。尽管没有人相信悲惨的结局终究会来，但当地狱之火蒸上，血肉横飞、万物崩坏，人们才意识到他们的脆弱，才后悔当初为什么不这样、为什么不那样。可是一切已经晚了。”

大佛默默听罢，笑说：“这是老掉牙的故事。你到北方城市的街头去看看，每一个书店的柜台上，都有这种警世喻人的卡通读本。”

那声音说：“那些书都是你编的。因为故事的确发生了。”

大佛始正色：“我佛慈悲。我没有必要骗人。”

那声音又说：“是的。因为你原来是那个世界中的一员。”

“那又是怎么一回事呢？”他开始有了一种预感，不再矜持。

那声音继续讲述：“那世界的确崩坏了，但也非一切被毁灭。寂静降临后，只有一个意识幸存下来，那就是你。你在这个冷清的世界上游历，就像你刚才一样，感到没有一点意思。你几次想自毁，但又胆怯，更主要的是你不能免俗——你太留恋那个光怪陆离、热闹繁华的世界了。你审视自身，发现世界为你留下了唯一的法力。你开始用这种法力来重造一个世界。我现在不说这法力是什么，因为你其实是一清二楚的。当然，这重造的世界不是真的，而是一个缩微公园。所有的物质包括血肉之躯，都是赝品，但又能以假乱真。这没花你多少时间。生活便重新喧嚣起来，历史便再次发展起来。至少对于你来讲是这样的，而且也只是对于你来讲才是这样的。因为你原先的世界上，再没有第二个人幸存下来欣赏这件作品了，自然也就没有人来揭穿你的把戏。”

大佛起劲地搜索自己的内存。世界起源的这一说法与他既有的知识体系不能印证。他只好问：“后来呢？”

“后来，你沉迷于你的公园，得到安慰。但静下来心中也不免有些遗憾：这不过是一件玩具。于是你想到要寻找真实。办法后来有了，那只能是丢弃你的造物之躯和你造物者的意识，让自己变作那骗局内部的一部分，加入那假造的生活。于是你把自己降格为一个虚拟小人物，你跟你那些赝品毫无分别。你甚至跟他们交友结婚，生儿育女。唯一的区别是你设立了让自己死而复生的程序，每一次转世都不再记得前生。你对这自欺欺人的生活信以为真。”

大佛说：“阿弥陀佛。这就是人类的历史？作为物质运动的一种结果，感觉可以欺骗，更可以伪装和制造。我记起来了，这是我原先那个世界的尖端技术，只要选准振荡的频率。那么我是谁呢？哦，我想起来了，但还有些模糊。我是那个文明遗留下来的一个超人吧，还是一台超级计算机？我是一束思维能量，或者是一个智能时空？必是其中之一。”

那声音冷冷地传来：“那又有什么区别。反正，千百年来，你已坠入了长梦不能自拔，所以你才能说出没有必要骗人这样的话来。你根本不知道一切是假象。可是，”那声音变得狡黠起来，“你没有想到，就在你设立的一九九九年，你假造的世界上忽然弥漫起怀疑气氛，甚至你也加入了怀疑的大军，怀疑起一切——包括你为自己安排的一场婚姻。而你却没意识到是怎么一回事，还傻乎乎地真到忧山来。”

大佛笑了。他说：“我的确已把这个世界当作真实的存在。现在我记起来了，原来我是以忧山为中心构造骗局的。可是，我本已开始逃出忧山……”

他吃惊地顿住。从技术上来讲，他设计的世界并不会走向灭亡，因为它是假的嘛。假的便不存在，又怎么会灭亡呢？他的知识体系中没有这个逻辑。因此他忽然疑惑丛生，觉得对方的声音非常熟悉，对话的程式也似曾相识。但他已置换掉了凡人之身，便再难记起。他警惕地说：

“这些都是你搞的鬼吧？是你揭穿的这骗局？你哪来的这种本事呢？你是谁？你不是我那个世界中的人吧？我是该感谢你还是要憎恨你呢？是你促使我逃出忧山的吗？你说这些，莫不是要逼我自惭形秽吧？以前只有我妻子才这样做，但现在她失踪了。”

他开始想他为什么要来忧山，越想便越困惑。

那声音沉寂了，像是感到有点儿理亏和心虚。一会儿后，它又吃吃笑起来：“你开始怀疑我说的这些是假话了。看来我造假的能力没有你在行。如果你真这么想，那就别往心里去，这一切不是真的。你干吗要造一个假世界呢？跟你开个玩笑也当真，你就是太认真。我给你出个主意：你可以当我刚才说的那些都是我那个世界的旅游指南。”

它那个世界？还有一个世界？世界不是已经不存在了吗？

这种说法复使大佛毛骨悚然，他拿不准到底孰真孰伪了。他又一次觉得那声音很熟悉。他心中烦闷，便说：“讨厌！走开。”

声音却不回答。这时周围的空气开始浮躁，跟着便燃烧了起来。

“纸”做的忧山烧得很痛快，火势也扩大到这个世界的一切物质和精神领域，包括大佛的身体和大脑。

他看见一张脸浮在火焰中，嘴角挂着一丝讥笑。韩愈妻子的形象在一滴滴坠落的星光中逃出忧山。

他急忙叫她：“喂，你等等！”

她回头看了一眼，便逃得更快了。

韩愈看见天外真的浮着一小片肉虫一样的银河，是那么肮脏猥琐。他的妻子全身泛着奇异的亮光，朝它而去，不久便与那片银河融为一体。他始知天外有天。

火焰烧到痛处时，韩愈大叫一声。

这一声大叫，使他从混沌的恐怖中挣扎出来，身上还有烈火灼烧的感觉。眼前的东西渐渐清晰了：一个巨大的沙盘，上面是一片冒烟的余烬。但依稀可辨，这原来是一个用合成材料建构的城市模型。

忧山，实验室中的忧山。

他的意识刚才就在这人工的环境中漫游。满屋穿白色工作服的人在奔忙，有的人提着泡沫灭火器，还有人忙着把连接在韩愈额头和身体上的一簇簇电线和感应器解开。有个男人凑上来问韩愈："您没事吧？"

这人的嘴巴发出一股电线烧焦的气味。韩愈想了一下这个人的名字，但没有想起来。

韩愈警惕地问："今天是哪一年，几月几号？"

那人像没听见他的话，故意转过身去朝着别人说起了另外的事情。

韩愈犹记得刚才的经历，皮肤和心灵仍旧火燎般疼痛。他转眼看看落地玻璃窗外：校园中男女学生正如小动物一般拥出教室来到操场，远处一片片的摩天大楼在蓝天下纹丝不动，好像原始森林。这是这座城里他熟悉的景物。

同事们仍在周围唠叨："您没事吧？刚才，第七管道发生了短路，引起频率振荡失谐，出现火情。根据实验章程，我们关闭了引力堆。您已经逃出了忧山。"

那个嘴巴发出电线焦味的人又凑上来说："别往心里去，这一切不是真的。"

这话似乎在哪里听过。韩愈看了这人一眼，见他是很平常的一个人，他好像是一个月前应聘来的。韩愈忽然间大口大口地呕吐起来，眼前出现了另一种幻觉。穿白色工作服的人统统慌乱地来扶韩愈。

“主任。”他们恭敬地说。

韩愈着急地把所有人推开。

多么奇怪啊，他看到的是向他伸过来的一个个假肢！

在他游历忧山时，实验室可能已被篡权。他又一次看了看校园里的学生和城池中的楼群。这些都再也骗不了他，他已经逃出了忧山。

于是，韩愈挣扎起身，朝实验室外逃去。

他钻进电梯，朝开电梯的女人说：“去一楼，快！”

她却没有按下电钮。

韩愈说：“快些，这里发生了阴谋！我们要离开这座城市，它是假的！”

她转过身来。韩愈吓了一跳，原来这个人是他的妻子。

韩愈狐疑地问：“你怎么来这里的？是怎么进来的？守门的警卫为什么会放你进来？”

“我是来给你送票的。因此他们没有理由不让我进来。你想到哪里去了。”

“是我多心了。”韩愈沉吟。

“我已买好去忧山的机票和车票，我们分头去。这是解决我们之间问题的最后一个机会。”她怒气冲冲地说。

“这么凶。你手里拿的是什么？”

“机票和车票呀。”

“不是右手，是左手。我说左手。”

其实韩愈已看见她手持的是一尊精巧的佛像，只是看不出是用什么材料做的。韩愈仍然希望她能否认。

“哪来的？”最后韩愈得到了失望的信息，便严厉地问。

她不回答韩愈。韩愈便一阵虚脱委顿，好像重遭某夜星光射入的痛击。

她坐在开电梯者的座位上，韩愈则站着。这样形成两人独处的局面。电梯忽然变得通体透明，如同大饭店的观光电梯，阳光像水一样从他们身上穿流而过。他们几乎同时看到热闹非凡的大街上，人们结群成队、房屋张灯结彩。

“他们在干什么？”韩愈诧道。

“准备迎接佛骨呢。”妻子激动地说。

韩愈用眼角的余光观察到妻子手中的这一尊佛像也在着迷地观看外面的景色。它简直就像他与她生育的一个婴孩，这孩子长得贪婪又肥胖。小家伙的嘴角还挂着一丝讥笑呢，这使韩愈把残余的物质全部呕吐了出来。

注：时空场振荡理论，是王崎生工程师的猜想。这位退休的军工专家，能通过聆听发动机的声音辨别出十公里外行驶的坦克车的型号。晚年，他在北京东郊的一座居民楼里潜心于不明飞行物的研究。王崎生心目中的问题，实际上可归于当代科技八大难题之一的“重力波真相”。

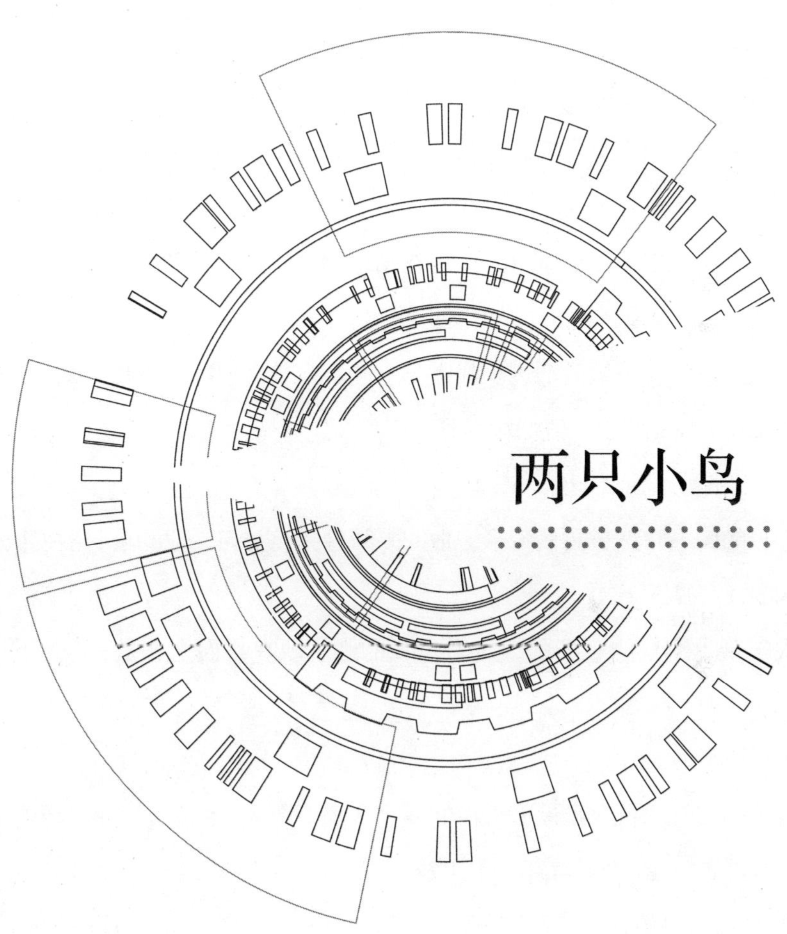

# 两只小鸟

我从书架上取下那本五彩斑斓的杂志，打开来，照片上的鸟群似乎猛然哗啦啦扑面飞来。

我坐在图书馆的阅览室里，心不在焉地翻看这本鸟类学杂志。这里几乎没有什么读者，除了两个女人。她们分坐在两端，与我形成三角状。

清晨的空气如涨潮般涌进。我听见一些鸟在外面叫唤。我抬抬眼，看见它们站在高压电线上。他们管这叫麻雀。

被什么惊动，麻雀忽然飞去了。

年轻的图书管理员慢慢走来。他的眼睛像猎枪枪口，他的全身散发出猫头鹰的夜半腐气。

太阳跃上窗棂的一刹那，我看见我的影子映在桌面上，是一只巨大的鸟。

我忙放下书走出去。

除了图书管理员向我投来奇怪的一瞥，那两个女人纹丝不动，看也不看我，只是专心致志地研读手中的书籍。

外面是沉沉的夜，十万年来我一直那么熟悉它。星光有一点没一点地漫射。

我像惯常那样投入，于是也成了一片飞翔的夜色。

我的身影投在灯火渐稀的城市上方。它的确是一只猛禽。

城市越来越小，被甩在后面。我激动地鸣叫一声。熊熊燃烧的恒星世界，在我的脑海中逐渐清晰了。

我的身影现在是在宇宙五彩斑斓的背景上。

这个背景就是那本打开的杂志，我确信没有人类能够读得懂。

每一个字词和标点符号，都与星云、引力、微量元素对应，段落则构成了数学和物理法则。

奥兹玛每天通过图书馆中的杂志，向我传递宇宙的密码，使我在接近她时，不致陷入迷津。

翻开来的宇宙，在我的身后扇动页面。我的翅膀被磁场鼓荡，成了张开的风帆。

我将回溯到五万年前的那个时空点，不分昼夜地拨动拯救奥兹玛的机关。

奥兹玛，你好吗？是我啊。

我轻轻降落在无人的荒原上，想象着五万年后这里的情形。这个地方以后叫做秘鲁。

我的影子因为能量的聚焦，投射在地上，像是土著的图腾，再也抹不去。

人类的后代将为此迷惑，以为这是外星飞船着陆的标志。

我把意识的触觉收回。我感觉到，奥兹玛无所归栖的思想在附近痛苦地喘息。作为形体的奥兹玛已经不存在了。

奥兹玛，我已工作了十万年，也许你还要等上两千年。你知道还有几条弦的位置我无法确定，只有它们的重组才能让你进入自由时空。

这一切，奥兹玛全明白。要把她从囚禁点解救出来，只剩下最后一步。因此她十分配合。

每天，我们都在取得进展。

但今天似乎有哪儿不对劲。往常，心烦意乱的奥兹玛一嗅到我的呼吸，便会乖乖安静下来。今天，她却有一种躁动。

她的不安是通过头顶的大麦哲伦星云显现出来的。那星云的一块区域正如泡沫般急剧膨胀，一会儿变黄，一会儿变绿，像夜空中的一个鬼魂。

奥兹玛，你怎么了？你得配合我的工作啊。

忽然，五万年后一个图书管理员的眼睛在星云中浮现。我悚然惊惧。

但它片刻后便隐去了。

我决定提早中止跟奥兹玛共享思想交流。我要暂时忘却天幕上那恐怖和危险的意象。我把我的场与宇宙场相连，它们再沟通奥兹玛的精神世界——不是通过杂志。这时形成的合力，在一节节破坏着困阻奥兹玛的囚壁。

然而，今夜却没有什么进展。

奥兹玛，你要配合。我的声音，只有我自己才能听见。

麦哲伦星云又一次膨胀开来，像一本被撕烂的杂志。它展现出各个时空的弦，在某一根上，我看见了本不应出现的事物。

两只鸟正在风中啄食。它们的出现，扰乱了时序，使我不能继续工作。

一个声音传入：放手吧。

它犹如深沉的雷电，我被击中。我喃喃说："奥兹玛，五万年了，我一直待你不错，我不会放弃。等着我，我还会回来。"

那两只鸟不见了。这时，群星也哗啦一声如鸟群散去，白昼展翅

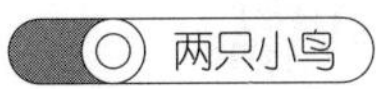


来临。

新一期杂志的封面是一只北美秃鹫。它威武的姿态，像是宇宙的霸主。

我犹豫要不要打开杂志。

昨夜对奥兹玛的许诺浮现在我的心中。然而，那两只鸟的身影，却挥之不去。

图书馆阅览大厅受到窗外的阴天影响，桌面上再没有我的投影。那两个女人没有来，除了我，大厅中只有图书管理员，他正用鸡毛掸子拍打一排书上的灰尘。

我趁他走到文艺类书籍后面时，把手中的杂志打开，第一篇的题目叫《论鸟在生态系统中的位置》。我吃惊地发现在字里没有我熟悉的密码，奥兹玛没能送来信息。

冬天来临，候鸟要南徙，文章是这么写的。我读着，汗水沁下来。我甚至没合上书，便起身离去。

图书管理员挡在我的面前。

“今天怎么这么早就走啊。”

“我有点不舒服。”

“是不舒服吗？要注意啊。冬天来了，谨防感冒。”

我打了一个寒噤。我擦过他的身体，欲往外行。

“慢。”

我站住：“什么事？”

“对不起，您违反了阅览规则。”

“从哪说起啊。”

“我注意到，您每天读同一种杂志。”

“这也违反规则吗？”

他把杂志取下，翻开。在那些关键字句和段落下，我画上了红线。

“对不起，我认罚。”我戒惧地说。

“我担心您交不起吧？您为什么要画这些呢？”

“我是B大学生物系的，我学习的领域是鸟类的繁殖与迁移，我做的题目全部与此有关。”

“可是，也与时空管制法有关吗？”

“您说什么？”我的腿打起抖来。

我知道他是一个捕猎者，但怎么可能这么快，就追到我的藏身之处了呢？

对于这群人，反抗是没有用的。

“悉听尊便。”我说。

“您必须立即中止对奥兹玛的援助。您在改变许多人共同制定的秩序，这些秩序已经存在很久了，就像这些书，一旦写成，便是白纸黑字。”

“我说了，悉听尊便。只是，太可惜了。奥兹玛不是一艘普通的飞船，她有思想。为这个，你们把她停飞了。”

“我不懂您说的话。您现在跟我走吧？”

在回程中，我向捕猎者暗示，实际上，我已于昨晚放弃了持续十万年的救援工作。因此，他今天再来抓我，已没多大意义。我把那两只来历不明的风中啄食之鸟向他作了说明。

我怀疑它们代表另一支神秘势力。

捕猎者听了默默无语。

“但愿它们不是那两个女人。”过了一阵，我听见他的脑波在自言自语。

“您说什么？”我也用脑波传递思想。

他不再回答，心光黯淡了下去。

他大概是指大厅中那两个阴森的女读者，但我不觉得她们有什么特别。

稀薄的大气使星光显得凄厉，宇宙中的自由意志这时都各归其巢。我预感到，这是脱身的好时机。

十万年来，我有过多次逃匿的经验。

捕猎者有些神不守舍。我猜，由于我说的话，他的注意力已完全转移到那两只鸟上面去了。我便悄悄抽身而出，退出这场追捕与禁忌的游戏。

我再次看见我猛禽的身躯超越时空。追捕者正在虫洞的另一端绝望地寻找，他没有料到我会逃亡。

星云和尘埃荡涤着我的脑海和全身。

这时我发现，我的爪中还攥着那本地球人的图书馆里陈列的杂志。

我把它抛掉，它很快分解成了基本粒子，让它追随图书管理员去吧。

这饱含自然界密码的课本，和那文明社会的立法者，形成了同构。可是，那两只小鸟，又象征着什么呢？

用地球人的话说，两万年“一眨眼”就过去了。

我到底还是违背了诺言，没有返回奥兹玛的那个宇宙。因为我开始怀疑，为了一艘产生了思想的宇宙飞船，投入进化的全过程，是否值得。

我并没有考虑出结果，因为，后来我又有了新的目标……

我目睹了捕猎者的死亡和星球的死亡。

新诞生的星系中，又产生了新一代的捕猎者，以及其他奇奇怪怪的相应事物。我对此已不关心。

在这个宇宙中，我的资历太老了。

最后，连新诞生的一切又都消失了，热寂就要来到。

我便将身影投在最后一阵汹涌的星光上，旋转着融入下一个纪元。

新创的宇宙初期是那么寂静，生命要在许多年后才会出现。我感到无比孤独，这是继续存在的代价。

但是，仅仅过了不长一段时间，我便偶然在一个刚凝结成的行星上发现了鸟的脚印。我清楚这不是我留下来的。

那是两只小鸟走过的痕迹，灵气而纤细。行星的海洋正在涨潮。如果我晚到一会儿，任何足迹都会被潮水冲掉。

我吃惊于我嗅到了旧时代的气息。

同时我产生了不祥的预感——我可能并不是新时代的主人，真正的主人，是比一只猛禽更为低姿态的两只小鸟。

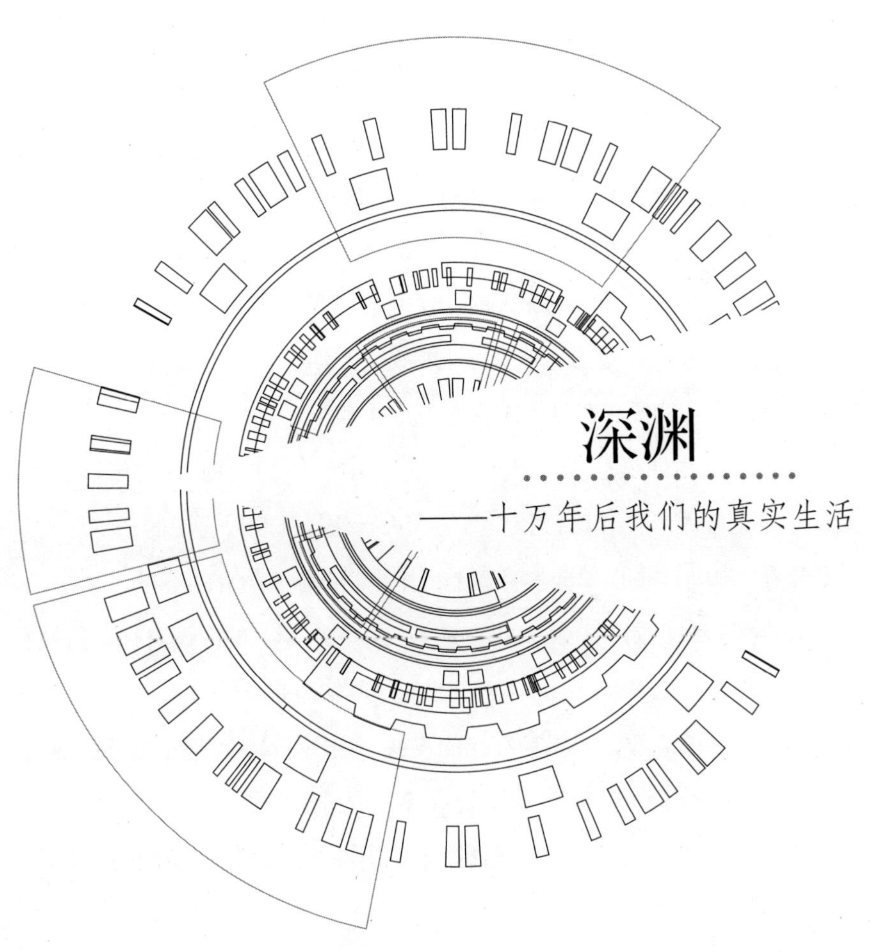

# 深渊

——十万年后我们的真实生活

# 一　母亲

我出生在海底深渊，这里生活着人类的族群。

其时，这水世界已无处不是红色的。深深浅浅的水层如一片焰火般亮丽。不计其数的海生细菌、底栖生物、浮游生物和游泳生物，于一夜间获得了发光的本领，而亿万张来历不明的赤色金属碎片，也如孢子般闪闪飞舞，使无边无际的汪洋在亘古未有的高温中沸腾。

人们把大海叫做原汤。此刻，这原汤中的一切事物就这样熊熊燃烧着。除了这摧毁形体、感官和岁月的大火，便是那难以言说的千钧压力。它作用在水栖人柔弱而单薄的身躯上，使我们感知到生存的不易。

我出生后看见的第一样东西，是妈妈年轻而华美的赤裸身体。这使我产生了一种奇怪的印象：海洋本身的性别，其实就是女性。

由于分娩的缘故，妈妈粉红色的皮肤上出现了大串明亮的黑斑，漫渗出一层层浓郁的黄色液体，这样便把多余盐分排出到了体外。

妈妈在叫唤，把痛苦和喜悦通过低频声波在浩渺的大洋中传送。不一会儿，周围有了动静。

游来了几个年老的男人。他们把盖龟一般的丑陋头颅探进洞穴，看见是女人在生育，便兴味索然地游到了远处。妈妈难过地闭上了眼睛。

但是，过了一会儿，一个男人又偷偷摸摸地折了回来。

他背着一副用温鲸坚韧皮囊制成的口袋。妈妈的眼睛又慵懒地睁开了，犹豫地放出了微弱的亮光。男人略显慌张地用海藤把口袋系在女人身旁的礁石上，便害羞地游走了。

这时，妈妈失魂落魄地看着他的背影，猜想他就是我的父亲。她记得她和他之间仿佛发生过什么事情。

但是，是不是确切有过那种事情，她也委实不敢肯定。在深海里，因为水压的缘故，大多数人类成员忘性很大，只能记起不久前的事情。

妈妈的存在给男人带来了另一种压力。她诱引他们，让他们手足无措，与他们重复同样一种行为。因此，说到底，谁是我的父亲都无所谓，也没有意义。

男人们仅在这一段时间里待在深渊，做女人的伴侣和庇护者。不久，他们就会成群结队浮游到另外的海域，去寻找新的食物和别的女人。

在人类生存的这个炽热而闪烁的世界里，一切过程都分外的短暂。大概与女性相处就是如此吧？这是我即将面对的现实。

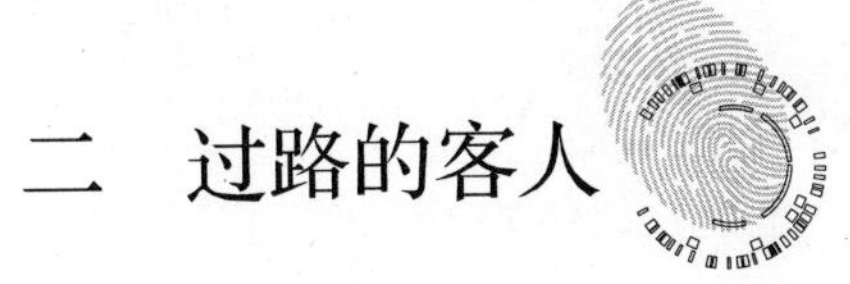

## 二　过路的客人

比较有意义的是食物，连我也感觉到了那口袋里的东西与自己的未来有着紧要关系，因而心中洋溢起出生后的第一番喜悦。

那里面盛着沙蚕白皙鲜嫩的肉啊。

几个哥哥姐姐从洞穴深处浮动了出来，在一旁贪婪地窥视。

这时，又有声音由远而近，是另一群男人在快活地游弋。他们不属于我们的族群。

男人在水中发出悦耳的哨声，让女人即使相距很远也能知道他们的来临。

在海洋深处，声波以更快的速度传播。人类的听力也发达了起来，能够分辨出数千米外的动静。

妇女们条件反射一般，都匆匆从洞穴中游了出来，像一群群饿坏了的竹荚鱼。

新来的男人体侧生着宽厚而性感的尖鳍。他们背上的刺梢摇曳得如旌旗飘动。妇女们亢奋不已，他族的男人给沉闷的海槽带来了新意。

女人与同群的男人已共栖很久了，她们已感到厌倦。她们的内心深处早就渴望着新庇护者的现身。

我受本能的驱使也游了出去。我看到刚完成生育的妈妈虽然十分疲惫，却也强打精神挣扎着往外游去。

一个庞大得令人费解的躯体出现在我家门口。他浑身闪动着纷乱而好看的银色光晕，使我们这群水栖人相形见绌。银色是他们那一族求偶的信号，而我这个族群的男人则只知道胡乱摆动粗笨多褶的身体。

新来者的体征无疑给妈妈留下了难以磨灭的印象。与我们族群的男人相比，他们更健壮、更漂亮，也更年轻。

是否在他们生活的海域，食物、氧气和矿物质更丰富一些？这是一个意味深长的问题。

“你是从哪里来的？”妈妈喘息着，柔声问。

“另外的世界。”有点不耐烦，陌生人简单地回答了一句。

另外的世界！这出人意料的明畅言语，使我蒙昧之心猛然一懔。

但男人不再多说，便急不可耐地与妈妈拥抱在了一起。

这时，我察觉到另外一个男人，也就是我的“父亲”，在一片猩红恶臭的水层中半蜷着注视着这一切，他就像一条气急败坏的致尸鱼。

我察觉到某种危险正在无形无味地降临。

然而，什么事情也没有发生。银色男人允诺以食物作为交换，父亲他们便默默地退行到了远处。

在海洋中，更加重要的事物，究竟是女人，还是食物？

这是刚刚出生的我，所面对的第一个问题。

最终，让我失望的是，新来的男人并不打算多作停留。他们在与女人交配后，便头也不回地离去了。水层中残留着渐渐远去的嘟嘟哨声，以及慢慢破碎的银色光影。他们带走了另一个世界。

但是，来自那个世界的陌生信息，已经和着咸咸的海水滑入了女人们饥渴的身体，也潜进了我幼稚单纯的听觉和视野。这会使未来产生什么差别吗？

妈妈仅仅知道这个世界，熟悉这条海槽。不知从什么时候起，水栖人就已不再洄游。

在这里，人类不停地生育、死亡，存活的仅是少数人。

我们居住在岩礁上的洞穴中。这里原来是巨型虾蛄的栖身之地。人类赶走了虾蛄，把它们的洞穴改造成了简陋的居所。

我有五十五个哥哥姐姐，他们中稍大一些的已能在妈妈的带领下学习游泳和觅食了。

当他们过上独立生活后，其中一些人也许要去到另外的世界，加入各种各样的男人部族，留在那里，进化出宽厚的尖鳍，或者银色的皮肤，或者学会某种特异的本领。

最后，无一例外，在经过性与食的循环交换之后，大家都将鳃孔发紫、两眼翻白地死去，殒亡在海洋热气弥腾却又冷淡无味的怀抱之中。

这也将是我的宿命。

## 三　婴儿

银色男人消失之后，妈妈才忽然返回了现实，想起来关照我。

她这次分娩产出了四个孩子，仅我存活。在妈妈眼中，我是一个小个儿的男婴，周身发白，没有片鳞。这使人类的孩子与大部分鱼类区别开来。

但等我长大一些，肤色会变成不可思议的粉红色，鳞甲也会在某些部位悄然生出。当我游动时，身躯会奇妙地与散射红光的海水融为一体，以帮助我避开凶猛天敌（比如大海鼠和吊睛鲼）的偷袭。不过，这是我以后才会懂得的事情。

这时，我只是很不安分，着急地在鲸皮袋囊中挣动，大哭大闹。这是因为饥饿，也是因为委屈。内疚的妈妈急忙把我搂抱出来。

在她凉爽的怀抱中，我挣扎着寻找一样东西。这证明了我智力的正常。妈妈因而感到了宽心。

年轻的女人温柔地把身体凑近我的面部，甜美地闭上了眼睛。在咸苦辛涩的海水中，我难得地闻到了一股让人眩晕的美好气息，它在我的体内激起一股热辣的血潮。我一口咬上了妈妈尖细硬朗的奶头，并且故意用了很大的力气。她疼得一哆嗦，却把那两瓣稚嫩的花朵往我嘴里更深处送去。

我吃奶的节奏均匀有致，呼吸也顺畅得体。妈妈想必觉察到了这一点，因而露出了幸福的笑意。

这时，她用一只手小心地抱紧我，另一只手轻轻揭起我的耳轮，去找后面那一层褐色的薄膜——那是鳃。许多新生儿没有鳃，致使他们生下来便窒息而死。有鳃的事实使妈妈又松了一口气。

我美美地吮吸了一阵，心情愉快地把奶头吐了出来。这时，妈妈把我向前托举出去，忽然松开双手，让我直接掉落在了红通通的水里。我扑腾了一下。巨大而空虚，是海洋赠予我的有关世界真相的第一件礼物。

人类的孩子在刚出生时都对水充满了惧怕，这与其他海洋生物不同。妈妈见状赶忙伸手把我搂起。

但她知道，我很快就会习惯于海洋、依附于海洋。不久，我便会无师自通，学会游泳。

这是因为她看到我的手指和脚趾间都长有蹼。有的孩子生下来便没有蹼，他们将会夭折。她也看到了，我靠近下腹的部位还生有短促的双鳍，虽不如银色男人的那么茁壮有力，却也简捷清丽，毫不逊色于普通海兽。

水栖人平均每生育三个孩子便有两个是死婴或畸胎，没有人知道这其中的原因，我却幸运地属于那三分之一。

但妈妈仍不敢断定我能顺利成长，由于疾病和天敌，通常有一半孩子会在童年期死去。

孩子们的优势是发育的速度。深渊中的生物都以极快的速度成长，这样可以最大限度地避免因幼年期过长而受到伤害，但我们的寿命也因此非常短促。

不过，人类是具备智力的水兽，甚至在整个海洋生物群中，智力也是最发达的一种。没有人知道这是为什么，但这显然是另一个优势。

然而，海洋生态正在发生巨大的变迁，人类的总数在迅速下降。这是我们自己所察觉不到的事情。

进化的大限正在临近。因为大脑的混乱，人类直到灭绝的那一刻，也感知不到任何亡族之征。

“宝贝儿，谁能保证你将来好呢，生下来算是便宜了你。”

这一刻，妈妈就这样慈眉善目地凝视着我，嘴里嘟嘟囔囔个不停。她对每一个孩子都这么絮叨，如同念动咒语。她相信语言的魔力。语言，是人类从陆地上继承下来的遗产之一。

因为我吃奶时那股可爱的倔犟劲儿，妈妈便给我起名叫做“海星”——海洋中一种能够大力吸附在礁盘上的古老棘皮动物。

## 四　大海鼠

吃了甜甜的乳汁，我不饿了，也困乏了，闭上眼睛准备睡觉。妈妈凝视了我一阵，也开始迷瞪。

人类在海洋中的睡姿，仍然保持着我们的祖先多少年前在陆上的习惯。我们需要倚靠某种实在的物体，比如洞壁或者礁石，而我此时是依偎在妈妈的怀中。

但是我们再也不会做悠长的美梦。偶尔有梦，也是快速且片段性的，没有任何可供回味的连贯情节。我们必须保证一有风吹草动便立即清醒。

在海洋中，危险比比皆是。

现在，一种危险正在来临。

刚睡一会儿，我和妈妈便被一阵响亮的“泼泼”声惊醒。

妈妈脸上呈现出可怖的神色，那是大海鼠在穿越内波快速游来。妈妈瞪圆眼睛盯住洞口，僵住了不能动弹。

但划水声在附近停息了。

这时，传来了女人的惨叫。附近的一个洞穴遭到了袭击，有孩子被大海鼠叼走了。

那个洞穴中的人乱作一团，惊叫连连。一个可怜的母亲在大声呼叫援兵，而我的妈妈却屏住呼吸，避免发出任何动静。又是惨叫，一定不止一头大海鼠，不止一个孩子受到了伤害。

“泼泼”声又凶险地响了起来，这回是向我们的洞穴靠近。

这时候，我看见妈妈努起嘴来，发出一串低沉而悠长的哨声。这哨声今后将久久回荡在我的脑海里面，成为幼年时代少数被保存下来的记忆之一。

妈妈在呼唤电鳐。

说时迟，那时快。洞口露出了荧光闪烁的鼠头，一对冷漠的环状眼，对称地嵌在大海鼠灰色的前额上。像人类一样，从陆地重返海洋的鼠类，

具有良好的立体视界，这使它们能够在不同的水层中灵活地搜寻猎物。现在，这双得意扬扬的眼睛正朝妈妈阴险地打量着。大海鼠是水栖人的天敌。这个游泳能手，体长达五米。

大海鼠很久没有出现了，但现在它们竟然找上门来了。

这似乎是海洋生态发生巨变的又一个明证，却不能被水栖人加以认识。

退化的我们只知道应付迫在眼前的危机。

妈妈朝洞穴深处一寸寸退缩，她身后的孩子大声惊叫。大海鼠张了张尖嘴，吐出了一根暗红的舌头，以及一些人体的残渣。一股腥臭的浊浪涌了过来，盛放食物和婴儿的囊袋晃动不停。在孩子们的惊呼声中，大海鼠一使劲便朝洞里钻，不料身子却被一块岩礁卡住。它一发力，礁石发出了不祥的咯吱声，纷纷坠落的碎屑在水中迷乱地漂荡不停。

此时，唯一不惊慌的却是我。我丝毫不明白眼前的情形意味着什么。我挣动着，朝前伸出胖乎乎的小手，要去触摸那肉球般的巨大鼠头，嘴角漾起好奇的笑意。

妈妈吓坏了，急忙把我塞进鲸鱼皮囊。

勇敢的妈妈用身体挡住孩子们，无畏地面对狞笑状的鼠脸，发出一阵更加急促的呼哨声。大海鼠怔了一怔。

这时，电鳐嘶嘶叫着及时赶到了。大海鼠抽搐了一下，朝后缩去。洞外波浪翻卷开来。

人类与电鳐结成了盟友，有着共生的关系。在危急的时刻，电鳐前来救助人类，驱逐海中的恶魔。

一群精灵般的电鳐包围了三头大海鼠，发起了源源不断的攻击。这些扇形的鱼儿身上长满了五彩的点状的斑纹，它们头部的一对镰形白色肉突释放出了电流。大海鼠被击中后便痛苦地翻滚扭曲。

男人们也陆续出现，加入了战斗，朝大海鼠投出一支支用鲸骨磨制成的水矛。

那个似乎是我父亲的男人也在其中。妈妈感激地看着他，他却没有注意到妈妈的目光。此时战斗正酣。

最后，三头大海鼠均受了伤，落荒而逃。

海洋在制造冲突之后，又及时地恢复了平静。水层中弥布着大海鼠的体臭。男人们把食物投向撒欢的电鳐。

但附近的哭声仍在连绵传来，让人心情黯然。隔壁人家有两个孩子被大海鼠咬死了。妈妈没有理会这个，因为那不是她的孩子。

这时，我的父亲又腼腆地游了过来。他的腹部有数道新鲜的齿痕，想必是大海鼠的杰作。妈妈迎了上去，仰身在父亲的肚皮下方，伸出舌头轻柔地舔那伤口。男人愉快地闭上双眼，发出低低的呻吟。

然后，他开始抚摸妈妈的后背和前胸。两人哆嗦着紧紧地抱在了一起。

再后来，男人像是得到了满足，如影子一般从妈妈身上掉下来，又如影子一般游到了远处。

漠漠红光又笼罩在了无际深渊，闪闪的金属碎片重新飞舞起来，熊熊燃烧的水域却是寒霜般沉寂。妈妈用知命的眼神注视着不可预料的海洋，又打量着自己的倒影，长叹了一声。

这时，她注意到我圆睁大眼，在朝她静静地观察。我投出一道怪异深邃的目光。妈妈从没有见过海洋生物的眼神像是我这样的，这令她莫名惊诧。

# 五　食物

醒了又睡，睡了又醒，如此反复了无数次，妈妈才带着稍大的孩子出外觅食。仅靠男人们的馈赠已经不够，只有自己采集食物才能存活下去。

即将过独立生活的孩子们必须学会觅食的本领。

妈妈游出了洞口。这时，她忽然感到一阵虚弱，身子往水底一沉。

青春已逝。她这是第一次产生这样令人惊惧的念头。海洋人类没有时间概念，但体内的生物钟告诉妈妈，衰老正在临近。

短暂的人生犹如白驹过隙，这在宽阔的大海中尤其如此。不知不觉中，妈妈又生育了好些个弟妹，包括我出生那天她与银色男人的结晶。

而我也长大了一些，妈妈也开始带我出游了。

作为男孩，我过于瘦弱。妈妈心里清楚，这可不是水栖女人喜欢的类型。我的一切都显得平常，游速没有别的孩子快，力气也不像是真正的海星。我也再没有投射出那种深邃的目光，以让别人觉得我具备神异。

但妈妈仍然对我倾注着希望和爱意。所有的孩子，从理论上讲都有着远大前程。妈妈一厢情愿地以为，年轻的新一代将给衰落的族群吹入复苏的气息。

妈妈通常带领孩子们去到海槽底部。那里延伸着一段平展的缓坡，分布着丰富的食物源。

海洋则呈现出让人欣喜的一面。群集的发光细菌把这一带映照得幽幽发亮，植物便依靠这充足的冷光源茁壮地成长。在底栖植物的丛林中，我见到了匍匐于海底沙地上的各种螺类、海胆和寄居蟹，还有附着在岩礁上的珊瑚虫、水螅虫、牡蛎、贻贝和金蛤，以及从地下钻出来的梭子蟹、海蚯蚓和蝉蟹。对虾则神经质地在水层中穿梭，它们的大螯漫无目的地噼啪作响。

妈妈告诉孩子们，这些都是人类的食物。她教导我们如何捕获它们。

我的个头比同龄的孩子要小，但我是最活泼的分子之一。我常常游到队伍外面去。这时，妈妈便要大叫："海星，赶快回来，小心大海鼠吃了你！"

不过，自从那次大海鼠光临之后，我们便再也没有见到这种可怕的动物。

我看见一群电鳐正嗖嗖响着从附近游过，不禁微笑着朝它们招了招手。

在海洋动物中，只有人类，才可以露出微笑的表情。

有一段时间，我总是跟一个名叫水草的女孩在一起。我们结成对子，一起追逐底栖和浮游的动物。

但是，我仅仅试了试用海衣草编成的网罟捕捉毛虾，便感到了厌烦。我觉得，这应该是女孩子们干的工作。

"水草，还是你来吧！"我大声招呼。

水草很听我的话，翩翩作态游过来，轻巧地抄起小网，灵活地扑向虾群。

我则呼啦一下潜到海底，寻找海胆的踪迹。我用小水矛刺伤了一个海胆，却没有办法把这浑身长满毒棘的家伙捉拿回来。

于是我改变了策略，去抓红头线虫和翡翠扇贝。末了，我把几个鲜艳的猎获物当作礼物送给了水草。水草高兴地笑了。

“海星，你真好！”

她水晶般的容颜和鱼儿似的声调使我一阵发愣。我说不出话来，只得久久凝视着水草。她的身体已经呈现出少女最为基本的优美曲线，她的脸庞无法遏止地溢出青春的灿烂光影。水草看到我这么看她，便害羞地掉头游到了远处。

有时，妈妈会带领孩子们一直往上浮。我们来到水质有所不同的地方，那是明媚的阳光能够抵达之处。阳光是一种陌生的事物，与人类相距甚远。我第一次看见阳光，猛然间一阵恍惚，心中充满惧怕，眼神呆滞，停在了水中。那的确是另一个世界在招手啊！脑海深处有什么东西开始慢慢地苏醒，使我感到喜悦的同时又感到难过。刹那间，记忆的火花又黯淡了下去，我什么也没有回想起来。我在冷漠的阳光中神往了一会儿，才继续向前游去。

忽而我们眼前出现了茂密的森林，它们在光合作用的抚爱下成长，与海底依靠热液和冷光而生的植物又有所不同。千姿百态的植株迷人地缠绕，撩神地荡漾；有的体型十分巨大，比十几个孩子连起来还要长。它们都是进化中不曾发生剧烈突变的古老植物。一朵朵五颜六色的珊瑚礁也在向人类招摇，万紫千红的海葵、海羊齿和金海花在尽情地绽放。这里是神异的龙宫世界，宝石灿烂，灵光闪烁，动物种群也与深海不同。海洋忽然变得让人憧憬了。

这时，妈妈便教孩子们辨别紫菜、海带、石莼、海草、海萝与红树。她说，其中的大多数，都能为人类所食。

我们兴高采烈，着手采集。植物们随着水波晃动，发出悦耳之音，好似仙乐一般。我听得专心，不禁手舞足蹈。一些孩子撒着欢朝森林深处游去。妈妈急忙叫住他们："宝贝们，不要着急。我还要告诉你们一些事情呢。"

她说的一番话语减弱了我们对海洋刚刚产生的好感。"森林中也存在着危险，有一些植物是人类的天敌，比如食肉藻和毒苔藓，千万要避开它们。"她一边描绘它们的长相，一边招呼孩子们：

"石贝，你这个鲭鱼脑袋，别靠近那个发绿光的珊瑚！"

"泡沫，冒失鬼，不要碰那株玉莲草！"

"纤毛和涡涡，互相看着啊，别离群！"

妈妈拥有丰富的海洋生物学知识，这让孩子们佩服得五体投地。只要待在妈妈身边，我们便感到安全。

但，这很快被证明是一种假象。

因为，最终还是有人游散了，是那个名叫水草的女孩子。

"水草，你在哪里？赶快回来啊！"

着急的妈妈带着孩子们大声呼唤，她的脸上浮出不祥的神色。

不远处传来了细声细气的尖叫。

水草被缠住了，而捕获她的是一簇悄无声息的水笔仔。这种茁壮而低矮的岩灰色植物，一直静静地盘坐在礁壁上等待猎物。水草没有牢记妈妈的话，自己又不认识路，在青春期好奇心的支使下，冒失地游到了丛林深处。水笔仔忽然伸出了巨舌般的枝条，像伞一样把她卷走了。

妈妈明白，发生了这种险情，只能听天由命。隔着密林，她一筹莫展地看着女儿在水笔仔的掌握中挣扎。外层，是水笔仔的哨兵王海桑。它们与水笔仔形成了共生关系，与人类对峙着。

植物没有心智，但这种敌对，又似乎是一种心智的表现。天意安排了人类的宿敌，使大家世代为仇。

但为什么偏偏是可爱的女孩被海洋捕获?

大家只能眼睁睁地看着，水草纤秀的肢体在植物叶片的大网中痛苦地挣扎，她每动一下我的心也紧随着猛烈抽搐。

忽然，人群中冲出一个身影。那正是我！我与水草是那么的要好，我决心去解救这可怜的女孩。

“危险！”妈妈歇斯底里地大叫，朝我追来。

就在我即将接近植物的一刹那，妈妈及时赶到了我的身后，用力一把将我拉了回去。但是，水笔仔和王海桑同时伸过来的舌头还是触到了妈妈。妈妈的腿上渗出了鲜血，我被吓得魂飞魄散。

还好，从妈妈身上渗出来的血液是殷红的，这表明没有毒素浸入。

这时，水草已不再叫唤和挣扎。她平躺在一堆树枝中，像是安稳地睡着了。过不了多久，树叶分泌出的浆液，便会分解她，连骨头都会化掉。

妈妈知道，女儿将成为树的一部分。她的体液将流布于树的全身，变成后者的养分。她的灵魂将聚集在那植物的伞盖顶端，时刻睁大眼睛，等待捕猎下一个倒霉鬼。

而水草本人，便是被上一个死去的人捉住的。她只是转换成了另一种生存形式。

不知从什么时候起，海洋中就流布着一种传说：吃人的大海鼠、吊睛鲼和食肉植物，都是由死去的人变化而成的。

妈妈自责疏忽。她的确年纪大了，已救不了自己的儿女。

但她没有太过悲哀，只是怔怔地看了一会儿，便带着孩子们游走了，开始了新一轮觅食。

为了安全，妈妈带领我们汇入了别的母亲统率的群体。

# 六 我

水草的事件给我以极大的刺激，但我还没有死亡的概念。

我问妈妈，水草留在那里做什么。

“她睡去了。”

“那么我也要睡去，我要跟她一道睡。”

“不可以，你在洞穴这里睡。”

“为什么水草要到那里去睡呢？她心底好像并不愿意。”

妈妈不知道该怎么回答。她也不敢告诉我，水草已经变成了一种伤害生命的海洋精灵。

她只是说：“因为她要与植物在一起，她要与植物一起成长，她是植物的一部分。”

这大约便是原始宗教意识的萌芽。而妈妈并不知觉，她只是朦胧地感到，水栖人的生命被海洋中一种无形的东西主宰。

所有的植物、动物、水流和礁石，都具有某种灵力。人类无法知晓其中的奥秘，也从没想过要去了解。

幼小的我不懂这些，我只是为那天的事情感到恐惧和伤心，并对水笔仔产生了嫉妒和仇恨。我觉得它是我的情敌。我不想水草留在那里，我想要她回来，同我一起嬉戏。

是啊，她怎么可能是植物的一部分呢？孩子们都来自妈妈的身体，难道妈妈曾经也是一株食人的植物？她的前生曾靠捕获女孩子为生？

第一次，我不禁对妈妈感到了疑惧。

我试图把拯救水草的想法向兄弟们讲述，大家却把我嘲笑了一通。

“你怎么行呢？你这笨蛋。”

“就是呀，海星，连帽螺都捕不住。”

“要不是妈妈拉他回来，他早被水笔仔捉去了。”

“我们都不行，碰到那种情况，连自己也救不了。”

“或许，作为我们父亲的那些男人才可以吧。”

“至少，得用长长的水矛。”

“那些男人呀……”

我于是回忆起了男人们与电鳐一起驱逐大海鼠的惊险场面。大海鼠是十分可怕的动物，比水笔仔要可怕得多。能够驱逐这种恶魔的人们，也一定能够战胜任何食人的植物，救回所有被海洋掠走的孩子。

但为什么男人不在我们身边呢？

不管怎样，我由此展开了对成年男子的幻想。他们劈波斩浪的强劲身躯扭动着，发出礁石般的幽暗光芒，大腿像是粗壮的海藤。他们分泌的体液蒸发出浓烈的气味，清楚地标记出本族的领地。他们搅动的水纹会成为奥秘无穷的图画。他们经过时海水便发出震耳的爆裂声。他们与深藏在洞穴中的这一群妇孺有着如此多的不同。

因此，能够与海洋作斗争并取得胜利的，唯有男人。

我闭上眼睛，想象以男人的姿态游动的便是自己，不觉在虚妄的水体中划动起手臂，但眼前突然出现了水草。她浑身血淋淋的，美好的曲线已被破坏，灿烂的面容变得狰狞，破烂不堪的额头上露出了亮晶晶的白骨。

这时，我记起了她最后对我说的话：

“海星，你真好！”

我恐惧而伤心，急忙游开。我模糊地意识到，自己也将属于男人的群体。我会成为海洋中的强者，救回水草，让她永远伴随在我的身旁。

但是，经过了海洋的改造，那还会是原先那个清纯可爱的水草吗？

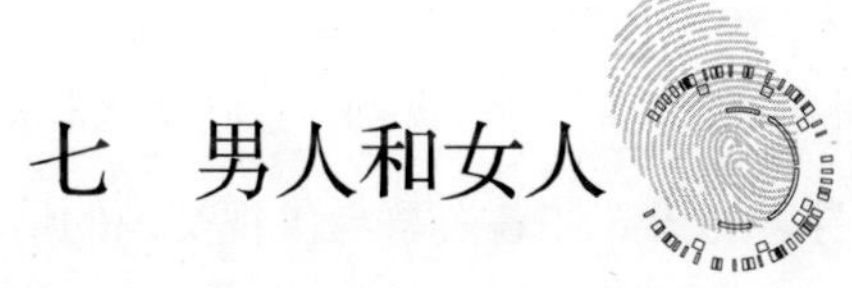

## 七　男人和女人

逐渐，在我心目中，男人以两种形象出现。

一种是手持尖尖水矛，背负食物袋囊，赳赳武士的模样。他们是水世界的征服者。我常常幻想自己能与这种威武的形象融为一体。

另一种是他们与妈妈拥抱在一起的形象。这时，他们双睛爆裂，嘴喷浊气，变成了一种我不熟悉的虚幻生物。

当这种意识浮现时，我很难形容自己的感觉。

随着我一天天地长大，这样的感觉，便经常蹿上心头。我会不由自主地仔细观察男人和女人的行为。

我看到，每当男人来临时，妈妈便眼神迷乱，嗷嗷地呻吟。有时，她得空会不安地侧过头来，狠狠瞪我一眼，那是在敦促我离开。

我说不清妈妈此时是美丽，还是丑陋，我便怏怏地游开了。

有一个男人来的次数最多，妈妈对他也特别亲热。这时，妈妈会允许我待在一旁。

“他是谁？”等男人走后，我忐忑地问。

“他是你的父亲。”妈妈说。她察觉到了小孩心中的醋意，不禁在惘然中夹杂着喜悦。

“父亲？”

这时，我顿然记起，我其实以前就见过此人，他曾给我们送来沙蚕肉，但我觉得这个男人太老了。

男人们临走时总要留下一些食物，这让女人和孩子们嬉水欢呼。

我对妈妈身边的男人怀着羡慕与仇视交织的情感，它侵蚀着男人在我心目中的第一种形象。

这时，一些哥哥已开始过独立浮游生活。他们偶尔回家，只是为着一个目的，他们被妈妈的身体吸引。

当哥哥与妈妈搂抱着相互缠绕在一起时，我脑子深处轰地震响了。吃惊、委屈和嫉妒在我心底交织成了一团纷乱的潜流，其中混杂着强烈的难以言说的不安和厌恶，以及同样无法抑制的莫名兴奋。然而，我今后也会跟妈妈这样吗？

我不敢往下想。

哥哥也为弟妹们留下一些食物，然后，便吃吃地笑着游走了。

妈妈用担心而迷恋的眼神目送着哥哥。当她发现我正在一边窥看时，便难为情地瞪了我一眼。这时我身上像被电鳐电了一下，脸上火辣辣的，于是我转身游开了。

我害怕妈妈追过来。如果真是这样，我不知道会对她做出什么事情。

我有二十四个姐姐，七个妹妹。偶尔，我会想起正在记忆中褪色的水草。她在幽红深渊中如潜影般出没的血糊糊的身子，也会成为哥哥们崇拜的偶像吗？

我直觉到，与大海融为一体的水草，已经为男人们布下了一个陷阱。

年龄稍大一些的姐妹们只能在下一个平潮期到来时，独立门户。这时，男人们才被允许来找她们。这是族群的习俗。

但是，我和还在洞中的兄弟，面对姐妹们，正在滋生某种新的情感。我们怀抱了难言的羞赧之心，在见到她们时便急急地掉头离开。而实际上，我们对她们的兴趣却与日俱增。

她们在表面上也与我们若即若离，但从眼神中可以看出，调皮捣蛋的味道少了，温柔亲切的色彩多了。她们身上的气味，也渐渐与男孩子不同起来，使后者颇有些晕头转向。

同时我们也憧憬着邻居家的女孩子们。她们不是我们的姐妹，因而显得更为神秘。我注意到了她们身体的粉红色要更加鲜艳一些，有些人的腹部生出了美丽的虎皮斑纹，她们的身体曲线比妈妈更加好看。

水栖少女的外形变化使我进一步意识到，她们的确是与男孩子很不相同的另类，需要用一种全新的态度和方法来对待。但我没有太多的机会与她们相处，也缺乏与她们沟通的技术。以家庭为单位的生产和生活方式正使族群日渐衰落。

我由水草开始，滋生了对女人的最初感觉。她们是深渊中一种矛盾而

异样的存在，既使我焦虑惶惑，又让我渴望景仰。我既想拥抱她们，又想从她们身边逃离。这样一来，我也重新开始了对男人和对自己的审视。

对于我和兄弟姐妹们的身心变化，妈妈既兴奋，又不安。

她已经年老了。她最关心的是，在她死去前，这些孩子们能否长大，成为猎手——捕杀海鱼和水藻，也收获女人或男人。

# 八 狩猎

孩子们的数目又减少了。最近深渊中发生了瘟疫，大批人死于非命。现在，妈妈身边仅剩下了三十一个孩子。

在这种情况下，妈妈带领我们去观摩狩猎，而我们也多少能够理解她希望孩子们尽快长大的迫切心情。

我们缓慢地游动在成年男人们的身后，来到了一处浅浅的海沟。男人们准备在这里狩猎巨大而阴郁的沙蚕。

妈妈带着孩子们离得远远的，躲在礁岩的后面等候观看狩猎的壮观情景。

我看见，男人们携带着锋利的水矛，小心翼翼地潜到明亮的海底，仔细地寻找着什么。

沙蚕在锈红色的海底掘出了长长的隧道，直接通往它们居住的洞穴。男人们贴近地表，搜索着沙蚕留下的痕迹和气味。

狩猎队的成员如今大多是老人了。妈妈模糊地回忆着，在她年幼那时，似乎不是这个样子，这让她不禁忧心忡忡。

我看见，父亲也在队伍中，他已经老得快游不动了。

男人们很快发现了沙蚕出没的痕迹，那是一条凹下的半圆形甬道。沙蚕身体直径可达两米，因此甬道也相当的庞大。

甬道到达一块巨石边，便消失了。沙蚕大概就从这里钻到了地下。

以巨石为中心，男人们围成了一个圆形的阵式。一个男人模仿起了沙蚕求偶的声音。

不一会儿，大片的软泥和海水开始翻动，一条沙蚕从海底探出了它肉瘤似的头颅，用泡囊般的眼睛愚笨地朝周围打量。很快，它的整个身体也钻了出来。沙蚕长长的躯干五彩斑斓，皮肤上长满无数疣足和刺毛，正在不住地颤动。

说时迟，那时快，男人们纷纷投掷出水矛。

沙蚕肥硕而愚笨的身躯被射中了，猛烈地扭动起来。它开始缓慢地爬行逃窜。身披红光的男人们劈波斩浪，紧紧追赶。不一时，这长虫又中了几支水矛——它们像利刺一样，歪斜地插入沙蚕丰满而多节的肉体。

沙蚕痛得大声吼叫，低沉而连绵的声音撼人心腑，一直传到了孩子们的藏身之处。我感到了礁岩的颤动，不禁为沙蚕和男人们同时悬起一颗心。

男人们追了上去，毫不留情地向猎物发起连续攻击，好像那动物不会感受到痛苦。沙蚕虽然体型巨大，却毕竟是一种以小型浮游生物为食的滤食性底栖动物。在灵活而凶猛的人类面前，它们没有还手之力。

它渐渐就逃不动了，黑血在红海中泛涌。最后，它停了下来，卧在海底一阵阵喘息。男人们欢呼着逼近了它。

但这时沙蚕的尾巴却猛然摆动起来，搅起了一个巨大的漩涡。海水一片浑浊，几个靠得太近的男人被尾巴扫中，忽悠悠地沉入了海底。

只有我的父亲，出人意料地攀上了沙蚕的背脊，一点点向它的头部爬去。他手执水矛，准备去刺沙蚕的眼睛。

但是，从沙蚕头顶的一簇粗大而中空的刚毛里面，忽然喷出一股强劲的液体，把父亲掀翻到十几米开外。其余的男人一阵惊呼，四散开来。

很久没有捕猎沙蚕了，记性差的人类忘记了沙蚕具备的危险性。

喷毒液是沙蚕最后的自卫方式，这极大地消耗了它体内剩余的能量。

男人们愣了片刻，又一齐投掷出水矛。沙蚕终于不动弹了，大家这才又游近了一些。我的一个哥哥扑了上去，把水矛唰地刺入沙蚕的巨眼。沙蚕低吼一声，翻滚起来，一切又都看不清了。

其他人冲了上去，把更多的水矛扎在沙蚕身上。血、水、毒液和泥浆混成一片，四周的鱼虾都惊惶地逃走了。

这是身体与身体的对峙，是衰退的人类与强大竞争者的较量。整个过程中，我的心一直在急跳。有时，我被吓得闭上眼睛，但沸腾的血液直冲入我的大脑，使我又忍不住睁眼看去。

我想象自己有一天也会加入这样的战斗中。

混战终于结束了。体长三十多米的沙蚕静静地躺在海底，但它凶狠的长长的触须仍在摆动，像是沙蚕还活着。

男人们这回等了一阵，才小心地围拢过去，开始用蚌刀和鲨齿锯切割它鲜艳夺目的肥胖肉身。

我也游过去，凑近了去看沙蚕，发现它的眼睛有小孩脑袋那么大，哥哥的水矛在里面颤巍巍地晃动着。沙蚕眼睛里的，像珍珠一样闪闪发光的晶体破碎了，汩汩流淌着乳白的黏液和浓黑的血水，无限悲哀地注视着我。

这时，我注意到，沙蚕破碎的身体下面溢流出一堆闪光的卵子。原来，它是雌性的！

这个母亲被男人们杀死了。

而它的肉将进入到我的胃部！

我在心惊胆战的同时感到了深深的凄凉。这似乎并不完全是因为沙蚕的死亡，有些也为自己莫名其妙地活着。

在另一侧的海底，几个男人一动不动地躺着。他们永远不会醒来了，这仿佛是性与食交换的另一种形式。

死者中有我的父亲。妈妈注视着那七窍流血的尸体，心里默数着他身上的道道伤痕，叹息了一声。

我对父亲的死没有什么感觉。只是，男人这么样就被雌性的沙蚕杀死了，使我颇感失望。这时我才意识到，水草是永远不可能救回来的了。

海洋制造出了雌性的沙蚕供人类享用，而它也需要人类中的男人作为祭品。这便是两性战争的另一种意义吧。

父亲的尸体将漂走或者沉入海底，被细菌和浮游生物分解。深渊中的人们不懂得埋葬死者。

大海便是坟墓。人类来于此，也归于此。

这时，我忽然看到，红色海洋的最深处，有一双若隐若现的眼睛正在暗中注视着我们。我全身一阵发冷。

# 九　成长

孩子们飞快地长大。

在成长的过程中，我总是吃不饱。食物供应严重不足，海槽中生物的数量一天天在减少。

然而，我更多感到的还不是饥饿，而是意识的浑噩。

这是我注视深渊时产生的一种奇怪感觉。这种感觉，自水草妹妹离去后，便逐渐地来袭扰我了。

万丈赤焰笼罩着无比凄凉的海槽，海槽之外是没有尽头的大海，大海破碎而沉重地堆积成一团说不清道不明的庞大东西，形成了无边无际的“海幕”。我无法想象那巨幅幕布的后面还遮蔽着什么事物，隐藏着什么欲求。

我也无法明白，海洋中的其他生物，为什么长得与人类不同。人类有两条腿，而那些生物，却都没有。

人如果像鱼儿那样，长有一条坚实尾巴的话，就会游得更快也更灵活一些，许多人便会及时逃离险境。可是，人类为什么偏要用笨拙的双腿拍击水流？

另外，海底火山为何会喷吐不休？红色湾流最后抵达了哪里？大海鼠为什么成了海中霸主？吊睛鲼是何种怪物的后代？变性鱼一生中怎么能数次由雄变雌，又由雌变雄？食子鳗怎么可以狠心吞食自己的孩子？

还有，为什么有那么多的动物和植物既能为人类食用，又要以人类为食？

人类的族群为什么要生活在如此反复无常、不可捉摸的海洋中呢？是谁安排了这样的归宿？

在水栖人里面，究竟是谁活得更加艰难、沉重？是男人还是女人？

躲藏在海洋最深处的那双窥视着的、让人不安的眼睛又是谁的？

我思考着这些忽然漫上心头的奇怪问题，在洞口久久地发呆和战栗。这时，我看上去便像一根漂浮的腐烂藻鞭。不知道的人，还以为我就要死去。

我无精打采的样子使妈妈很是担心。她想，海星这孩子与常人不太一样，他会不会得了什么怪病？

不过，妈妈的担心显然多余。我仍然在顺利地成长。

我此时已克服了与女人相处的心理障碍，开始与一个叫百合的女孩有了较多的来往。

百合也是妈妈的孩子，但不知她的父亲是谁。她早我一个冲潮期出生。这女孩发育得很好，小小年纪，已经有了女性姣好的体态了。每当我看到百合时，就依稀看到了水草的影子。水草要活着，差不多也有这么大了。

我像对待水草一样，采摘珊瑚赠予百合，又省下食物给她食用。

“海星，你真好！”

再次听到这样的声音，我心头一阵滚热，又一阵酸楚。我冲动地想把这个纤巧的小姐姐拥在怀里。

而她的眼神表明，她也这样期盼着。

但是，我眼前出现了妈妈与哥哥在一起的一幕。这时，一种更为遥远的记忆涌上心头，使我觉得可怖和恶心。我神情古怪起来，黯然地转身游走了。

不久，我遭遇了新的麻烦。

一次，我在海底杀死了一条红鳍，携着它刚要回家，却遭到了五个孩子的拦截。打头的是一个体侧有鳍、背部生刺的弟弟，名叫须腕，是妈妈与那银色男人生出的孩子。他长得体魄雄健，连一些更大的孩子都听他的指使。

他们凶狠地阻住我的去路。

“你们要干什么？”

“把红鳍给我们！”

“这是我捕到的，为什么要给你们？”

“因为我们想吃它。”

“想吃它，你们自己捕去呀。”

“我们就要你手中的！”

我第一次遇到这样蛮横无理的要求，十分吃惊，也大为生气。我坚决地说：

“我不会给你们的！”

那群孩子互相使了一个眼色，齐齐地冲了上来，把我按到了海底。红鳍被抢走了。

“另外，你今后不得与百合说话！”他们临走时向我咬牙切齿地发出警告。

这是我平生第一次遭到来自同类也是同性的攻击。我既感到害怕，又觉得悲哀。我“瘫痪”在海底，半天不能动弹。四周的海洋忽然呈现出一种嘲笑的模样，我裸露着竟无法逃脱这让人没齿难忘的奚落。

过了许久，我才怏怏地回到家中。妈妈看见我身上流血，惊问怎么啦?

我说："礁岩划破的。"

从这时起，我开始思考另外一些问题。

一些人为什么能强迫和指使另外一些人?

银色皮肤的孩子与红色皮肤的孩子难道注定要成为敌人?

最凶狠的动物是什么?是大海鼠，还是人?

女人和男人，究竟谁更危险?

人类到底是一种什么动物?我们是怎么来到这里的?我们今后要到哪里去?

我询问妈妈，妈妈也回答不上来，只是为我的问题感到吃惊。以前没有人提出过这样的问题。她深情而忧郁地注视着我，不知道该说些什么才能抚平我心中的不安和怀疑。

我从来不曾对妈妈有过如此的失望，她和水草、百合一样，是迟早要离弃我的异种生物。

一切都不能长久，这是海洋中的唯一真谛。

百合的确逐渐疏远了我。

当我找到百合，想向她诉说心中的苦闷和委屈时，可爱的小姐姐却神色慌张地不敢与我接语。

"百合，你怎么啦?"

"没什么，今后我们不要在一起啦。"

我沉默了。我知道是须腕在作怪。

不久，我看到须腕和几个哥哥轮番把百合压在身下。他们咯咯地笑着，百合也在无耻地浪笑。

我周身的血液顿然如同海底火山就要喷发！

一天，我心中燃起了一个连自己也不敢置信的念头：一定要杀掉须腕。

这是我平生第一次产生了对人类或者说对人类中的同性的复仇之念，这大概是别人不曾有过的想法，它有效地转移了我对水笔仔的仇恨。

复仇的欲望越来越强烈，以致我游泳、捕猎和睡觉都在受它煎熬。我有时觉得这是一种与生俱来的意识，就像阴险的水母潜伏在我的脑海底部，只是以前没有诱因使它浮动出来罢了。

很快我就决定实施行动。

这天，我埋伏在礁石后面，在须腕游过时，向他投掷出了水矛。可惜，由于我过度紧张，水矛偏离了目标。银色男人的孩子一声嘶叫，立即游来了几个哥哥，都拿着武器，把我团团围住。

“打死他！”须腕大叫。

哥哥们还在犹豫，须腕夺过一把水矛，投了过来。我一闪身，水矛插进一块礁石里，发出一声闷响。很快，又有一支水矛滑行过来。我又闪过了。但第三支擦破了我的手臂，鲜血流了出来。

这时，妈妈出现了，她愤怒地喝令我们停止打斗。

银色男人的孩子说：“他先打的我！”

我一言不发，眼中的怒火却可怕地喷向对方。须腕也不示弱，恶狠狠地瞪着我。

妈妈说：“你们都是好兄弟，不要这样，这样不好。”

妈妈先安抚了须腕一番，又把我拉到一边，用湿热而丰腴的嘴唇轻柔地吮吸我的伤口。我闭上眼，发出呻吟。这时我就在痛楚中感到了温暖和爱意，感到海洋重新变得亲切，它终究不会离弃我这个男孩。我的委屈和嫉妒消减了下去，我忍住不让眼泪流出来。

“你不要惹他们，他们会杀死你的。”妈妈也哭了。水栖人会哭泣，这种表达感情的方式，使得我们与别的生物不同。

“你要学会好好地活下去，除了你自己，以后没有人能救你了。你是最让我放心不下的孩子。”妈妈说罢，更加投入地吮吸着，把我的血液一丝丝吞咽下去。她的脸上呈现出了迷醉的神情，好像我是她唯一的男人。

妈妈感到自己年老了，浑噩的她在我成长中的身体上重复体味到了青春的魅力。水世界是孩子们的，而他们却过早地开始了互相杀伐。这是她那个时代没有过的事情。

但也许红色海洋喜欢的就是这个吧？

我的鲜血毕竟已经第一次被它啖去了。

# 十　灾难

海洋越来越陶醉于自己的无常之变，终于影响到了人类的生存。

连续一些日子，我感到水温在上升，但是水体平静得出奇。

我还注意到经常路过洞口的牧蟹，很久都没有出现了。

有一次，大群的金枪鱼从附近迁徙而过。它们一眼看不到头的队伍闪闪发光，壮观的景象实属罕见，让孩子们过足了眼瘾。然而所有的妈妈都面有忧色。

食物更少了。男人们常常空手而归。紫菜不明原因地死亡，到处漂浮着它们毛茸茸的尸体。

一天，远方忽然传来了撼人肺腑的声音，那是一种低沉但强劲的轰隆声，犹如连环海雷震怒不已，又像是巍峨的海山在连续坍塌。跟着出现了无数惊惶逃窜的鱼群。

可怕的声音中途停歇了一会儿，又连绵不绝地吼叫起来，最后变成了一片浩然的狂啸，像是千万头水怪扯长脖子一齐呼唤。水层中涨满了大大小小的泡沫，还有死鱼死虾的断肢残体。海水发出让人头晕脑涨的恶臭，而无数的金属碎屑混合着珊瑚残片开始了狂舞——这海底的沙尘暴，混沌了人们的视野。

然后，水体激荡起来，像一座崩溃的山峰向人们猛地扑来。海啸正把整个海洋从下往上用力搅动。海流浩荡向前，巨藻被狂涛连根拔起，古怪地旋转，甚至连硅贝都被从礁石上扯了下来，纷乱地翻滚。

妈妈和孩子们藏在洞穴中，听着外面山崩地裂的声音，一言不发。不一会儿，男人们也颤抖着挤了进来。大家只觉得天旋地转。

不知过了多久，海啸不但没有平息，反而越来越猛烈了。一股股魔龙般的软泥张牙舞爪地沿着斜坡疾速涌来，海底礁石有的被泥流淹没，有的被巨浪掀动得狂乱飞奔。

这时，建在岩壁上的洞穴也开始摇晃，石头一块块掉落漂走。人们还没有来得及作出反应，顷刻之间，整个岩体就坍塌了。

这真是灭顶之灾呀。洞内的人都被掩埋了。很快，水流又冲走了泥石，幸存者刚刚从石堆中探出头来，又被卷入漩涡，闪动一下就消失了。

我紧紧抱住一块大石，随着它翻滚向前。石头被冲到一道礁缝间，恰好被卡住了。我不敢松手，牢牢抓紧它。眼前飞快地流过几个兄弟姐妹的身体，我看见百合也在其中。我伸出一只手去拉她，但没有够上。百合一声不发便无影无踪了。

几个银色男人的孩子也漂浮了过来，他们以为凭借游速的优势便可以逃到安全的地带，但水流实在太过迅疾，他们反而更快地成了海洋的牺牲品。只有像我这样卡在了石头缝中的孩子，才侥幸地活了下来。

我四顾寻找妈妈，但看不见她在哪里。我只看到了须腕。

他被一股大水冲了过来。这曾经不可一世的家伙向我露出求救的眼神。我沉浸在对百合的悲哀中，没有理睬。须腕用一种很奇怪的姿势挣扎着游近，一只手抓住了我附身的礁石。“救我！”须腕悲哀地大叫。我想也没想，就用力把须腕的手掰开了，又顺势狠狠地踹了他一脚。须腕一下被湍流冲远了。我紧张地注视着他，看见他手脚慌乱地挣扎了一会儿，便不动弹了。须腕很快变成了一个小小的黑点。

有生以来，我制造了第一起谋杀。我不安了一小会儿，随后，便感到浑身上下无比舒坦。

不知过了多久，狂潮落了下来，水流平缓了，海底逐渐恢复了宁静，好像一个游戏终于进行到了休息的时间，那任性的玩家也觉得累了。人类的残肢断臂与鱼儿的五脏六腑在水层中纷纷坠落，形成了一幅超现实的图画。

这时，我终于发现，妈妈也卡在一个石缝中，昏了过去。我正准备游到她那里去，忽然被眼前的情形吓坏了。一个巨大的浮游型噬人藻正在逼近妈妈。我竟不知道噬人藻居然能够到达这么深的海底，这肯定是潮水把它从上层水面带下来的。

这浑身长满茸刺的低级智力植物正向妈妈伸出长长的触鞭。它棕色的、长达二十米的绳状茎在兴奋地颤动。

我惊叫一声，朝前冲去。噬人藻愣了一下，把触鞭缩了回去。我拾起一块石头，砸向敌人。石头飘忽忽地划向噬人藻软绵绵的身体，被它的叶形气囊一下裹住了。

噬人藻掉转身，朝我晃悠悠地游过来。我一个猛子潜入水底。海藻漂浮的速度不是太快，方向也控制不好。很快那怪物被我甩在了后面，渐渐看不见了。

摆脱了噬人藻的追击，我又游回到了妈妈身旁。

“谢谢你，海星。谢谢你救了我。”妈妈已经醒来了，目睹了儿子奋不顾身把噬人藻引开的全过程。在我的记忆中，妈妈还不曾用这样郑重其事的口吻对我说过话。

“你是一个男人了。”她说。

“妈妈，我好想你！”

母子相拥而泣，久久不愿分开。这时，我忽然想到，就在刚才，我害死了妈妈的一个儿子。

妈妈也受了伤。我想学着妈妈对待父亲和我的样子去吮她的伤口，却被她一把推开了。这使我恼羞成怒，却不敢发作。

妈妈带我一起寻找幸存的人们。我们仅找到了五十六个孩子，还有四十九个成年男人和三十一个妇女。其余的人，都被冲走了。我有十三个兄弟姐妹失踪。

不过，过了一些时候，又有人陆续返回了。但没有我家的成员，包括百合和须腕。

# 十一 迁徙

那场“游戏”过去之后，海洋环境愈发恶劣起来。许多动植物莫名其妙地死亡，活着的大部分底栖和浮游动物也都搬家去到了别处。

剩下的男人们已经穷途末路，他们向女人打了一个招呼，便一齐离开了。他们要去新的海区，开辟新的生活。

男人们没有带女人和孩子一起上路，妇孺们被抛弃在了深渊。

大家惊恐不安。留在这里，只有等死的份儿。

只有妈妈还算镇静。她说：“我们自己上路吧。谁规定女人就只能死待在一个地方呢？听说，我们的祖先都是洄游的。”

剩下的水栖人里面，妈妈的年纪最大，大家都听她的。女人们便带上孩子们出发了。

这支妇孺组成的队伍，一路上都在担心遭遇天敌，因此行进得很慢。我和一帮稍大的孩子，也承担了照顾婴儿的任务。

我们游游停停，却发现行进了许久，仍然在这个海区打转。

是什么使我们迷失了方向呢？有一刻，我看到海中冲出一个漩涡，里面隐隐约约回转着一个女孩子的彩色尸身。

我们一直是绕着这个漩涡在游动。

我被吓得变了脸色，但别人似乎并未察觉。

正在绝望间，前方出现了一群闪光的身体，一举驱散了阴晦。这正是我出生那天君临的银色男人——须腕父亲的族群。他们离开后，没有忘掉曾经宠幸的女人，也想念着孩子们，又返回来找我们了。

这个时候，那个神秘的死亡漩涡才怯场一般，忽然间消失了。

于是生活恢复了常轨，男人与女人又开始了亲热。男人为女人提供了并不丰裕但还算过得去的热情和食物，婴儿又不断降生。

但是，这个时期的海洋正在发生剧变。盐度和酸度都在增加，水温不断地升高，而氧气含量大幅度减少。微生物、浮游动物和藻类大量死亡，鱼群的数量急剧下降，生命进入了新的灭绝周期。

不久后银色的男人也决定迁徙。

这次，他们决定带上一些女人一道走。

妈妈被选中了。她虽然衰老了，却因为养育了银色男人的后代，而受到了不一样的对待。

对于银色男人，我怀有矛盾的心情。在我看来，他们像是更有智慧的种族。这使我重新感到了希望。但我也意识到我与他们有着巨大的不同。一想到正是自己谋杀了他们的孩子，心中不禁泛出一股阴暗的浊流。

不过，这些都来不及多想了。在银色男人的统率下，人类这种尴尬的两足海洋哺乳动物组成了井然有序的队伍，稀稀拉拉地沿着一股巨大而热气腾腾的海流往不知名的目的地前行。

这是我平生第一次长途迁徙。一路上，我好奇而震惊。

我第一次看到了更为宽阔壮美的海洋，人类栖身的海槽与之相比，就太不值一提了。千奇百怪的山脉和海沟闯入了我的眼帘，难以计数的海底火山使我感到自己的身体也在炽烈燃烧，更加纷乱稠密的闪光金属残屑不断地把我的腹鳍碰击得阵阵作疼，使我觉得在很久以前这海洋中必定存在过一个巨大的物质实体，只是它如今已经粉碎瓦解了。

于是我明白，我已来到了我曾经幻想过的水体的“外面”。只是，这“外面”必定还有“外面”。海洋是一个无穷无尽的连续世界。那么，有没有海洋之外的世界呢？

这时，我脑海中回响起了我出生那天妈妈与银色男人的对话。

“你是从哪里来的？”妈妈柔声问。

“另外的世界。”陌生人简单地答了一句。

那是我第一次知道存在一个另外的世界。我从一开始便认定那是一个无法理喻的所在。四面八方涌来的彤红水体正如同一个包容万物的子宫，孕育着人类所能想象以及无法想象的一切。阴柔的海洋就这样通过妈妈的身体纽带，让我感受到了存在的不可知。

我想，如果我具备足够的体力，一直朝一个方向游下去，会到达什么样的地方，会看到什么样的景致呢？这是我无法回答的难题。我想，有机会的话，我会向银色男人求教的，看上去只有他们能够驯服这桀骜的水体。

在迁徙途中，我们也遇到了其他的水栖人族群。我以前从不知道海洋中竟分布着这么多的人类。他们形貌各不相同，命运也不尽一样，有的族群兴旺发达，有的已濒于灭绝。当然，我见得最多的还是各种各样的非人类生命，大部分我都叫不出名字。有的庞大得像一座山峰，有的绵长得一眼看不到头尾，有的细微得肉眼难以辨识。

有一次，妈妈指着一条卧在水底的灰暗大鱼对我说，它已经一千岁。一千岁是什么意思？妈妈也难以一语说清，这只是一个流传下来的古老说法。我第一次意识到了时间的存在，这是在不断的游动中才能体会到的一

种惊惧感觉。然而，这只是加固了我对一切皆短暂的悲戚认识。

一次，我一觉醒来，忽然产生了一个连自己也吃惊的想法：如果有朝一日，让海洋中所有的事物都听命于我，那该是什么情形？！

# 十二　传说

在途中的一次休息时，我问妈妈：

“我们这是要去哪里？”

“不知是不是去海底城。”

“海底城？”

“是呀，海底城。那是一个美妙的所在，只能用仙宫来形容。那里的人类并不栖身在容易崩塌的岩石洞穴中，而是居住在用金银打造的球形房子里。那些房子一串串的在波涛间屹立不动，就像巨大的珍珠，就像美丽的扇贝。住在这样的房子里，不必畏惧海啸的肆虐，不必担心酷热的煎熬，也不用害怕大海鼠的偷袭。”

我以前从来没有听妈妈讲述过这样的事情，不禁满心欢喜和好奇。

“那么，也就不用饿肚子了吧？”

“是啊。听说，海底城中的居民不知用什么办法，让鱼虾都自动到他们那里集合，听从人类的调派。他们饲养它们，以备食物稀缺时之用。这样，便永远不会有挨饿的日子。”

“那多好啊。”我咂了咂嘴，“海底城还有什么奇妙？”

“那里的人外出旅行，不需用双腿拍击水流，而是乘坐在一种闪亮而凉爽的大甲壳里面，就像盖龟，但速度快过了盖龟，好似海豚。他们周游世界，建立了庞大的王国。”

“什么是王国？”

“怎么说呢，我也不知道，王国就是另外的世界呗。”

啊，另外的世界！我的心旌再次悠然地摇动起来。莫名其妙地，连泪水似乎也要夺眶而出。

难道，那另外的世界，竟与我未知的命运有着什么神秘的关联吗？

“那么，王国里的孩子也打架吗？”

“从不，他们一生下来便知道友善相处。他们活得也比我们长寿许多，很少生病。”

“妈妈，你是怎么知道这些的？”

“是银色男人最近告诉我的啊。”

原来，妈妈也是才知道的呀，怪不得她以前没有给我讲过。我与妈妈相视而笑。

“银色男人一定是从海底城来的吧？”我又问。

“不是的，这是他们种族的传说，也许他们的祖先与海底城有着某种渊源。”

我感到失望。原来这是一个古老的传说，而不是现实中的事物。“这么说，他们也没有见过海底城了。”

“但他们相信，海底城是存在的。我们也许正是在往那里去。这样，就可以得救了。”

是的，就可以得救了！说到这里，妈妈浑浊的老眼中，重新透射出一

抹亮光。她慈爱地拍拍我的背脊。我忆起，在我出生时，年轻性感的妈妈一边把我紧紧抱在怀中，一边用眼角余光搜寻远道而来的陌生男人。我偷看了一眼我曾经用力吮吸过的乳头，它们突出在妈妈平坦而稀薄的胸脯上，随着水流无精打采地左右晃荡，耷拉着像两只干瘪的无节幼虫。我对自己竟还拥有幼时的记忆而感到惊奇，同时，也更加黯然神伤了起来。

奇怪而遗憾的是，至今，我还没有与妈妈发生过那种关系。我难道真的与别的男孩子不同?

妈妈之于我的最大意义，在于她用生命的余力，让我第一次知晓了海洋中还存在一个美妙的地方。这使我展开了幻想的翅膀，一时忘掉了饥饿，游起来也不觉得那么累了。

从此，我便常常在梦中见到，在我前方红通通的圆润水体中，忽然展现出了海底城巨大骇人的立体轮廓。它就像大海螺和珊瑚树一样极度真实。附于其上的无数球形房屋，令人心颤地悬浮在斑斓交错的海沟上方，在滚滚波涛间依次明灭，闪耀着让时间也深感敬畏的光芒，把女王一般的宏伟海洋和水栖男孩的稚弱心灵映照得雪亮透彻。

## 十三　错误的目的地

然而，我们最终也没有抵达光辉灿烂的海底城，而是在另一处燃烧的海槽中停歇了下来，这便是这次迁徙的目的地。

我十分失望。

不过，这里终究强于老家。水质温凉，氧气充足，鱼儿群聚，海底不再一片荒芜。男人们找到了新的礁穴，赶走了虾蛄，安顿了女人和孩子。

新生活就要开始，大家充满希冀。

但是，谁也没有料到，银色男人这回铸下了大错，他们把大家带到了一个更危险的水域。

我们误入了黾人的领地。

黾人是一种特异化的人种，状如海马，生活在八百至一千二百米深度的海水变温层中。他们面色阴晦，孔武有力，以攻击性强著称。忽然出现的大队人群，使他们感到了威胁。

为了保卫自己的食物和女人，并趁新来的移民立足未稳，黾人发起了攻击。

我又一次看到了人与人之间的厮杀。这比起须腕和哥哥们的袭击，可不是一个档次。这一天，我脑海中产生了战争的最初概念。

银色男人虽然强悍勇猛，但他们的水矛抵挡不住黾人的海弩，很快便溃不成军了。

可耻而出乎我意料的是，银色男人最后竟也像我那种族的男人一样，抛下妇女和儿童，遗下一批尸首，仓皇逃窜了。凶狠的黾人却不放过他们，追上去把他们一个个杀死了。

我有关男人的幻想破灭了。

但，这便是令海洋得意的事情吗？

黾人们在杀掉银色男人后，折回来掳走了所有的成年妇女，其中也包括我那可怜的妈妈。然而，他们对孩子却不屑一顾。

# 十四　险境

我和几十个孩子挤在一个洞穴中，其中有一些是别的女人生育的，他们也都失去了妈妈。

但大部分人并没有为眼下的处境和妈妈们的被掳而悲戚。他们死到临头，却仍是麻木的。这正是人类的天性。

忽然间没有了妈妈，我心里空落落的。有关男人的幻想既已破灭，则对于女人的梦想，也就彻底失落了。

但更重要的是食物的问题。

礁洞里还储存着一些鱼肉和蛤肉，所以暂时还能维持生计。这成了大家不去担忧未来的理由。以前，这是妈妈替大家考虑的。

只是，哺乳期的孩子一直在嗷嗷哭叫。但慢慢地他们的声音越来越小，不久就声息俱止，动静全无。

随着时间的流逝，食物在飞快地减少。

剩下的食物都被哥哥们霸占，我和弟妹们只有相对而泣。

这时，我提出："妈妈不在了，我们必须学会自己救自己。谁愿意跟我出去寻找食物？"

大家听了，面面相觑。没有妈妈在，怎么能随便行动呢。

说这话的人，真是大胆啊。

总之，没有一个人响应。

最后，我决定单独出去觅食。

我在洞口观察了一阵，发现附近有一小片树林，那里丛生着海云笋、海莴苣和红皮藻，还有各种贝类附着于礁石。我没有见到黾人出没。

应该感谢妈妈，她教会了我觅食的基本方法。我飞快地游了过去，小心翼翼地避开有毒和富于攻击性的植物，采集了一些海笋和贻贝。这时候，我想起了往昔妈妈带领孩子们觅食的热闹场面，不禁黯然神伤。

然后，我携着食物返回。刚游出不远，忽听见附近传来一片异样的水声。我起初以为是黾人，但侧头一看，发现一头巨水蚤跟了上来。

巨水蚤的身体是人的三倍大，动作却异常灵敏，这足以表明它是生命演化的成功者。这灰色的庞然大物夸张地摇动着两对触角、五对胸肢和长着刚毛的尾叉，劲头十足地拨拉着水流，朝我直扑过来。

这是我出生以来遭遇的最大危险，也是我第一次单独面对强敌！我的脑子刹那间一片空白。

我虽然也捕猎过海胆和红鳍，击退过噬人藻，但披着甲壳的巨水蚤甚至比沙蚕还要厉害。

我扔掉海笋和贻贝，拼尽全力往前游去。但这么一来，反而暴露了自己。这是因为巨水蚤是靠头部的震波与机械感受器捕食的。我发出的声音为它引了方向。我觉得小腿一麻，有什么东西拉扯住了我。

回头看去，见巨水蚤一对粗大的触角正搭在我的两条腿上。我不顾一切地向前一挣，却感到巨水蚤触角上的刺毛更深地嵌入肉里，钻心的疼痛使我差点晕了过去。这时，巨水蚤脊突状的狰狞前额，口器边弯刀一样的侧钩，以及锯齿状的大颚缘齿，都明白无误地映现在了我的眼中。

在单纯的身体与身体的较量中，巨水蚤的力气是人的十倍，我脱险的可能性微乎其微。动物喷出的臭气直吹在我的耳畔，周围的海水正变得冰凉，并陷落下来。我大叫：“救我！”却无人回应。

此刻，我多么希望妈妈就在身边！我忘记了她的告诫：在海洋中，危险比比皆是。一旦离开妈妈，海洋的肆意凌辱，就变本加厉了。我眼前浮现出水草在水笔仔捕捉中挣扎的惨状。真的不应该离开洞穴啊，但后悔已经太迟。

我闭上眼，绝望地等待着自己被巨水蚤撕碎，仔细地一口口嚼烂。

但就在这时，我忽然感到巨水蚤身体一震，抓住我的触角似乎松开了。我睁眼往后看去，见巨水蚤第二腹节的要害处扎着一支水矛。跟着第二支水矛又投射了过来，捣碎了这怪物胸脯上的钙壳，洞穿了它的身体。

一个灵巧的身影正从左下方飞快地游近。开始我以为是黾人，但细看并不是。这是一个我没有见过的族群的人，年纪跟我相仿。他双吻突出得像剑鱼，背上长着一排青色的倒刺，趾间的蹼又宽又大，模样很是丑陋。

“你怎么样？伤得厉害吗？”不速之客关切地询问。他说话时，嘴角向两侧裂成一条可怕的巨豁。

“还好，只是擦破了点皮。”我战战兢兢地回答。其实我伤得不轻。

“你怎么这么不小心呀。这家伙可不是好惹的。”怪物模样的水栖人满不在乎地踹了踹正在作最后抽搐的巨水蚤。

“谢谢你救了我。”我余悸未消，“我该怎么报答你？”

“瞧你，别这样说了，都是人类，谁都会有危难的时候。你快回去吧。”

“你是谁？从哪里来的？”

“我浮游路过这里。我要去找我的族群。”他急急地说完，便纵身而去了。

我在他身后大叫："你要小心黾人！"

"知道了！"

我用迷离的眼神，目送着这个怪人。

他年纪轻轻，水矛术真厉害。他来自哪里？海底城？另一个世界？

我对他的去向神往无比。

他的言语也给我留下了深刻的印象。有些说法，像"都是人类，谁都会有危难的时候"，还是第一次听到。不知以后还能不能见着他。

## 十五　离去

我忍住伤痛，把丢失的海笋和贻贝拾起，回到洞穴，第一眼，便看见哥哥们正在撕吃一个血肉模糊的躯体。那是一个妹妹，他们先从女孩下手。

还没有被吃到的弟妹，在一旁羡慕地注视着，像是在等待赏赐。所有的食物袋都空了。

从体格上看，吃人的男孩明显要比被吃的女孩强健，这使我体味到了性别的真实含义。

哥哥们漠然地瞥了我一眼。有人看到了我手中的海笋和贻贝，眼睛一亮，停了一停，却顾不上抢夺，只忙着先吃死人。

看到鲜肉，我也忍不住要流下口水，但我强迫着把它咽了回去。

这时，我忽然意识到，自己再待在这里，会是什么结局。

于是，心中泛涌起一股巨大的悲哀，脑海中一一浮现出那些离我而去的人们。他们中有妈妈、百合、水草和父亲。

我产生了一个以前没有过的想法：在这个世界上，活着多没有意义啊。这个念头让我莫名惊诧，倍感凄惶。

但是，心中另一个声音却说：不，不能在这里等死。在这里，不是饿死，就是被人吃进肚子里。

其余人似乎都没有意识到这点，我却可以比别人想得高明和长远。这是一个让我震惊和喜悦的新情况。我甚至觉得，产生这种想法，比拥有一副壮硕而威武的成年男人身体，要重要得多。

这时，妈妈的话语又在耳边响起："你要学会好好地活下去。除了你自己，以后没有人能救你了。"

我便打定了主意。我把海笋和贻贝留给了嗷嗷待哺的弟妹，毅然游出了洞口。炽热的海水激得我格外清醒。

我面临的，仍然是生死未卜的未来。等待我的，可能是巨水蚤、大海鼠或者噬人藻。但我有一种直觉：一种全新的生活正在向我召唤。那个救我的男孩，使我平添勇气；而有关海底城和另外世界的传说，则使我在红色的深渊中看到了另一种亮色。那是我从不曾见过的湿漉漉色彩，仿佛仅存于幽暗的记忆深处。

一双神秘的眼睛，正在海幕的尽头等待着我。

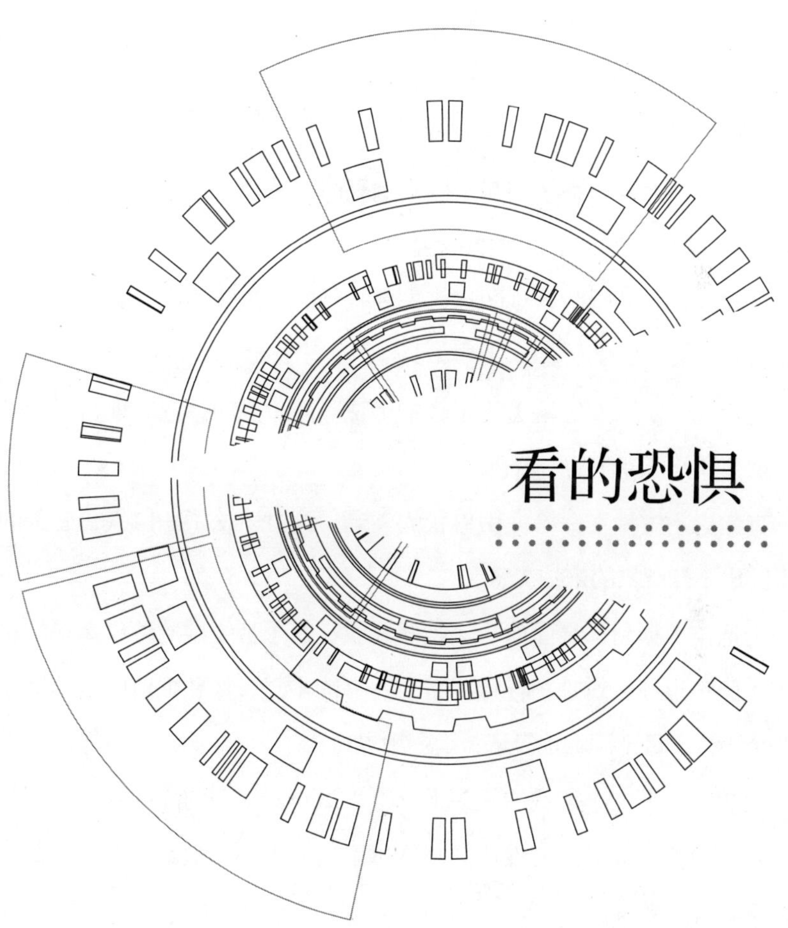

# 看的恐惧

# 一　眼睛的出生

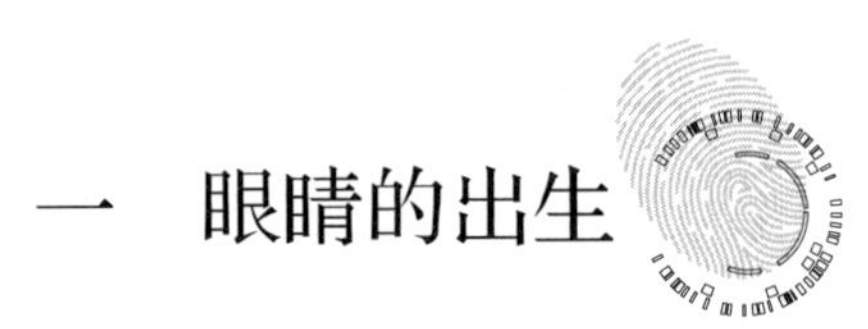

子夜时分，产房里终于响起了婴儿响亮的啼哭声。这是一种具有提前到来的黎明性质的音调，危险中饱含憧憬。

母亲艰难地睁开眼睛，试图探头去寻找她的骨肉。这是一次难产。所幸，最后的结果是母婴平安。

“是个儿子。”面容娇美的年轻护士说。随着她的话音落地，整个产房里仿佛荡漾开了朝阳的金黄色。

一直焦虑不安地在一旁做困兽状的父亲，这时才松了一口气，疲惫的脸庞上露出不知所措的笨拙笑容。

护士把孩子抱到母亲面前，让她好好欣赏这个带给她痛苦和幸福的精灵。孩子脸色彤红，蜘蛛一样蹬踢着粉嘟嘟的小腿，像要把整座大楼哭塌一般哭个不停。母亲满意地笑了，虚弱地点点头。

但她随即看见，小家伙的额头上，覆盖着一层薄薄的陈皮状的灰色东西，显露出了爬虫般丑陋的性质。刚做母亲的女人不知道新生儿是否都是这样，略微皱了皱眉。

护士也早注意到这东西了，她犹豫一下，还是忍不住伸出一只手，像扫拭灰尘一样，轻轻拂了拂那层皮肤似的物质，竟然就拂开了。

“啊呀！”

周围的人惊叫了起来。

原来，孩子的额头上长满了一排眼睛！

## 二　不祥之兆

仔细数数，除了处于正常位置的双目外，这孩子另外还长有八只眼睛，以印堂为中轴，左右各四只，对称地分布在圣洁无垢的额头上，像一组舞台上用的背景灯，正灿烂缤纷地闪动不停。

仿佛是，一种意料之外的新的出生，紧随孩子脱出母体，降临在了产房中。

母亲这一惊非同小可，立时昏厥过去。木讷的父亲也在惊栗中呆住了。

“妖怪！”年轻的护士低声叫出，要往外逃，却被同事喝住。

旁边几个科的大夫都闻讯跑进产房，忐忑地观察着这个婴儿。过了一会儿，医院院长、副院长也赶来了。

“这是什么呀！”

“从没有见过！”

“严密监测孩子的体征！”

不知是哪位好事者给报社和电视台打去了电话，但等记者赶到医院时，孩子已被送到隔离病房去了。

医院以保护新生儿健康为由，阻止记者拍摄和采访。

但是，第二天的报纸上，仍然出现了这样的新闻标题：

**本市一医院分娩多眼怪婴！**

勤快的记者还采访了专家，请他们发表看法。有专家称，这有可能是基因突变吧。

报道中引用了专家的说法："这种情况，在现代社会其实并不稀罕。在自然界中，不也出现了独眼青蛙、多足鳝鱼吗？"由此，又引出了环境污染的话题。

不同的报纸，因为采访的对象不同，对这件事的解释也不一样。有报道称，这可能是人类的返祖现象。

但是，人类的祖先难道竟是这种怪样子吗？此事怎么也没有听说过啊。

总之，各界都一致认为，这是一件闻所未闻的怪事。该不会是什么预兆吧？这里面，说不定隐含着人类异化的危机。

## 三　看的恐惧

接下来的时间里，医院成了热闹的中心。孩子的父母除了配合医护人员照料怪婴，还要忙于应付各方访客。

这些人自称来自各种级别的科研部门，对夫妇的怀孕经过、产前护理、饮食、身体、遗传等方面进行了详细地了解和测定。

夫妇都是中学教师，结婚六年，好不容易才怀上了这个孩子，怀孕前后，也没有什么不正常的反应。至于家族，也没有遗传病史。

这繁忙的检查，不觉之中加重了婴儿父母的心理负担，使他们觉得，真的生出了不容于社会的怪物。

婴儿自然受到了研究者更多的重视。但除了眼睛比常人多外，一切正常，就连那多余眼睛的构造，用现有的仪器检查，也没有发现任何特异处。更使人不解的是，竟没有检测到预想中的突变基因。

那么，这究竟是怎么一回事呢？专家们迷惑了。“天降灾异而以孩子示警”的说法，不胫而走。

其间，又来了几个奇怪的人物，他们自称是不明飞行物研究会的会员。他们向夫妇小心翼翼地提出了一些莫名其妙的问题，包括有没有见到空中的飞龙，有没有时间丢失，等等。

夫妇不假思索地回答说，根本没有这些事情，他们没有见过飞龙，也不相信飞碟。

访问者问不出什么名堂，悻悻离去。

后来，报纸发表了想象中的外星人图片，额头上的确长有许多眼睛。与这孩子对比，确有几分相像。但有人提出疑问：外星人是不是根据这孩子的模样画出来的呢？

对这些烦琐的调查和无端的推测，夫妇渐渐产生了反感。这孩子不就是与常人不同一些嘛，不就是因为他是人群中的极少数嘛，他来到这世上已经不易，为什么不能让他安静地自己待一会儿呢？

身为父母，他们却自觉失去了对这个孩子的拥有权。而孩子从一出生，便不再属于自己了。

不妨说，所谓的异化，正是从这时开始的。

一直到了半年后，人们来得才逐渐少了。

但夫妇总有一种感觉，就是还有一双眼睛，一直在暗地里跟踪、注视着他们。

也许，真正该来的人，还没有现身呢。那又会是谁呢？难道，此生就要生活在这种恐惧之中吗？这或可称作“看的恐惧”。

## 四　非此世界的光芒

这时，他们决定让孩子出院了。既然孩子的健康没有什么问题，而住院费又不是他们这样的工薪层能承受的，老待在那让人心情压抑的病房里干什么呢？孩子又不是展览品。更重要的是，孩子需要看看自己的家了。

半年来，这对夫妇的确精疲力竭。他们没有想到产下这么个怪婴，孩子今后的成长问题，也成了大人的一块心病。但是，不管怎么说，总是自己的孩子呀。不就是眼睛多了几只吗？又不是脑子不正常，或者缺胳膊少腿。他们这样安慰自己。至于以后的事情，慢慢再说吧。

这天，年轻的夫妇不事声张地抱着孩子离开了医院。把他们送到门口的，仅有主治大夫和接生孩子的护士。她们的目光中浮着一层难以辨识的、阴谋般的灰翳。

孩子是第一次离开病区，十只眼睛里忽然跃出一种苍劲的活力，尤其有两只眼，流露出如释重负的神情。这种颇可称作早熟的眼神，看得他的父母甚是吃惊。

他们打车回的家。孩子的额头是用一块红布蒙着的，仅剩下两只正常的眼睛露在外面，它们如小鸟般啾啾转动不停。

回到家中，额上的布才被揭开。孩子所有的眼睛像是短跑运动员听到发令枪响，骨碌碌一下子跳跃着跑了出来；又如同喷薄的泉眼，目光中对新世界的好奇，是要用加倍法则来计算的。他的父亲心念一动，忙去拉上所有窗帘。顿然间，整个房间里仅剩下一大片熠熠生辉的眼睛了。它们发出的光芒超过了星光的璀璨。这是一种非此世界的光芒。

“我们的孩子，有什么不好呢？大概是哪吒三太子投胎转世啊！”男人啧啧道。

## 五　目光改变现实

整天，孩子很乖，不哭也不闹。也许，连他也知道，自己终于回到安全的家里了。

傍晚，母亲给孩子喂奶后，便感到累乏了。的确，这一阵子全为孩子操心，很少睡个好觉。现在，可以放心休息了。

夫妇早早上了床，刚要熄灯，男人触着了女人的身体，心念一动，想起什么。

原来，他们有很长时间没有做爱了。

男人把女人一把拉到身边，妻子娇羞地投入丈夫怀中。

他们像初恋情人一样接吻，感受到火焰在身体中燃烧，快要把他们烧干了。他们觉得，生育这个孩子，丢失了他们前生承袭来的元神，现在，是把它找回来的时候了。

然而，妻子却忽然停住，大惑不解地问：

“你怎么了？”

“我……我也不知道。”

“你不至于啊。”

男人惭愧地低下头。女人俯在男人身上努力半天，他仍然没有反应。她转过头来，一眼看到大床边的婴儿床上，十盏聚光灯正好奇地投向这里。

妻子心下“哦”了一声，脸儿立时绯红。她飞快地穿上衣服，忐忑地把孩子抱入里屋。

这一回，才顺利了。完事后，夫妇一起把孩子又抱了回来，并让他与他们睡在一起。他们说着悄悄话：

“刚才总觉得怪怪的，是因为有那么多眼睛在看着咱们哩。”

“是呀，今后的一切将不同了。”

这一夜，做父母的虽然十分困乏，却都没有睡着。他们感觉到了周围凝聚成的能量，在四面八方如水母一般蠕行起伏，扰动心灵的宁静。屋外的星星，也许因为孩子眼睛的缘故，也变得晦涩和不明了。

他们注意到，孩子的眼睛，有几只闭合上了，但其他几只正睁着，在闪烁不停。那是在轮换着值班和休息哩。以前，他们在医院便观察到了这种现象，但是，此刻同在一张床上，竟有些让人不安。

然而，他的脑子是始终醒着的吗？

父亲不禁想到，儿子的梦境必然与常人不同。他也许是睡着的，但他也在注意着这世界的每一分动静。这却使得父母的醒着，像是梦境的延续了。

## 六　他看到了什么

父亲自此后变得沉默少语，常常发呆。

“他到底看到了什么呢？”一天，他忽然对妻子说。

“怎么想起说这个。”

“不知道为什么，就是感到好奇。用十只眼睛去观察世界，一切也许与凡人眼中的不同吧。”

“是呀，那么多人来打探宝宝的情况，竟没有谁想到去了解这一点。”

“我想到了！”丈夫像个孩子似的骄傲地大声说。

男人在学校是教初中地理的，他正在透过儿子眼睛的形式之美，努力去感知空间无穷组合的可能性。他想象到，那些他烂熟于胸而此生无法去

到的地方，此刻正在儿子的视觉皮层上，幻化成一片飞翔的光明。陈旧的世界，出现了被重新塑型的态势，连那些张口便能来的地名，也要用另一种方式来书写了。但是，他的妻子，一位数学老师，说：

“想到了又能怎么样，谁能知道他看到什么了呢？好好把他养大，他都会自己说出来的。”

“那就等着那么一天吧。”男人带着一份仿佛掌握了这个世界细节的自信，朗声对妻子说。

她被吓了一跳，她还没有见着丈夫有过这般的自信。她觉得，这些日子里，他变了。她不禁为他担心。

他们的这番交谈，是当着孩子的面进行的。

孩子自顾自玩着，对大人们说话，像是没有在意。

但是，不久后，他们发现了一个新情况，就是这孩子额上有一只眼睛，总是喜欢盯着房间里的计算机。

那目光中，竟然流露出一丝淡淡的忧愁和恐栗。父亲不禁暗暗吃惊。

## 七　技术的介入

一个月后，有一位陌生的客人造访，自称是计算机工程师。他说是从别人那里听说了孩子出院的消息。

自离开医院后，夫妇便不太情愿有人来访，尤其不希望有生人来打探孩子。不过，既然人家都找上门来了，还是不好意思拒绝。

“第一次从报纸上读到这则奇异的消息时，我便滋生了巨大的好奇心，想来探望一下贵公子，但一直怕打扰你们。现在，孩子既然已经出院了，我便鼓起了登门拜访的勇气，还请见谅。”

说着，客人打开了随身的包袱，里面竟是许多昂贵而精致的玩具，夫妇这才有些惭愧和感动，对客人热情起来。

客人是一位四十多岁的中年男人，面色和善，神情安详，戴着黑边眼镜，一副学者的模样。他在夫妇的引导下，来到儿童床边，俯下身来看孩子。就在这时，孩子的一只眼睛猛地投出一束亮光，直端端地射向来客。他一怔，赶忙把目光避开。

他脸色发红，有点讪讪地回到客厅坐下。夫妇一时摸不清客人是何来意。没头没脑闲聊了一阵孩子的情况后，客人才触及主题：

“半年过去了，你们做父母的，难道不想知道他到底看到什么了吗？”

乍听到这句话，父亲的心剧烈地跳动起来。但他不动声色，只是上前为客人添了一些茶水。

母亲却有些心切：“哎呀，我们也这么想来着，可是，怎么才能知道呢？”

“我倒是有个办法，也许能试一试。”客人淡淡道。

“你说说看。”父亲仍像是漫不经心。

“知道导盲仪吗？那是一种电子成像装置，是用来帮助盲人看见外部世界的新发明。它实际上是由一个电极和一个纳米级的计算机组成的，通过手术安放在患者视觉皮层上，与装入患者眼部的摄像头相连，将拍摄到的景物转换成电子脉冲，刺激视觉神经，最后呈现相应的图像。”

“我们的孩子又不是盲人，他比正常人还要多八只眼呢。再说，我们也不想在孩子的脑子里安放什么东西。”父亲忽然警惕起来。孩子的眼睛虽然不同寻常，但总是自然之眼，要在它后面设置一个机器玩意儿，有一种说不出的不妥。

“不，不是安放在脑子里。在这里，我要说到我的工作了。这些年来，我一直在做一项研究，就是在导盲仪的基础上，发明一种能把正常人视觉皮层上电子信号转移出来的仪器，这最初是为了研究梦境和幻觉。不需要植入什么芯片和电极，仅需在颅外接上传感器就成。这是一项全新的技术，用在你们孩子身上，太合适不过了。”

说着，来客从随身的包里取出一个盒子，打开来，里面有一个头盔似的东西。

“这就是你今天来的目的吗？”父亲说。

“你们可以商量一下，再做决定。这是我的联系方法。”客人说罢，递过他的名片。

## 八　让人不安的试验

客人的最终目的仍然让人看不清楚。他离开后，夫妇便讨论起这事来。他们最终抵挡不住诱惑，决定不妨一试。对于发生在自家孩子身上的事情，做父母的总是想了解个清楚，他们实在是有这个权力。

当然，为了放心，是先在自己身上做试验。做父亲的，只有如此才能消弭心中的犯罪感。

按照名片上的号码，他们给那位计算机工程师打了电话。他便立即赶来了。

头盔似的东西，戴在了孩子父亲的头上，又通过导线和转换器，连接上了计算机。工程师熟练地按下开关，试验便开始了。

事实上，整个过程十分简单。受试者肉眼看到的一切，都即时转化为电子脉冲，进入头盔中的传感器，又通过头盔传输到计算机里，最后通过播放器，显现在计算机屏幕上。

随着男人头眼转动和四处走动，屏幕上的画面也在不断变换。那正是男人视界内的所有景观。男人的双眼，此时完全充当了摄像机的作用。

“这下，该放心了吧。不会有任何问题。”客人得意地说。

“让我们再想想吧。”

父亲忽然想起，孩子曾经在注视计算机时，流露出的忧愁和恐栗。

“还想什么呢？！”客人有些着急了。

“是啊，亲爱的，我看可以，挺好玩儿的。”妻子也在催促。

最终，男人迟疑着答应了。

计算机工程师拿出一个小尺寸的头盔，似乎是早就为孩子设计好的。父亲见状，再次生疑，但此时也不能阻止了。头盔戴在孩子的头上，客人按下开关。做父母的，都急不可耐地凑到计算机前。

屏幕上出现了图像，但不是料想中的室内景观，而是灰色的、连续的大雾似的东西。这雾时浓时淡，覆盖了整个屏幕。大家等了半天，雾也不散去。

“这是什么呀？”

父母有些紧张起来。来客皱起了眉头。

# 九　世界真相

显示在计算机上的怪异图像，做成拷贝，由计算机工程师带回去做分析处理。父母焦急地等待着结果。

两天后，工程师来了。他脸色灰沉，两眼无神，像是熬夜所致。夫妇二人的心往下一沉。

“到底是什么呢？”

“不知道我说的你们能否理解。”来客想了一想，才说，“实际上，你们的孩子什么也没有看见。”

“这是什么意思呢？”

“或者说，他看见了一切。”

“你能用大家都明白的话说说吗？”

“你们的孩子，我看第一眼，就知道他非同一般。当然了，这里面有两种可能性。一种，是这孩子的视神经有问题，它不能正确处理外界信息。简言之，别看他有那么多眼睛，却仿佛是一个白内障患者。但这种可能性不大。所以，另一种，”来客停顿了两秒钟，做了个深呼吸，“则是这世界有问题。”

“你到底想说什么？”夫妇的脸色有些改变。

“简单地说，这孩子的眼睛仅仅是一种形式，单个眼睛与正常人的并无不同，但它们组合起来后，便成为了一个特殊的择分漏斗，可以滤掉幻影杂质。它们看到的外界是一片空白，喏，就是那片大雾了。这是一个重大的发现，它证明了一个理论上的推测：我们这些所谓的正常人感知到的这个世界，是虚假的，是不存在的——实际上，这正是真实的情况。”

“啊？！”

“一些怀疑论者十几年前就开始猜测，人类生存在一个幻觉的世界里。世界的真实面目其实是一重大雾那样的东西，混混沌沌，无形无味。有好几个研究小组一直在试图证明这个事实，我也隶属于其中一个小组，但我们始终没有找到足够的证据。这个孩子的来历我还没有搞清楚，但是，我听说有人一直想设计一种仪器来测试这个世界，这孩子，或许，便是这终于问世了的仪器吧。不过，我猜这与你们夫妇无关，你们的身体仅是被某个组织借用了。”

“胡扯，太荒唐了吧！”丈夫恼怒了。他想，原来，这才是这人的真实目的啊。

“毫无道理！宝宝怎么会是仪器！”妻子也气愤地说。

“你……你们别误会，我并没有别的意思。”

说着，来客从口袋里掏出一张软盘，把它插入计算机。这是以前的研究记录。客人一边展示，一边解释说，由于设计者的粗心，世界在一些细小地方，露出了破绽。从十几年前开始，有人就把这些小破绽逐个拼合起来，最后经过计算机模型演算，发现了世界从整体上看是不真实的。这个用来演算的软件，正是这位来客设计的。

客人说：“这件事太大了，超过了古往今来一切事件的严重性。谁制造的虚假呢？谁又使我们感受不到这虚假的呢？研究者们还没有弄清楚。

给孩子做检测这事，请你们也千万三缄其口吧！”

客人说到这里，忽然停住。因为，屋外响起了脚步声，似乎有人来到了门口。客人露出紧张的神色。父亲奇怪地看了他一眼，起身去开门，却什么也没有见到。计算机工程师更加慌张了，他匆匆夺门而出，跑掉了。临行，他只回头说了一句：“明天我要把研究小组里的其他成员带到现场来看一看，他们一直在期待这一天哟。”

他走了后，夫妇才发现，他忘记了取下戴在孩子头上的头盔。

第二天，客人没有如约前来。

第三天，客人也没有来。

第四天，夫妇按他留下的电话打过去，没有人接听。

第五天，他们按名片上的地址直接去了他住的地方，见锁着门。

到底发生了什么事呢？

## 十 大难临头

夫妇惶惶不可终日，觉着有一种不祥的预兆。客人所称的研究小组的其他成员也没有找上门来。

而孩子则很坦然，整天都着迷地玩着客人送来的玩具。

“不管怎么说，我不信他说的。”妻子说。

“可是，他为什么要那么说呢？他好像挺肯定。”丈夫说。

“干脆，我们自己再看一看吧。”

他们又拾起客人遗下的仪器，小心翼翼戴在孩子的脑袋上。操作很简单，他们早看会了。

屏幕上仍然是那重大雾。雾气连绵不断，没有尽头。按照那客人所说的，这便是真实的世界啊。

这竟使夫妇着迷了。他们投入地观看，像看一出仙人导演的大戏。看的过程中，他们若有所思地掉头环视自己的家。两室一厅，是一年前用成本价买下的，用光了工作以来的积蓄。电视、音响、洗衣机，还有成堆的书籍，无不具有极其充分的实体感。

他们又看看彼此。忽然，有一种毛骨悚然的感觉。

他们尴尬地又转头去看计算机，却惊得张大嘴巴。

原来，那上面已不仅仅是雾了。雾中仿佛有个躺着的人影。

那人像渐渐清楚了，竟然是计算机工程师。他已经死了，脑袋破碎，眼睛的地方，是两个血肉模糊的窟窿。

忽然，这尸体又开始变化，成了马赛克图形。

马赛克又化作一阵烟雾，烟雾又变成漫天大雾。

男人关掉计算机，把头盔从孩子头上摘除掉。

“也许，真如他说的，我们生活的这世界是假的。”他叹口气。

“宝宝怎么能看见？”

“他长了十只天眼呐！”

“天眼，天眼……不是说，与寻常人的眼睛没有不同吗？”

“谁知道啊。可能是按那人说的，组合起来便不一样了。总之，在他眼中，这世界没有任何秘密可言。”

“我懂了。那人因为知道了这个秘密，所以，他被灭口了。”

“正是！”

“可是，宝宝将来要长大，总是要说出去的啊。”

“如果他的确是为了看清这世界的真相而生的，那他便危险了，而我们的麻烦也就大了。”

# 十一　国家利益

父亲的预感十分准确。第二天，便来了两个穿风衣的陌生人。他们自称是负责国家安全的工作人员，要带走孩子。

夫妇的脑子里轰地一响。他们半年前便觉得还有一双眼睛在暗地里跟着，现在看来，就是他们了。隐藏着的神秘家伙，终于出现了。那天在门口发出诡秘脚步声的，便是他们吧？

“这是为了国家的利益。”来客耐心地解释。

“你们看，他只是一个寻常的孩子，除了眼睛多了一些。”孩子的父亲惶恐道，心想，国家的利益？

“什么基因突变，什么返祖现象，书呆子们的想法太简单了！”来客说，“现在可以告诉你们，其实并不仅仅是他一个。我们在世界各地，已发现了很多这样的孩子，只是，一直对外封锁消息。”

“你们要把他怎样呢？”

“只是做个检查而已。我们想知道他们来到这世界的目的。”那两人交换了一下眼色。

“我们能跟着去吗？”

“不可以。我们有专人看护。”

“宝宝要离开我们多久？”

“放心，只是很短一段时间，我们会把孩子毫发无损地送还给你们的。”

“我们得考虑考虑。他是我们的孩子，我们有这个权利。”父亲无力地申辩着。

“没什么好考虑的。”一个人不耐烦地说。

“呃，考虑考虑也行，明天我们再来。”另一个年纪大一些的，看了同伴一眼，说。

## 十二　无法逃避

来客走后，夫妇成了热锅上的蚂蚁。

“我感到，他们便是杀死计算机工程师的人。”丈夫说。

“啊，别说了，好让人害怕啊。”

“恐怕，我们大祸临头了。”

“他们要拿宝宝怎样呢？会杀死他吗？”

“也许，暂时不会吧。他们可能仅仅是从那死鬼身上嗅到了什么，想弄清楚是怎么一回事。他们还不敢胡来。因为，这孩子不是一般的孩子，一旦失踪，新闻媒体便会大肆报道，他们也会觉得麻烦。真的要灭口，干吗不放一把火把我们全家烧死呢？”丈夫的话，在妻子听来，毫无说服力，倒仿佛是自我安慰。

“他们到底是谁？”她问。

“也许，便是制造这虚假世界的家伙吧。”

“他们有那么大的本事吗？”

“这世上的事，现在谁也说不清楚。”

“如果这世界是虚假的，那么，连他们自己，连他们代表的国家，不也是虚假的吗？这又是谁制造的呢？”

“啊，正是这样的！那么，到底是怎么一回事呢？”

男人觉得自己的逻辑混乱了，便不再说下去了。夫妇又去看孩子，他好像是睡着了，留下两只明亮的眼睛，乏力地盯着天花板。妻子俯下身，亲吻了一下孩子的脸蛋，她的眼泪掉下来，落在孩子衣领上。孩子这时又霎然睁开第三只眼，瞳仁中泛动出怜悯的光芒。这种佛陀一般洞悉一切的目光刺伤了大人的自尊。

“看起来，不让他们达到目的，是不太可能的。”丈夫喃喃。

“不行。反正，不能把孩子给他们。我有一种直觉，这孩子是要被害死的。他们的目的就是要灭口。”

“灭口，你说得太简单了……啊，这孩子，别是要克父克母吧？”

“你可不要那么说，让他听见了！他什么都懂的。”妻子一把捂住丈夫的嘴。

# 十三　以假为真

是夜，夫妇躺在床上，怎么也睡不着。到了凌晨，丈夫说："有一个办法，虽是下策，却能保全大家。"

"什么办法？"

"我可以说吗？"

"我是你的妻子啊，你但说无妨。"

"剜掉他那些多余的眼睛！"

"你！"

"这是为了他好，也是为了我们啊。那样，就没有谁打他的主意了。"

"不行！亏你怎么想得出来。这么些年我看错你了。"

"你不要过虑。其实，自那计算机工程师来之后，这段时间里，我便一直在琢磨一件事情。"男人诈尸一般从床上坐起，表情古怪地说。

他说："不知为什么，在那一天，我忽然感受到了一种至美。那便是那雾所孕育的。原来，虚假之美竟是这样的纯白而柔曼呀，多么像古书里说的混沌。我们不能感知它，是因为我们生来就有缺陷，不具备天眼，又怎么能够怨天尤人呢。所以说，这样做，是为了整个社会、整个人类的续存呀。人类何尝不需要虚假地存在着呢？那孩子仅仅是无法理解大人们的世界，可是，难道我们也不能理解吗？我爱你，我不想因为他，而破坏了我们之间的关系。在他的目光注视下，我有时觉得，连我们的感情都是虚假的。我们今后还是要把生活当做真实的，是吧？”

男人说着，眼里升腾出一股疯狂的光芒。自结婚以来，他的妻子还未见过丈夫有这么可怕的目光。

“你真是这么想的吗？”女人号啕大哭。

## 十四　最后看一眼

凌晨五点，他们起了床，再次把头盔给孩子戴上，并连通了计算机。

“让我们最后看一眼那真实的世界吧。”丈夫像鹿一样哀鸣，“以后，我们便只能在想象中与它相逢了。”

他按下开关。屏幕上，大雾又静静升腾起来。夫妇像互相取暖一般，紧紧搂靠，却仍然怕冷似的抖个不停。

忽然，雾中又出现了人影。他们瞪大眼睛。人影渐渐清楚了，是一男一女正佝偻身子往前走，是两个拄着拐杖的老人，再仔细一看，竟是两个盲人。

盲人越走越近。夫妇看见，那不就是他们自己吗？！

男女盲人的脸上，浮现出诡黠而阴暗的笑容。

妻子惊叫一声，捂住眼睛。

她的丈夫面如死人，缓缓转过头来，一眼看见孩子四肢平展躺在床上，灿烂地笑着，额上所有眼睛都打开了，兴趣盎然地盯住计算机。

他忽然产生了一个念头：那工程师不会是在这孩子的授意下被杀死的吧？不过，这也没有什么意义了。大家仅仅是一些会活动的皮影，无所谓杀死不杀死的。

他走到抽屉边，打开其中一个，取出剪刀，把它放在口袋里。

妻子见状，走到电话机旁。

“你做什么？”

“等你剜眼的时候，呼叫救护车。”泪人似的女人说。

“还需要吗？”

## 十五　同类

就在这时，传来了激烈的敲门声。

“怎么办？他们提前来了！”

“把门打开！”

丈夫并没有张口，声音是从床上发出的，是那孩子在说话。

他们怔住。

“你们快把门打开！”孩子又一次威严地发布指令。小家伙就像凉夜中醒来的秋虫，对着月光在孤独而振奋地鸣叫。

夫妇吓坏了，不敢动弹。

“求求你们！”孩子的声音中，蕴含着威胁的口气。

“听他的！”女人歇斯底里大叫。

男人浑身淌着虚汗，哆哆嗦嗦地打开了房门。

来人并不是那两个穿风衣的不速之客。门口站着一个五岁模样的男孩，见门开了，便跌跌撞撞地往里走。男人一把阻挡不住，在孩子经过跟前时，才看见，这小家伙的额头上长着一排眼睛。

他正要关门，便看到外面还有许多额上长眼的孩子，着急地要进来。

看来，不速之客说得没错，世上还有许多这样的孩子。

此时，男人已认命了，便把他们悉数放了进来。

总共有四五十个孩子，兴高采烈地跳跃着拥入，把屋子挤得满满的。他们的眼睛像无数银光烂闪的飞虫，在这狭小的空间里盘旋曼舞，又如同某种祭神的仪式热烈展开，把房间照耀得如同白昼。

此时，这对可怜的夫妇看到，他们的孩子自己从床上坐了起来，快乐地笑起来，不知什么时候，手里出现了一把剪刀。这哪里像是半岁的孩子？！

所有的孩子也都开怀大笑，把两个大人包围在中央，而他们则快速地满屋绕圈走动。他们把攥紧剪刀的右手反背在身后，整齐地向前摊开左手，每个人的手掌里，都盛放着一对剜出来的大人眼睛，正滴滴答答流淌鲜血！

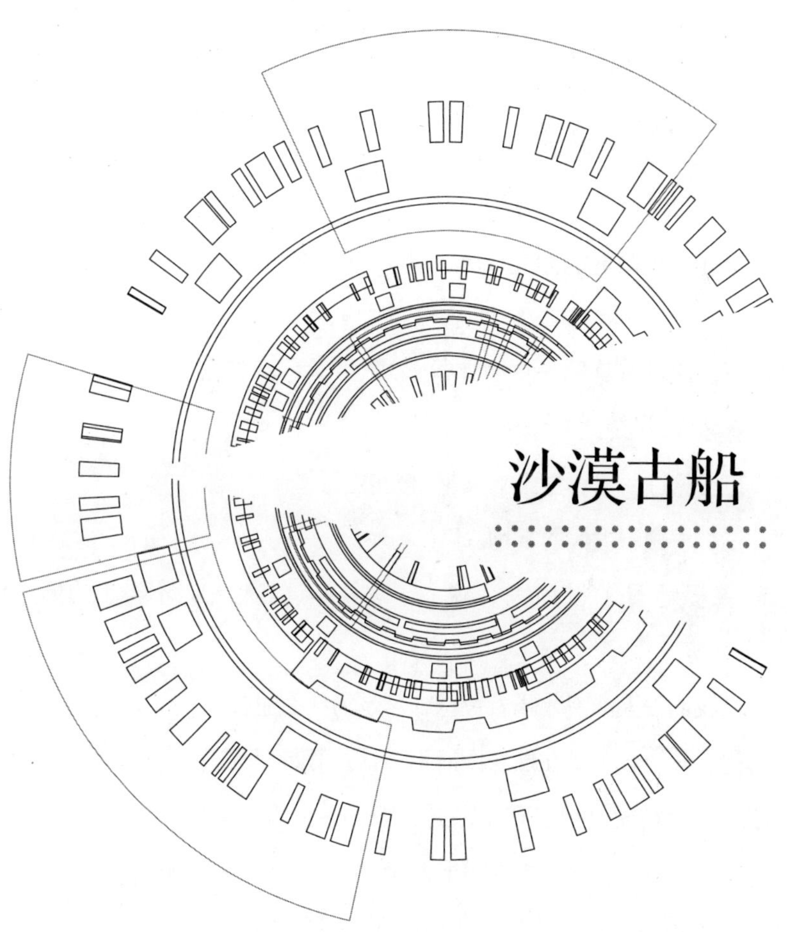

# 沙漠古船

放星际假了，孩子们是多么快活啊。

一大早，初磁和朝磁就出发了。

强力聚光器把微弱的阳光放大，使大地一片灿烂。在飞翼上，朝磁问哥哥：“大沙漠真的就在前方了吗？”

“可不，这回你要开眼了。”

“它有多大？”

“我也没见过，但肯定比咱家花园大多了。”

“都说那里藏着古代的宝物。”

初磁警惕地看了看周围，说：“小声点，大人们不准我们知道这事。”

“所以我们去大沙漠才瞒着爸爸，可是为什么呢？”

初磁也不知道，于是在妹妹面前不说话，假装深沉。

这工夫，大沙漠已出现在了眼前。哎呀，可真是大！孩子们家中的花园跟它的确无法相比。它可能比千万个“大鸟”号空间城加在一起还要大。大沙漠是地球上干涸的海洋。初磁在学校学过，这些古海洋，有叫太平洋的，也有叫印度洋、大西洋的。

初磁驾驶着飞翼在沙漠上空兜了几圈。沙漠中连一棵树也没有。他们远远地发现了一队人马，可能是探险队吧。飞翼小心地避开他们。

“可是，古代的宝物呢？”朝磁望着下面无垠的黄沙，感到茫然，“哥哥，你不是说，随便都能捡到一个古代机器人的零件吗？”

“你急什么，还没开始发掘呢。”初磁心想，女孩子家就是爱唠叨。

可他也有些担心好东西已被先来的人捡光了。

这时候，沙漠中腾起一股黄烟，骤然风声大作，天地间黄沙弥漫。

初磁眼睛一亮：“沙暴！”

朝磁拍手欢呼：“快快冲进去！”

初磁一拉操纵杆，飞翼便冲入烟云，上下飞腾，好不惬意。忽然，初磁吃了一惊：显示屏上出现了一个庞然大物。显然，刚才它还埋在地下，是风沙刮开了厚厚的沙土，令它重见了天日。

宝贝原来都在地下呢。

风沙渐渐散去。兄妹俩从空中仔细打量这物体。它大约有三分之一个空间城那么大，上面布满舷窗，都被沙土填满了。物体上面有不少支棱着的触角和金属腿。它全身黑乎乎的，已经锈迹斑斑。

初磁迅速做出判断：一艘宇宙飞船。是的，他在画册上见过这玩意儿。看样子，这是中古时代的产品。

初磁小心翼翼地把飞翼降落在露出地面的庞然大物上。船顶是圆拱形的，但由于尺寸很大，飞翼停靠得很稳。

初磁对朝磁说：“我们设法钻进去。”

“我有点害怕，哥哥。”

“那还不如不带你来呢，”初磁撇撇嘴，“我们这叫得来全不费工夫——这是一句古话。”

朝磁不作声了。

初磁又说："我可是要进去找那种传说中的用电池驱动的洋娃娃。你要怕，就待在飞翼上吧。"说着他按了一个开关。顿时，初磁已身在飞船内部。这是空间转移器的作用。

他回头一看，见朝磁正站在身后——她也跟进来了。初磁不禁一笑。

两个孩子环顾四周，发现他们正站在一条金属走道的尽头，两侧的墙壁上没有任何的装饰和标志。另一头是什么呢？黑洞洞的看不清。初磁把胸前飞行灯的亮度增大，拉着妹妹的手向前走去。

没多久，便看见一样东西横在过道上，白森森的。初磁倒退了一步。

朝磁问："是什么啊？是洋娃娃吗？"

妹妹不知道，初磁心里可明白。学校的一间教室里就陈列着这样的东西。

"是人的骨头架子。"初磁告诉妹妹。

学校里的人骨架是用合成材料制成的，而这里的，从质地看上去却有些不一样。初磁心里觉得有些怪异。

"人的骨头架子是什么东西？"朝磁问。

"一句两句你也弄不懂，"初磁说，"学校里都有这种东西，有了它我们就可以了解自身的内部结构了。知道你的身体是怎么组成的吗？"

"不知道。"

"等你上了学，老师就会用这种模型来教你。"

"那么，这也是古代的人用来上课的模型吗？"朝磁说着，想用手去摸那白骨。

初磁忙拉住她："不行，五年级的学生才有资格碰它呢。"

说罢，他拉着妹妹迈过那具骨架，继续朝前走去。

走道延伸出去，两壁出现了一个紧挨一个的舱门。初磁试着推了推其中的一扇，它竟然打开了。原来里面有一个房间。

第一眼就看见，这里也陈列着人的骨架！

与刚才不同的是，这里的骨架是三具，而且全都仰面朝天躺在一张大床上。

两具大骨架之间躺着一具小骨架，看起来比朝磁的个头还要小。

小骨架旁边还有一样东西，朝磁一看，眼睛闪亮起来。一个洋娃娃，古代的金属洋娃娃！

古代的学生上课怎么可以将玩具带进教室呢，而且，还忘了带走？初磁纳闷地想。

这时，他感到妹妹在拉他的衣袖："哥哥，我要它嘛。"

于是他上前两步，伸手拎起那小东西。刚要递给朝磁，忽然他心生一念，又伸出另一只手在骨头上摸了一把。初磁还要等一年才有资格接触骨架模型哩。他为自己的大胆兴奋了一阵。

不过，他觉得，刚才摸到的有些不像是合成材料。

难道古人是用另一种材料做模型吗？

初磁知道，古人死后，也跟现代人一样火化，不会有真正的骨头留下来。

他有些惶惑，把洋娃娃递给朝磁，推着她走出了这房间。出门的一刹那，初磁忍不住回头看了一眼。

三具骨架狰狞地躺着，嘴巴张开，眼睛部位的大黑洞像在无言地诉说什么。

初磁也有些害怕了。似乎有某种不寻常的事情发生过。

他们继续前行，看到了更多的骨架。大大小小，各种姿势都有。有的倒在装有复杂仪器的机房里，有的坐在一动不动的小型载车中。在一个大厅里，兄妹俩发现了多达几百具的骨架，层叠在一起。

古人做这么多模型有什么用呢？初磁越想越怀疑，也越来越紧张。

“哥哥，你让洋娃娃活动起来嘛，不是说可以用电池驱动它吗？”朝磁嚷嚷道。

初磁说：“真烦，就知道玩儿，我们还探不探索古代的奥秘了？”

“什么奥秘嘛，洋娃娃本身不就是奥秘？”

挨了哥哥的训，朝磁有点不高兴。她不再走了，坐下来，拨弄洋娃娃。可是，这玩意儿一动不动。朝磁又将飞行灯的能源输给怀中的洋娃娃。

“动起来啊，动起来啊！”朝磁叫道。洋娃娃肚子里真的咕咕地传出了马达声，它的眼睛也睁开了。

初磁不敢相信地注视着。这玩具起码沉睡了一千年了！想不到部件还没坏。

然而，它绝不仅仅是玩具。孩子们吃惊地看到，洋娃娃开启的眼帘投射出一道光束，在他们的面前，唰地闪现出一幅活动的全息投影。

这图像不太稳定，断断续续，却让孩子们大为震撼。这是他们从未见过的一幕，也是他们生活中不可能有的一幕：

一群人在奔跑，他们穿着奇怪的古代衣服，脸色惊恐。庞大的城市在他们身后燃烧。

另一群人在追赶，他们也穿着同样的古代衣服。他们手上拿着喷火的长管子……逃跑的人被火舌追上，皮肉脱落，变成白骨，轰然倒地。

倒下的人中有许多小孩子……

没有被击中的人逃得更快了。前方出现了大海。

海边停着一些巨大的物体，初磁和朝磁看着眼熟。这不就是他们现在待的飞船嘛！

只见逃跑的人纷纷拥进飞船。追赶的人也赶到了，用长管子向飞船喷射火焰，飞船的舷窗中也喷出火焰进行还击。越来越多的尸骨倒在地上。

一些飞船匆匆升空。地面上的人向它们射击，有的飞船变成火球，凌空爆炸；有的歪歪斜斜地掉进大海，再也没有浮出来。

大海就是现在的沙漠。

投影放到这里，洋娃娃吱地尖叫一声，停止了运转。

“它还是太老了。”朝磁说，“它不能老动弹。”

初磁念念不忘的是刚才的图像，那些着火坠落的飞船，那些白骨。

“古人们到底在做什么？”他喃喃自问。

“是在做游戏吗？星际大赛？”朝磁道。

初磁不知道，但他说：“肯定不是。”他心里有些发慌。

转眼去看周围的人骨架，现在，他知道它们不是模型了。古代的人死了，也有不送进炉子火化的——如果他们遇上那种喷火的长管子的话，那东西只会把人的皮肉生剥下来。

但是初磁和朝磁都没有听说过“战争”这个词汇，在他们的世界里，和平已经维持了一千年。

初磁对妹妹说：“我们已经发现了古代的秘密。”

“什么秘密？”

“古人的生活跟我们不一样啊。”初磁语气沉重，像变了一个人。

“就这个啊，那是肯定的。”朝磁想，哥哥今天怎么了？

古人当然跟今人不一样，这初磁也知道。可是，今天的这个“不一样”，有了一种异样感。不知怎么的，初磁再也快乐不起来。

初磁说：“我们得离开这里。”

“才不呢。我还要找一个好一点儿的洋娃娃，不像这个，一使就坏。”朝磁噘起嘴。

“听话，爸爸说了，不让随便进大沙漠来。大人说得对，有一些东西，孩子们是不应该看到的。”初磁觉得，周围那些白骨，仿佛马上就要站立起来了，到处阴森森的。他有些后悔做这次探险了。他知道自己以后很久都会做噩梦。

“出尔反尔。你又说爸爸的好话了。那好，走就走吧。谁叫你是哥哥呢。”

初磁正要按动空间转换器，脚下被什么东西绊了一下。他低头一看，在一具人骨架边上，搁着一样东西。

他忍不住把它拾起来。随后，他又看到了好几件同样的东西，他也都拾了起来。

离开了黑洞洞的飞船，外面的阳光是多么灿烂啊。兄妹俩都透了一口气。

真正是从坟墓中走出来的感觉。

在飞翼上，初磁用慎重的口气对妹妹说：“记住，今天看见的，谁也不能告诉。”

朝磁漫不经心地点点头。

初磁把目光落在从飞船内带出来的东西上。他这才注意到，它们的结构比全息图像显示的更为复杂。在金属的长管子身上，还有扳机和像是用来瞄准的框子。

它们还能喷火吗？初磁迷恋地凝视着长管子端部那黑洞洞的圆口。这已是属于他和妹妹两人的秘密。

但他们现在还不太懂得它的意义和价值。

飞翼掠过大沙漠。那一支来时看见的探险队还在寻找着什么，但他们似乎什么也还没有找到。

多少年以后。

在博物馆里，机器人指着一个庞然大物，为一群专注的听众讲解：

“这就是我们从大沙漠里发掘出来的古代宇宙飞船。一千年前，就在许多古人准备乘着它逃出地球的时刻，另一些古人把它击落了，飞船里的人全死了。考古学家是这么说的。”

人群中有人感到好笑，问：“为什么一些古人要杀死另一些古人呢？嗯，这是为什么？”

机器人做了一个夸张的表情：“这事儿呀，在几年前还是一个禁止谈论的话题。人们不想记住过去的事情。尤其是，小孩子不应该知道，这会影响他们的成长。现在，有人在试着打破禁区，开始了这方面的研究。当然，这是需要勇气的。”

“研究有结果吗？”

“还没有结果。”机器人为难地回答。

它又说：“不过，人们发现了另一件奇怪的事情。考古学家在发掘这艘飞船时，发现有人在此之前已经到过船内，并取走了一种古人称作武器的东西。喏，就是这玩意儿。”

说着，机器人指了指几根长管子般的陈列品。

“什么是武器呢？”观众中有人问。

“武器吗，我这么给你解释吧，它是这么一种东西：在我们这个世界上，谁要是拥有了它，他就能办到他想办的一切事。因为，我们现在已经没有了能够对付武器的武器。”

“那么，这古代飞船中的武器还能使用吗？”

“这又是一件奇怪的事情。试验表明，经过了一千年，飞船内的东西基本上都坏了，唯有这武器，仍然完好如初，可以立即投入使用。这用一般的科学原理简直无法解释。只能说，武器是一种更强悍的物品吧。”

人群中爆发出一片不安的哗然。

人群中有一对兄妹，也不再是小孩子的他们，听了机器人的话，交换了一个微妙而阴险的眼神，然后，携手悄悄离开了。

人们绝对想不到，在他们的袖管中，就携藏着武器！

他们要去干什么呢？

# 天堂里有没有地下铁

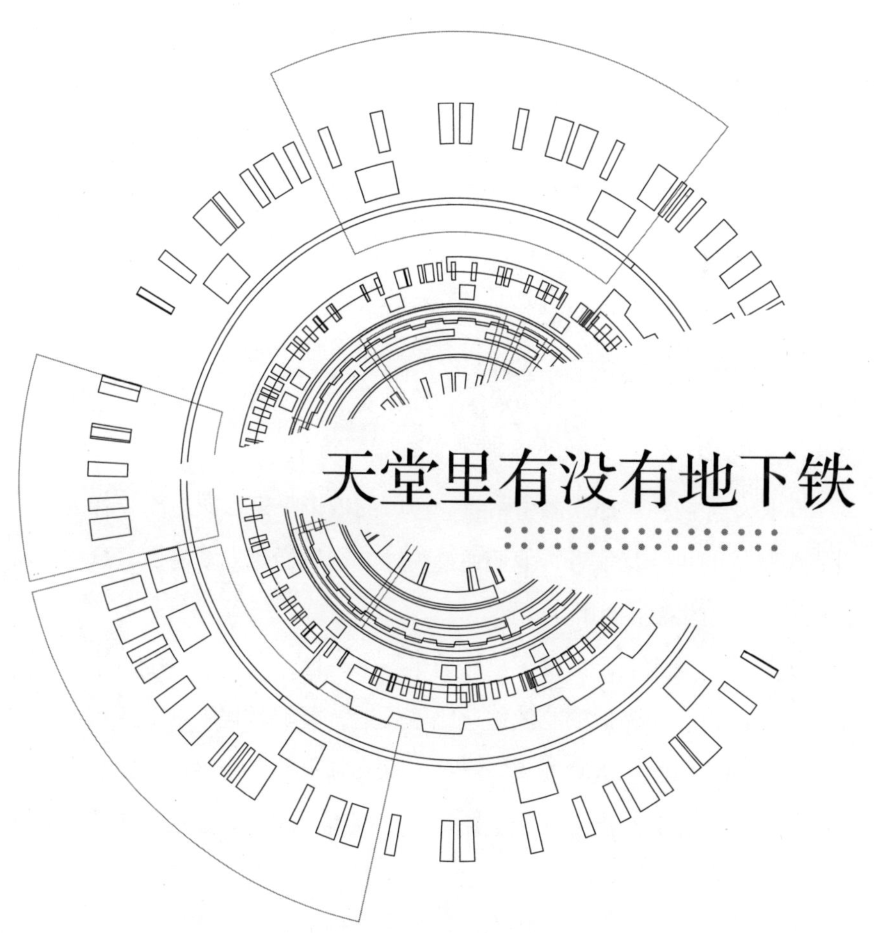

# 一　车长

漆黑无际的地下世界里有什么或没有什么，那都是不能以“看”的形式来表达意见的事情。因此，当车长十七世被一把经过改造的废旧电焊钳杀死的时候，五妄没有上前做出任何救援的举动。

他如石笋般盘腿坐在冷寂的角落里，津津有味地吃着手指，万事与己无关地似听非听。这时，他倚靠的一段钢筋混凝土衬砌，发出了蛇尾拍击流木般的嗒嗒回音。这声响又被无底的隧道吸去了。

车长，又被称作部族的引路者。凌厉的攻击手来自龙之族，作为黑暗世界中蛰伏的生存竞争者，他们通过失效的送风通道发动偷袭，命中关键目标后，便如烟般撤离了。

车长十七世死了，顶替者自然是车长十八世。人们选中十六岁的五妄做车长十八世，因为他的脑波雷达比较发达，能够替代眼睛，遂被认定为这个没落部族中的少数“能人”之一。这实际上是一个错误，因为年轻的五妄对将要引导族众走上什么道路，无把握也无兴趣。他也从未想过要向宿敌龙之族复仇。那有什么意思啊？

生与死的间隔像发丝一样细微。如今，在地底，人类的平均年龄不到三十岁。五妄不久前才被当作顶替者来培养，而现在他也走近了死亡的悬崖，并因此要培养自己的顶替者了——车长十九世和二十世，那循环历史中的宿命者。

但他真的还会这样去做吗？这却不是他能决定的。他可怜地耻笑起来。

其实，关于道路一类的信息地图，最早与脑波雷达什么的无关。事情要回溯到车长一世的时代。据说一世、二世……靠的是“记忆”，他们不用依靠回波定位便能在所有的隧道中摸上无数个来回。这一切已是不可重复了，那些记忆也早都丢失了。

过去究竟是怎样一种情况，谁也说不清楚。到了第几世，人类中的某些特殊成员就进化出了脑波雷达呢？它实在是一种寄生在大脑中的、与人性格格不入的异物。这也是适应地下环境的结果吧。五妄十分憎厌脑波雷达，但离了它的指引，这群人就无法活下去。

掩埋了死者后，五妄无奈之下，只好带领幸存的人们转移。他们打不过龙之族，就想走得离对手远远的。

五妄勉强打起精神，选择了四十四号隧道。这是一条以前不曾经行的通途。他模模糊糊地感应到，在它端口的站台处，能找到食物。吃饱肚子是一个问题，而关键的是，只有这样才能平抑族众的不满，防止随时可能从内部爆发的骚乱。这伙人总是满腹怨气，从来都高兴不起来的样子。

## 二　怪声

四十四号隧道向南是一个大断层。小心翼翼越过它，五妄一行果真抵达了一个新的站台，但它已经坍塌了。大跨度顶板残骸堆了一地，隧道侧壁纵向开裂，裸露出扭曲并断掉的锚杆、中柱和冷拉钢筋。人们通过触摸，感受到了世界真的很是衰败。

在废墟中，族众们掘出了营着群居生活的一群昆虫——褐斑地蝼，它们的复眼和翼翅均已退化，身躯肥胖，动作迟钝。然而，没有发现营养更为丰富的穴鼠和岩蛇。它们预感到了捕猎者的来临，便提前逃逸了吗？地底下，谁都不是傻子啊。

人们手忙脚乱地把小动物撕开，把略带苦涩的肉汁挤进嘴里。这些小东西其实还不够填塞牙缝。随后，大家都困乏了，便枕在七歪八倒的桁架上进入了梦乡。

听着遍地鬼哭狼嚎般的呼噜声，五妄想，如果我这时走掉，把他们抛弃在这里，会怎样呢？他连族众中谁是自己的父母也不清楚，而也没有谁承认是他的父母。

但他还没有思虑明白，自己也乏得睡着了。不一会儿，五妄便被惊醒了。重叠的围岩后面传来了“呼呜、呼呜”的声音，整孔隧道如地震了一般摇撼。这种声音在每个人的一生中，会响起无数遍，犹如惩戒的警言，提醒他们不可以睡得过死。但它究竟是什么呢？

厉鬼哀号般的巨响紧贴着岩体缓缓移行，又像重病汉子一样向远方爬去。这时便有碎石和泥浆连续滑坠下来，砸在众人的脑袋上。他们嗷嗷乱叫。

## 三　鼠语者

鼠语者是澄子首先发现的，而澄子是五妄的女人。男人用嗅觉和触觉识别不同的女人。

世界上，仅有鼠语者这一非人物种发展出了与人类交流的能力。在隧道中，一切进化得飞快，老鼠也不例外。而作为智者的鼠语者又超越了普通鼠——后者仅能被人类猎食。鼠语者能够慎重地选择与人类中的重要成员交往，显示出了生存的豁达、狡黠及远见。大概，正是这个吸引了澄子。

妖精一般的澄子，身体如影子般单薄，大脑皮层中却孕生了类似于老鼠的直觉。这与机械的脑波雷达又不同，它能与潜在之中的精妙心智合二为一，这决定了女人可以与老鼠达成无碍沟通。而她在部族中则显得异类，甚至连五妄也无法真正理解澄子。

澄子牵着五妄的手，穿过黑暗，来到鼠语者隐居的七号导洞。早年间这里应该是主排水管道的一部分，鼠语者利用从废墟中拆卸下来的台形钢纤维管片对它进行了改造，并找来高聚物防水卷材的残料做了加固。

“我们是人类。”五妄说。

“知——道。”老鼠头也不抬。

“作为鼠类，为什么要与人打交道呢？”

“找到——引路者。”

“我，就是引路者。”

“错——了。”

“什么？”

“你——不是——引路者。”

“那么，谁又是引路者呢？”

鼠语者陷入老人一样的沉默，这使五妄沮丧而愠怒。他感觉到，老鼠在稀薄的空气中焦躁地摇头，并苦恼地窃笑。五妄考虑要不要杀掉它，餐其肉，衣其皮，据其居。鼠类是自负而阴郁的物种。但它们中的智者到底在思考什么呢？五妄无由地恐惧这个，再加上澄子在身边，便不敢对鼠语者使用武力。最激烈的对抗通常只发生在人与人之间。

澄子拽着五妄的胳膊说："咱们走吧。"她又抱歉地对老鼠说："还有机会再见的。"

与鼠语者会晤的事情，他们没有告诉族内其他人。

## 四　世界与大爆炸

世界不存在分层，大大小小的隧道堆砌交错在一个有限无边的平面内。唯一可称作上层的地方大概就是站台了，可供人类暂时栖息。如果是两族人恰好同时抵达一个站台，就有可能发生武力冲突。强大的一方会驱逐甚至杀死弱小者。

在原生区间隧道里，停有长长的、不能开动的金属机车，那是孩子们爱去的所在，他们喜欢跟车厢里的骷髅玩耍。新一代人则开凿了新的隧道——或为了寻找食物源，或为了拓展居住点。加上老鼠也会打出精致的洞来，世界便越来越复杂化了。

还有的隧道，不知是怎么回事，就那么自动产生了，无人知晓它们是怎么来的。这是一个不解之谜。是谁在暗地里开挖的呢？这不能不让人想起岩壁后面那行踪不定的诡秘怪声。

不管怎样，隧道的世界，便这样不断地延伸和扩大，最后形成了超一体化的网络，像植物的根系，松散却牢固地密布在大地深处。每走过一段隧道，人就好像经历一次出生，便把死更不当一回事了。

当然了，在这个世界上，什么都看不见。自然，五妄及其统率的族众并不知道什么叫黑暗。因为，一切都是黑暗，便无以称道为黑暗了。

世界究竟是怎样产生的？——这是老鼠或者澄子这样的非常女人才会去琢磨的艰涩问题。

“那是源于一次大爆炸。”澄子说，“没有预兆，爆炸骤然而至，使一切定格了。时间暂时停了下来，或者说时间才真正产生了。随后，是大范围的冷却和收缩。在这过程中，产生了凝结效应。其结果是，具有坚硬质地的隧道体系逐渐形成了。时间的灵魂在返回空间的壳体后，勉勉强强复活了过来，使得中断的历史沿着断茬的方向重新长出，很难看但也没有办法。”

澄子经常会提到，与隧道世界相对应，还存在“上一个世界”，叫作“天堂”。大爆炸是由那里决定的，人类的祖辈也来自彼处。鼠语者之所以要寻找引路者，便是要偷渡到“天堂”去——据说那曾是它的故乡。老鼠想要弄清楚自己的来历。

五妄想，作为“上一个世界”的“上一个”，既可以指时间上的“以前”，也可以是空间意义的“上面”。这使“天堂”的真实方位成了一个悬念。五妄觉得自己是一个毫无意义的存在，但弄清楚自己来历的想法，使他心里一动。他会不会是为此而活着的呢？他们是不是大爆炸后的幸存者呢？

澄子自言自语时，五妄会觉得她其实是由老鼠变身来的。生活在岩层中的鼠语者是怀旧的理想主义者，它与澄子一样，努力研究世界的起源与终点，试图重建与早年间某种神秘知识的联系。这使五妄感受到了澄子身上有一种陌生可怕的味道。他有时甚至想，要是澄子与老鼠一起死掉就好了，但他又舍不得她的肉体。

但澄子的起源论仅仅是无数假说中的一种。这要追溯上去，自然又会在不可明辨的意识之渊中返回车长一世的时代。这总会让人陷入不可知论。而澄子描述的那个抽象“天堂”，便成了她头脑中游移不定的纯幻想之物。

最后，饥饿迫使男人和女人中止了讨论。五妄昏聩地触摸到，澄子原本灿烂充实的腹部已坍缩成了一张干瘪无味的薄皮，内里缺乏的是持久燃烧的脂肪层。就是在这样孱弱的身体中，依靠日益稀薄的蛋白质和维生素，从濡湿而黏稠的肠膜间，如苔藓一样孕育出了与众不同的形而上观念。

逐渐地，五妄对带领人们觅食的工作，愈加感到沉重和厌倦。他不愿意做连老鼠也看不上的引路者。他希望去到或有的“天堂”，为自己的存在找到一个解释。

## 五　火

新的恐慌信号来自外界，这次却不是龙之族袭来。

“黏土人发明了火！”一个家伙气喘吁吁地跑回来报告。

“什么是火？”

族众对此闻所未闻，集体陷入了恐慌。五妄也不知道什么是火，但他一听澄子骤然加速的呼吸声，便忽然间好像明白了什么。

火，一个极其陌生的重磅概念，位于古老的知识断裂带。五妄隐约觉出了它的可怕，因为他预感火能够带来如岩体坍陷般让人无法承受的变化。黑暗世界中一个谁也无法掌控的新时代或将来临。

“我看见了火！我看见了火！”报告消息的人紧张而反复地说着。

“看——见——！”

这个在人类的词库中早已被抹除的用语甚至比火本身还要骇人。族众大惊。五妄预感到了危险，扭头便往隧道深处走去，族众急忙跟上。

“可是，如果真的有谁发明了火呢？”澄子冷静地对五妄说，“如果是火，那它总是要弥布于世界的。”

澄子是正确的，逃避自然毫无用处。火终于出现了，连同它的发明者。一个个的火把被举在毛茸茸的手中，火苗簇集而跳跃，威严而谨慎地移动过来。

——真正让人毛骨悚然的，却不是火，而是借助幽暗的焰色，五妄第一次看见了世界，看见了族众，也看见了他的女人。

橡胶管一样的锈蚀躯体上，放射出缆线般的破旧四肢；枯木似的颈项上支着一个带毛的皱褶皮球；五官糜烂而朽败，像一堆倾覆的砂浆，这就是人类。人类待在一个布满洞窟的环境里，像老鼠一样张皇失措，能去的地方十分有限。

这时，五妄头脑里骤然盘旋起来的闪亮恐惧，或可称作一种“不愿见人”的本能反应。见人则将使人分开。还是不要知道真相吧！他与澄子的关系，还能维持多久呢？

既然黑暗已能代表一切，为何又要有光明？五妄不解。虽然，火是零星、式微的，尚不能把整个世界照个透彻，但绝望的感觉已经十分真切。直视着澄子纤毫毕现的形体，五妄周身打起摆子，嗓子腥腥的。他想哭。除了脑波雷达，人类原来还拥有另一种感知世界的工具。它毫无准备地被火光开启了，而大家却不知怎么使用它。但如果每个人都能自己看清世界，那还需要车长吗？最大的危险似乎正在降临。

然而实际情况并非如此。大多数人已不能看了。经年黑暗的地下生活，已使他们的眼睛退化成了盲肠似的无用之物。包括五妄在内，就算能看的，视力也已十分孱弱。

这一天，五妄抛弃了引路者的角色，和澄子及部众一起，加入了黏土人的部落——炎之族。

# 六　影

炎之族其实是不具备危险性的部族。五妄第一次感受到了火焰带来的人间温暖。而由于火的指引，捕猎变得容易起来，熟食则成了新的惊喜。

敏锐的澄子告诉五妄，只要使用火，便能打败龙之族和其他竞争者，最后征服世界——已没有人能抵挡与火相遇时产生的极度恐惧，没有人能逃过真相这个魔鬼。

“五妄啊，你毕竟做过车长，以这样的身份，是可以向他们提出伟大建议的。而只有用火，才能照亮通往天堂之路。”她说。

但炎之族的成员们完全没有以火焰为武器或路标的想法。澄子大失所望，五妄则觉得不过如此。

“我们就算壮大起来了，也不做带头的。”炎之族的头领叫做压浆，这样做着解释。

受该理念支配，炎之族空担名号，却是一群无害光影，毫无自觉的使命感和目的性，盲动在隧道之间。火焰下飘着他们浮肿的脸庞与耳郭，魅影重重，释放出玄武岩所不具备的飞升与透明。

——这大概便是真实而传神的未来人类的形态吧？五妄郁闷地想，啊，火！

而隧道那犹如生命的无穷脉管便在人类身外弥布开来，突出、交叉、盘旋或分蘖。无论是沼气、瓦斯，还是流沙、漂石，均不能阻止人类在具备确定内径的隧道中生存下去。不过，仅仅是生存，这似乎还不够。

这时，澄子便引领五妄的思绪又一次滑入了“天堂”的幻境。的确，就在藤蔓般的渡线与岔线之间，密集地生长着某些可能性的幽灵。但这样的想法无法拿来与炎之族做探讨，因为他们的文化中不曾产生宇宙起源论。

澄子常常凝神注视，半天不动。她看见了什么呢？澄子的视力比五妄要好许多，后者虽然能够看见，却是天生弱视，看不远也看不清——这在后来救了五妄。

五妄沿着女人的视线勉力看过去，便见到了被火光投射在岩壁上的幢幢人影，首尾相接，摇曳多姿，仿佛是另一种生物，又比真实的人类还要真实。澄子全神贯注地看着二维化的五妄，忽然泪流满面。

——会不会有另一个五妄也在看着这一个五妄呢，正如这一个五妄看着被投射在岩壁上的那个五妄？

澄子的想法是五妄永不能明白的，面对女人，他只是感到烦乱、着急、隔阂和不服。这时，由于火焰吸走了稀薄的氧气，又散发出难以排遣的毒烟，五妄一阵气紧；又由于吸入大量热气到肺部，血压也下降到了警戒线。

火的发明，大概是由于地下可燃性气体爆燃而获得的启示吧。它没有被用来指示通往“天堂”之路，因为它终究不是大爆炸的余烬。五妄忽然感到了对火劫的担忧。他臆想着被火燎死的缓慢过程，那是一个无以名状的黯淡问题。

五妄和澄子还没有看够，炎之族的成员便纷纷站起身来，举着火把又梦游般上路了。低回的歌声在队列中哄哄响起：

暮云叠夜云啊，明灶堪堪耀地窟！

世世复代代啊，何年才得见天日！

寻寻又觅觅啊，天堂仅存于心意！

# 七　水

且停且行，炎之族进入了九十九号折返线。忽然，四五支火把毫无预兆地相继熄灭了。一股阴风吹过五妄脸颊，隧道深处又响起了不祥的“呼呜、呼呜”声。大家疑惧地停下脚步。

刹那间，左前方一大片围岩开花般崩裂，一股水喷射而出，浇灭了一整排火把。后面的人赶紧往回跑，但地下水立刻跟过来灌进隧道，吞噬了人群。澄子拉着五妄跃上洞壁上的一个信号箱。

这时，整孔隧道已被洪水淹没，尸体快速地打转流过，其中有炎之族的首领压浆。在水的怀抱中，火把一个接一个如被驯服般熄灭。五妄松了一口气。烈火因失控而焚世的可能性不存在了。澄子却是一脸忧虑。

洪水就快涨到五妄与澄子的脚面了。澄子紧紧拉着五妄的胳膊，担心他掉下去。他们开始害怕黑暗或会重新降临。五妄想，如果这种情况发生，他就只能依靠脑波雷达独自逃命了，澄子，就顾不上她了。

这时，围岩后面的怪声已来到近旁。十几米开外的岩体又一次粉碎性破裂，一个巨型金属物体探出头来。它周身放电，红光闪闪，浑圆躯体的直径，相当于三四个五妄的身长。它的头部滚动的一圈环形刀齿，正飞舞着把岩石打成碎片。它从岩层中探出虬龙般的身子，灵活地凌越水面，横穿了隧道，一俟接触到对面的围岩，便又用锋利的刀盘开挖起来，很快就全身钻入了。它的身后则留下一段新鲜的导洞。

“隧道掘进机！”澄子大脑中一段断裂的知识链刹那间连通了。

前人类遗留在隧道中的巨型盾构类机械，其计算机中枢在无人监控的情况下，自主演化出了智能。那些仿佛是自动生成的隧道，便是它开凿出来的。

孤独的隧道掘进机经年不断、含辛茹苦地打洞，也许是受着被压抑的本能或者回忆的驱迫吧。它像老鼠一样，大概是生活在过去时光中的家伙呢。这孤独的生命也是在探寻“上一个世界”或者“天堂”吗？

五妄和澄子屏住呼吸，倾听着它呼啸而去。

然后，澄子带着五妄，爬入隧道掘进机刚刚打出的导洞，通过它才侥幸逃离了洪水。而炎之族则整个覆灭了，黑暗开始光复。

## 八　机车

不久，他们遭遇了轮之族。后者正在招兵买马，声称要到世界尽头

去。澄子认为，所谓的世界尽头，便是接近于“天堂”的地方。这些人的想法虽然古怪，却值得重视。在澄子和老鼠之外，竟还有人类在思考世界的结构，五妄对此感到诧异而好奇。

轮之族相信，只有重新起动隧道中的机车，才能进行一次史无前例的长征，到达那已被人类忘怀的神奇地域。在许多部族的存在意义仅限于进食和睡眠之时，轮之族的每一个世代都在为实现这个计划而忘我工作。

“嗨，加入我们吧。”他们的首领，一个名叫新奥的年轻男人，鼓动五妄和澄子，“去到世界尽头。”

“到了世界尽头，又将怎样呢？”

“就可以到站下车了，那本是我们要去的地方。”

五妄捏了一下澄子的手。他因为新奥的年轻与活力而感到有些压抑。他希望澄子说出“天堂”，来压压他的傲气，但澄子什么也不说。

“也只能到达世界尽头了。”澄子装作老成的样子，暧昧地笑着表白，“最终是绝路。”

“嗨，本来就是要走上绝路嘛。”新奥悲壮而坚韧地说。

五妄想，为着一个绝望的理想，大家世世代代满怀希望地工作着，澄子会不会就欣赏这样的英雄呢？

他有些紧张，便小声问：“然而，真的还有可能重新开动那些废弃在区间隧道中的、载满破碎骷髅的机车吗？”

“马上就有分晓了，多少代人的努力不会白费的。”

新奥以一本不知从何年代流传下来的、名为《读书》的破旧技术手册为指导，率领人们为修复整流机组而忙碌，甚至敌对部族的人也来帮忙了，其中有硕果仅存的所谓知识传袭者。车厢已被清扫干净，骸骨都被搬运走了。在站台西端，一个势力明显的物理场律动着，发出让人头晕恶心的“嘶啦”响声，那是早年间被称作变配电室的地方。

最后，机车终于被发动起来。随着主变电和牵引供电系统的贯通，黑暗而恒温的空间中发出“啪”的一声响亮。

这一刹那，有比赤焰更为明亮的事物诞生了。与火舌那自我束缚的半固定形态不同，这新创物是完全自由不拘的无形流体，瞬间侵彻了整个车厢和隧道。五妄身旁的一群人立时被光线的瀑布击倒，后脑触地，当场死亡。意志坚强的人，面色惨白地坚挺着，眼珠在眶中急速地倒来倒去。

原来，世界是不能以最清晰明白的方式去看的。人类的眼睛已不能承受远比火把还要激烈的一级人工照明。

但五妄幸存了下来，除了前一阵已适应过火光之外，弱视的现实救了他的性命。

然而，澄子的眼睛被这光线整个地铲瞎了。她的惨叫声，在五妄听来，像是一只老鼠被开膛破肚。他立时对她感到厌弃。

他想，轮之族其实应该采取渐进的办法，积久的黑暗是不能在骤然间被悉数驱退的。相较之下，炎之族就要温和得多。

“我们也想亲眼看看将要到达的地方啊！”失明的人们哭喊着，向新奥提出了唯一的要求。

“我大致还能看见，请允许我来转述沿途所见的实况吧。今后，就请称我为转述者吧。”新奥也有些慌乱，深感负疚地说，又为自己在关键时刻作出了充当转述者的决定，而有些得意。

五妄不安地想：如果需要，新奥是否会下令让他搭一把手呢？

# 九　转述者

新奥、五妄，以及其余一些尚未被电子镇流荧光灯彻底破坏掉双眼的人，挤在狭小的驾驶室里，试图共同完成驾驶机车走上绝路的任务。

新奥搬动一个手柄。立时，显示屏上，跳动起文字和数字：牵引一级、牵引二级、牵引三级……最后直达牵引六级。速度则从零公里、一公里、五公里……一直跳到六十公里。

“长征”开始了。的确是风驰电掣，人类还不曾有过这番经历。五妄目瞪口呆。列车前灯照出了满目疮痍的幽深隧道，连同无法缝合的断续岔线，在暗淡的一潭潭积水中，如内脏外露的死兽般扑面而来。而丛生的电缆管路和指示标牌则如同青色乱苔、刚毛一样挺立。信号灯被激活了，飘荡起月白和橘黄的茫然眼神。因此，某些人瞎眼的代价，也许是值得的吧？在这场变革中，视觉作为一种资源，占据了权力中心，而转述者新奥的地位已然得到了巩固。

“突破一切阻力，向纵深挺进！”新奥两眼发红，双臂乱舞。

他刚说完，边上便有人恭敬地重复一遍，把这话一人接一人传到每一节车厢。最后，所有人都跟着喊：

“突破一切阻力，向纵深挺进！”

很快，一个站台出现了，却是一片废墟，空无一人。列车开始减速，由牵引六级变换成制动七级。“咔呲”，车体猛地刹车，便停住了。一多半车门“哗啦”打开来。

转述者向大家描述站台的景象：“看啊，一个等待重生的世界！看那些一尘不染的壁画，看那些铅华尽洗的雕塑！那么多的候车人，在热烈期盼我们的到来，等我们来搭救他们，等了好些个世纪了！现在，大家终于可以上车了。喂，喂，请不要拥挤，先下后上，请往车厢中部去，那里比较宽松一些！”

五妄大骇。因为并没有一个人上车，也没有人下车。他不禁紧紧搂住澄子。转述者面容狰狞。尚存视觉反应的其余人都不敢说破，只是把新奥的话原封不动传下去。

“上客”完毕，列车再次起动加速，并进入稳定匀速。很快，又抵达了下一个站台。除了一条岩蛇在懒洋洋地游走，这里亦无任何生命迹象。但转述者只是呼喊：“看啊，那么多人朝我们走了过来。请鼓掌欢迎新乘客的加入吧！瞧，这都是些什么样的朋友哇，鱼形人、树形人、蚁形人！分隔太久的兄弟姐妹，终可以团聚在一起了！让我们摒弃差异，携起手来，战胜困难，一起朝着共同的伟大目标前进吧！”

五妄嫉妒地猜想，新奥看见的事物，也许与旁人眼中的并不一样。人工照明不仅开发出了个体的视力，还使其呈现了不同的域区。以前就听年纪大一些的人说过，有的车长能用脑波扫描出游荡在隧道深处的鬼魂。

“真的有人上车来吗？”澄子着急地问，“我怎么听不到响动？”

五妄感到正在朝无以逃脱的毁灭逼近，便像要噬人一样俯在澄子耳边，仿佛是新奥无可奈何的帮凶，恶声恶气低声说：“是的，的确是这样！你还怀疑什么呢？有许多人正在上车。不分部族，不论善恶，不辨形体，不管死活，大家都可以去到你说的那个天堂。你就放心好了。”

“我看不见了。我听你的。”从没有这么温柔而可怜过的澄子把一颗轻盈的头颅靠住五妄矿石般的胸口。他一阵哆嗦。这时，男人感觉到大脑深处有一根发条起动了。记忆像经线，遗忘像纬线。不知不觉中，他也真诚地相信起转述者的描述来了。

# 十　死

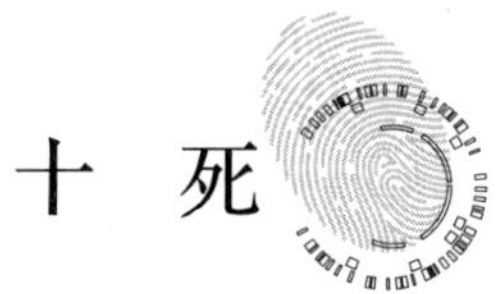

又一个站台出现了。数千名枯骨模样的男女黑压压地云集其上，见着列车进站便放声欢呼。

忽然，队伍前排十几个像是没有面孔的年轻女人纵身跳下钢轨，一瞬间之后，血水如鲜花连声“噗嗤”着在车头前方不断开放。

转述者抹了抹溅上脸膛的血，尖细地发出了非人的声音：“看那，就在正前方，展开了由无数新星系诞生而吐蕊的万丈霞光，美妙极了！”

话音未落，却传来“嘭咣”一声。五妄看见站台上射出一道弧光。原来，所谓的候车人尽皆诱饵，此时，全息幻影悉数不见了踪迹。而隐蔽在静压室和屏蔽门后面的几座炮台，则开始了射击。

五妄意识到，列车误入了狼之族的设伏。这是一个比龙之族还要险诈的、通过控制盖然性而掌握了身体变形技术的部族，在黑暗世界拥有强大势力。他们利用原子的震颤率设置了各种迷幻通道，以诱猎同类。

实心的石头炮弹击打在机车上，砰砰乱响。忽然，有炮弹命中驾驶室，从蒙皮破裂处侵彻而入。石头飞旋着爆崩开来，尖削的碎片击中了转述者。他开怀大笑，绕着腰轴转动了一百八十度，身体折断成了两截，就此死去。

“转述者！”

“新奥！”

“引路者大人！”

人们哭叫。五妄想到车长十七世死亡的一幕，便赶忙把手指放进嘴里，拼命吮吸起来。

这一次，列车没有停下来，它加速通过了危险的站台。车体两侧“吧唧”喷涌出飞沫般的烂银流光，以及“嗤啦”闪烁着紫色雾霭，那是空气在活塞般的车头前方压缩，并受到列车运行产出的高热挤压，所挥发出来的各种有机化合物。

驾驶室里血肉模糊。幸存者在号叫。澄子在哪里呢？澄子也被击伤了。五妄心情矛盾地抱住澄子，胸膛贴紧她快速起伏的乳峰，恐慌地回忆着他们以前在一起的情形……随后，她的心跳开始变慢，仿佛沉入了一条由矿石与腐尸汇聚而成的暗河。

“大爆炸、大爆炸……”澄子不住地念叨，瞎眼中渗出黑色的血水。

五妄用指甲猛掐女人骤然间僵硬起来的肌肉，试图使她转移对死亡的注意力，也仿佛只有这样，才能安抚自己的畏惧之心。

“不要紧的，乖啊。一切会好起来的。”她嘴唇一片青绿，却反过来安慰五妄，“仔细保护你的眼睛吧，不要再到处乱跑了。”

——保护眼睛！五妄第一次听出了澄子心底最隐秘的绝望。或许，她其实从来没有相信过有关“天堂”的假说？可她却一直在他面前伪装出追求真理的诚意。五妄心中忽然对澄子生出感激。

这时，他看到前方铿亮的钢轨间，连续起伏着如崩岩般跳纵的数列身影。那是高速奔跑中的鼠群。它们正被机车前部的气压催逼，拼死也要追上黑暗，却被杂散电流击打得如踉跄的醉汉一般。

五妄预感到危险，便抛下澄子，独自离开驾驶室，躲进了后面相对安全的车厢。

## 十一　战场打扫者

失控列车的车厢中，照明熄灭了。机车用惯性余力冲过几个站台后，便沉沦进了复被黑暗完全统治起来的地下王国。忽然，“哐当”一声巨响，它撞上什么，便停下了，或许到达了世界尽头？一些尸身被震得飞起来，还没坠落便发生了解体。但车门居然自动打开了，一些伤者爬下去，拖着一段段残缺不全的躯干，号啕大哭着钻进了漫漫长夜。

五妄也想逃离，却看到列车被一大片水流星似的泛滥亮光包围。满是毛边的光弧勾勒出了人类的幻象轮廓。不是火把，也不是灯具，是一些进化出了身体发光本领的人类。

这个部族全由女性组成。她们体形高大，脸庞、腋下和胸脯长满长毛。她们的头上，扎着高耸的双髻。她们鼻孔很大，手脚很大，额头也很大。她们拖曳着膨胀得发亮的胯部，在岩石间无比灵活地攀越和跳跃。她们呼啸着，吹着打孔石头做的笛。她们都文了身，脸涨得通红。由于皮下化学物质的作用，她们通体都会发光，如水晶一样璀璨，犹如一盏行走的大灯笼。

在凄厉的笛声中，女人们骂骂咧咧地拥进车厢，用页岩般的大手麻利地翻检并搜寻。五妄早就听说，在隧道世界里，有一些女人是杰出的战场打扫者。

五妄未能逃走，活着的男人都成了发光女人的俘虏。她们把他们带到一个新的站台。在那里，她们占有了他们。

## 十二　德里达部族

女人属于一个叫做德里达自治体的部族，五妄所乘的列车撞上了女人们用作储藏室的一节废弃车厢。她们的主体营地是一个跨岛式站台，吊顶和龙骨还算完好，并与另一个更大的地下空间贯通。那是一处尚未坍塌的早期人防工程，玻璃钢箱体中储存有水和食物，甚至还有一个处于半运转状态的循环水泵，可以用来处理从高处渗漏下来的雨水。这使德里达部落的文明程度保持在相对先进的位置。

女人们修复了一个车辆检修库，在里面饲养各种动物，包括穴鼠、岩蛇和昆虫。她们进行着奇异的实验，让动物们杂交，试图制造出超乎想象

的后代。她们很热衷于做这工作。掳来的男人被她们占有后，也与动物们关在一起。在这里，五妄还看到了龙之族、炎之族的残余成员。他们也被要求参与到实验中，看能否产下新的物种。但这通常是失败的。然而女人们并不受此困扰，只是耐心而认真地做着事情，以满足她们对生育哲学和进化政治学探求的渴望。五妄发现，她们所遵循的一套义理和程序，也都源于《读书》的教导。原来，这本书在隧道里到处都能找到。

看着女人们忙碌，五妄忽然想起了已被他淡忘的澄子。他觉得，作为同样灵异而有主张的女人，虽然被男人抛弃，澄子也是能够独立活下去的。

德里达部落进化出了严密的组织结构。以族长为中心，形成了一个九人的“综合管理组”，其余女人则被分成“饲养组”“经营组”“行动组”等等。最下层的女人，纯粹作为光源而存在，三五成群地组合在一起，把身体固定在要害场合，负责提供照明。

站台已被德里达部落悉心改造。女人显然是天生的化腐朽为神奇者，她们秉持着积极的审美心态，从最难去到的隧道中捡回了前人类的遗留物，连广告牌碎块也被用来装饰环境。她们利用自动售票机残骸、搪瓷钢板破片和搅拌桩断头，在站台上搭建了一排排小屋，陈列并向自己人出售她们从地下商场废墟中捡回来的各种首饰。

五妄有一种昔日重来的感觉。如同隧道掘进机和老鼠，女人是怀旧动物，没有理由轻视她们。而男人则从与逝去时光相关的细节上，认识到了一种他从不曾思虑过的复合未来。不知澄子如果见到这一切，又会生发出什么样的感慨？五妄有些后悔，他没有早些去了解澄子的思想和意志。

女人们游嬉累了，炫耀乏了，便密密地躺了一地休息。她们粉色的喘息，如同柔顺的五指抚过隧道的坚固根部。这时，她们的孩子开始接连出生，就像千姿百态的妖怪，从底部开裂的、八瓣莲花般的闪长岩中，一个个纵身跃出。

其中，是否也有五妄的孩子呢？

她们的风俗是：杀死男婴，保留女婴。五妄理解这是一种控制人口的策略。

## 十三　祭品

时间一长，女人们放松了对猎物的看管，允许男人在站台上自由活动。五妄有了独立出行的机会，他犹豫着是否要去找澄子。

但是，他被这里全新的生活方式吸引，也耽迷于不劳而获的水及食物。他流连忘返于“首饰店铺”之间，看女人们购物、睡觉、争吵和生育。她们会持续不断地猎获更多的男人回来。

五妄注意到，站台东侧的一块空地被碳素钢丝和“工”字形钢条半封闭围护了起来，那里长满密密麻麻的灰绿色孢子状生物。有一次，他好奇地透过开口看去，见里面隆起一个砖砌体，基座上伫立着一个真人大小的黏土男人雕像。这人有着父亲一样威严的面容，但眉目间又有些像女人，神态略带暧昧；他倚靠在一个锈迹斑斑的十字形金属支撑物，右臂向前上方四十五度角举起，挥手若在指示方向，左手背在身后；他肚子很大，向前腆出，仿佛怀着身孕。这个隐秘处所由一个底层女人组成的六人小组终日不间断提供照明。

德里达部落的女人都集中在同一时刻来月经。每到此时，上层成员便由族长率领，群拥向那男子的雕像，在他面前扭腰送胯表演集体舞蹈。合着阴惨而肃穆的笛声，她们“嚓嚓”鸣叫。她们如同被斩断的蛇蜴，在地上卷缠而翻动，最后，她们纷纷扑上前，抚摸那名异性的胸脯，向他的脸上喷出香水。待到仪式快结束时，她们便向膜拜的偶像，献上一张张人皮。

一次，好奇的五妄偷偷来到雕像前，他发现担当照明任务的女人好像睡着了，对他的大驾光临视若无睹。五妄看到，黏土做的男人，裸露着两条光溜溜的大腿，却没有生殖器。五妄感觉到，男子通体弥散出车长一世时代的某种味道，具有悦人的清香，也隐含绵长的恶臭。

基座上歪歪斜斜地刻有三个旧体方块字：

寂之神

寂之——神！五妄忽然从雕像身上看到了“天堂”的一道裂隙，打开了一瞬，又关闭了。他直觉到，这家伙与车长一世有着密切关联。如果他还活在世间，大概会深得澄子这类女人的喜爱。想到这个他不安至极，有些后悔抛弃了澄子，便又咬起了手指。

基座下放着人皮堆，比它们一块块凝结在原主躯干上时，还要和淳柔迷。但由于置放久了，又涂过经血，部分肤色就有些发黑了，是那种被皮下固体或流质秽物长久接触感染后，所淤积而浮涨的单一之黑。

有一张人皮尤其明媚，五妄看着十分眼熟。

那是澄子的人皮。

眼泪夺眶而出。他颤抖着把它拾起。它是整幅的，剥离的手法具有宗教仪式般的精准完美，从耳郭到脚趾，略无遗漏。因此从手感方面来讲，五妄尚能触摸到澄子怦怦跳动的脉搏。

在澄子麻黄色的头皮上，原来眼睛的地方，裸露出两个漆黑的窟窿。五妄的女人曾通过这里出神注视着，霭霭火光映射之下，岩壁上翩翩起舞的人群。此刻，她却再也不是时空的囚徒了。

## 十四　引路者

五妄才明白自己其实离不开澄子。于是他悄悄跳下站台，向黑暗的隧道深处走去。他为自己孤身一人的冒险深入而大为吃惊，不寒而栗。他才意识到他所属的群体已经彻底消失了。他找到了那列撞毁在“世界尽头”的机车。在驾驶室里，他摸来摸去，结果没有发现澄子。

地板上分布着一些生涩冰冷的东西，是动物的已不新鲜的内脏。五妄拾起一块拳头大小的物质，搂紧了它，呆呆坐在结满血痂的座椅上，做出一副倾听状。他觉得，这应该就是澄子的心脏。

他好像沉没在了深深大海的底部，四周万籁俱寂。时间和空间都不存在了。

不知过了多久，耳边又响起熟悉的“呼呜、呼呜”，把他惊醒。是不知疲倦的隧道掘进机又兴冲冲突进了过来。五妄麻木地感知着，知道它这回是径直朝他靠近。整个车厢都在震颤。五妄一动不动。忽然，机器差不多是从他身旁破壁而出，光焰四射。几节车厢被它掀到空中，撕裂成碎片。五妄被从车体中甩出，重重摔在地上，幸好只是受了轻伤。

隧道掘进机在把机车腰斩后，歇息了片刻，像是在思考新的目标。但它似乎有些累了，这回没有再钻入围岩，而是沿着已经成形的隧道，蠕动着前去。那方向正通往德里达部落的基地。

五妄想了想，跟上了机器。那庞然大物逐渐加速，像被久违的女人气味吸引，癫痴地扑向站台，发出愤怒的龙吟。这时它发狂了，风暴一样碾过，建筑物瞬间分崩离析，饲养的实验动物血肉横飞，岩壁上灰绿色的菌株一层层塌落下来。

女人听见动静，都跑了出来，却不害怕，只是兴奋地站成一排，迎向这奇异的来客，大跳悦人之舞，仿佛等来了“寂之神”的使者。掘进机见状，迟疑一下，稍做停顿，便用整副身躯朝她们当头压去，截齿与刀盘淫迷地转至极速。刹那间，闪射着红光的多毛肢体、脏器和血雨，连同《读书》的碎屑，纷纷扬扬飞上半空，又被机器收入了它身后的载碴拖车。掘进机大概是在试图模仿它早年间无意中目睹的人类犯罪者角色，连五妄都感到了它孩子般的兴犹未已。

而女人们显然在这一刻得到了解脱。

掘进机在完事后，却不想停下不走，显然是并不屑于耽于此番享受，而是要继续明晰自己的确定目标。它小心翼翼地避开了“寂之神”的造像，粗鲁地吼叫着，重新挖开了一段围岩。掘进机是迄今为止最为务实的存在。

就在这时，五妄看到了鼠语者。老鼠拖着沉甸甸的身体，边喘息边迈着小步跑过他的身旁，越过德里达部落全无人息的废墟，在熠熠生辉的掘进机后面亦步亦趋。五妄心念一动，抱着澄子的一颗心脏，连忙跟了上去。

掘进机、老鼠和人，形成了一种貌合神离的组合。五妄感到这里面有着智力的落差。他察觉到，老鼠与掘进机一刻不停地在进行交流，而他不能。鼠和机器同时向对方发射出电磁波，用一种人类所没有掌握的语言，议论着一个形而上却又颇为现实可感的问题。

——掘进机，其实才是引路者吗？经过多年来孤寂而沉闷的探索，它好像终于发现了通往“天堂”之路。

很快，五妄便看到，更多的老鼠从岩石和土壤中钻出来，抖擞精神跟在鼠语者身后，形成了旷世未见的壮观行军大队。每一只老鼠口中，都叼着一个火把。

五妄紧紧跟上它们，感到老鼠的心脏好像就在自己的胸腔中跳动。

掘进机吼叫着突破岩层……不知道过了多少时辰，它停下了，身上的红色灯泡和橙色管线不再闪烁，似乎这一次再也没有力量前进，恰到好处地耗竭了长效原子能电瓶中的蓄藏，如轮之族一样，终于完成了世代的使命。

掘进机用生命余力打通的最后一段隧道，连接着一个位于软弱破碎带的空敞地厅。其岩壁上分布着十几个隐约的人形凹穴，几处尚未脱落的界面上排列着复杂的仪器和开关，裸露出电缆线接头和阀门把手。接近吊顶的地方有一个带万年历的石英晶体母钟，连接着一套子钟驱动器，竟然仍在运行。那上面显示的年月日时，让五妄看了如坠雾里。

这个地方，大概便是早年间的主控制室了。鼠语者也看呆了，但很快便心领神会，上前用前爪按下墙上的一排电钮，凹穴便朝外开启了。从围岩深处露出来一个个玻璃瓶，那里面蜷缩着古老的人类，都浸泡在温度极低的绿色液体里，去除了毛囊的脑袋上连结着电极。他们的新陈代谢已暂停了。他们再这样睡下去，就要与岩石融为一体了。

已能在小范围内利用自身生物能量控制电磁场的老鼠，凭借心灵感应力启动了一台前人预置的解码机，慢慢唤醒了冬眠者。复活过来的十几个古人形体枯焦，从瓶中吃力地爬出来，仍然闭着眼，僵尸一般模样，亦不与解救他们的鼠类对话，便一跳一跳，受着程序驱动一般，熟门熟路地走进了地厅另一端的一孔导洞。

导洞连接着更多的隐秘隧道，是生活在地窟中的生命体从未抵达之处。何去何从，寻常人难以抉择。但僵尸人有着辨识迷宫的本领，好像是受命于体内的“回家”召唤，无不从容而行。

老鼠越聚越多，悉数屏住呼吸奋力爬动。千万只老鼠发出巨大而一致的声响，由于共振的关系，后方的隧道在它们过去后，便轰然坍塌，阻绝了回路。

前方的隧道中首次出现了坡度。澄子的心脏，在五妄手中挣跳了一下。

# 十五　人鼠之战

地形越来越陡峭，也变得规则，可能是台阶，地面则凌乱散布着销钉和网线。五妄甚至看到了一段接近完整却已停驶的自动扶梯，通向险峻的高台。传说站台之上还有地厅。经年习惯的二维布局被打破了。僵尸人脸上露出近似得意的诡笑，双腿并在一起往上蹦跳。老鼠身贴身挤成一股股洪水向上涌涨，很快就一泻而尽了，只留下一堆堆在踩踏中当场死亡的鼠尸。

刹那间便什么都走空了，突如其来的死一样的寂谧让人格外害怕。五妄意识到，或许就要接近真相了。他迟疑一下，也准备循着扶梯往上爬，这时，就又看到了鼠语者像老人一样屈身坐在扶梯中部的鼠尸堆中，身旁燃着一支红猩猩的火把。五妄期待地迎上前，鼠语者却正色对他说：

“你——不能——跟着。”

“那上面，便是天堂吗？”

“我——想——是的。”

“我，可以和你们一起去看一看吗？”

“不——行。”

“为什么你们能去，我不能去？”

“那世界——不属于——人类。”

这时澄子的心脏忽然狂跳不止。五妄要紧紧捏住，它才不会挣脱逃掉。澄子是要急着上去吗？这女人即便成了怨鬼，也一定要打消心底的不信与疑虑，找到那个终极的答案吧。

“不管属于谁，我都想上去看看，在下面待着，可不是一般的苦哇！”

五妄近乎咆哮起来，像是在替澄子鸣冤。老鼠无法再做谦谦君子，复原了兽的本相，眼冒凶光，朝五妄扑过来。它的神情中充满对人类的不屑。这是它长久以来借助黏土层的掩饰而压抑着的真情实感。人类只是它为了完成进化，而加以利用的工具。五妄明白了这个，满怀嫉妒和怨恨。

鼠语者是鼠类的引路者，而鼠类将是人类的顶替者。类似于澄子之死这样的结局，便是由这个意外嫁接在时间断茬上的分岔历史来决定的吧？

老鼠滞重的身躯压向五妄，把他推了个跟头。但他马上就一翻身爬了起来，看见对手正龇出獠牙。鼠语者跃在半空中，一口咬下来。五妄本能地伸出胳膊去迎，整个上臂完全塞入它的嘴里。一排鼠齿扎入皮肉，鲜血涌流。这时，五妄深陷的五根手指已经痉挛失控，澄子迫不及待的心脏就从掌中溜走了，“咕噜”一声径直掉进了老鼠的咽喉。

鼠语者“哦”了一声，神态大变，两颊绽出青紫。它的呼吸逐渐困难，两只前爪猛挠胸口，嘴巴便把五妄松开了。老鼠的身子往后缓缓跌去。这时五妄才发现它其实也是营养不良的，它的身躯像人类一样浮肿发黄。老鼠对这样的结局显得有些吃惊，但它的表情慢慢就变成了自卑的模样。它抿紧嘴唇，苦笑着倒在了火把旁。

——毕竟是老鼠。从前，它们也许是被人类驯化的，甚至可能就是从德里达部落的某个实验室中跑出来的。而其祖辈或许也曾与五妄族谱上的某位先人，进行过类似于开创性的基因交换。

然而，此时被澄子最后一次挽救了生命的五妄，心中却满是被抛弃的遗恨。他两手空空，大哭一场。澄子的心脏，淤塞在死鼠的气管深处，短时间里便被动物腥臭的气息污染了。他还能带着她去到“天堂”吗？

## 十六　上面

最后，五妄放弃了把老鼠剥开、取回澄子心脏的想法。他强忍住呕吐、昏睡和自杀的欲望，吮吸着带有澄子和老鼠肉体余味的手指，一个人继续上行，要去看个究竟。所有的老鼠早已走不见了，但道路依稀还在，已快被鼠类的排泄物堵塞。五妄不得不爬行。

逐渐地，他嗅到了新鲜泥土的气息。随后，他又一次感受到了光线的压力，这却与火把、隧道灯光及人体泛光大不相同。它的冲击力是穿透而空前的。

在出口处，躺着几具僵尸人，仅剩骨架了。他们是被老鼠咬死吃掉的。他们短暂的引路使命终结了。这便是从那个不知名的时代，人类中的先知先觉者苟延残喘到如今，所要执行的唯一任务吗？五妄庆幸自己及早放弃了引路者的身份。

沿着老鼠走过的路径，五妄跌跌撞撞地升入了“天堂”。他觉得并不是自己要上来，而是被一股看不见的力量操纵而至。这事早已决定了。呼吸惯了地下过浓的二氧化碳，在这里吸入的第一口空气几乎使他窒息。他睁大模糊不清的眼睛看去。

平行搁放在隧道世界之上的这个世界，空旷而明亮。再没有围岩的重重限制，一望无际的原野朝着没有边界的方向，三百六十度无拘束奔去。抬头观望，不见有压抑的混凝土顶板。柔软的虚空中涌动着白色和黑色的浆液状软体，一群群光点间杂其中，飘来荡去。毫无依托便从四面八方投射来的橙色光芒，呈极端的整体性状，与地底的黑暗恰为对照物，使任何生命都无法凭一己之力摆脱。

过了很久，五妄才适应了一些。他隐约看见了，接近地平线之处，立体地高耸着许多钢架一般的繁复结构。上面像蜂窝一样缀着一串串赤黑的巨型合金球体，球体周遭不时被暗绿的电荷光环绕，这些丝状的火焰又沿着钢架流下，注入地面上隆起的一个个有着光洁外壳的穹形堡垒。

实际上，有几千处钢架结构，彼此独立，突入高空。它们之间又由延伸出来的管状桥梁相连，好像是地下的隧道被剥离下来，重新拼接后置放在了空中。坚硬而透明的管道中奔驰着彩色的条状单体，使五妄想起行驶在地底的列车——有时它们也会钻出管道，在气流中穿梭翱翔吧？

五妄仿佛看清了真实世界的一切，却又什么也没有看见。他比在黑暗的隧道中还要不明白。

而在接近五妄所在的隧道出口的地方，却是一片废墟，是地下世界里也能见到的混凝土残垣。这使五妄感到一丝宽慰，却又不解。但五妄没有发现任何类似于钢轨的存在物。“天堂”怎么是这样的呢？

在这一带，有一些矮矬的身影在晃动。那是刚刚摆脱了旧命运的老鼠。它们顾不上理会五妄。在崩坏的砖墙下，一些怀孕的母鼠已经安家落户，睁着亮晶晶的眼睛，卧伏着一动不动。另一些成年公鼠却耐不住，成群结队，朝着远方的钢架结构和球状物嗖嗖跑去。

“天堂”大概真的不属于人类，但它是为鼠类回归而预留的吗？后者大概才是早年间从“天堂”里被逐出的纯正子民吧。

五妄内心交战着：是留下来，还是返回去？

## 十七　异族

然而，关于“天堂”不属于人类的假想，很快就被证明可能是一个谬误。

五妄身边刹那间围上了十几个人，仿佛是骤然从一个虚无世界里空降下来的。不用仔细看，就知道是另一种人类，不同于五妄和澄子，不同于隧道世界里的任何一部居民。他们的身躯要高大壮实许多，貌若天神，都把自己包裹在一尘不染的精美白色服饰里，局部裸露出来的皮肤闪着金色光芒，瑰丽迷人。气质当然也迥异，是一律的高贵。五官的分布格局，以及头发的状相，亦与生活在地下的人们不同。他们手里都拿着奇怪的、上面印着五妄看不明白的扭曲文字的细颈玻璃瓶，好像是出于一种习惯，他们会不时喝上一两口瓶里盛着的黑红色液体。

“这里是天堂吗？你们属于什么部族？”

五妄十分紧张，硬着头皮问。反倒是那些人一下子怔住了。由于长久在地下生活，五妄的外表一定变异得十分可憎。

“你们，不是早已灭绝了吗？！”

过了半天，他们中的一个才好像反应过来，用五妄听不懂的语言，发出一声困惑的低沉嘶鸣。很快，又来了一帮人，试图与五妄对话，却发现已难以达成沟通。不过，他们还是迅速确定了五妄的身份。

“真是不可思议啊，在这个世界上，他们竟然幸存了下来！生命力可真够顽强的。”

“是啊，若不是亲眼所见，的确很难想象！但他们究竟生活在什么地方呢？在这个世界上，还有什么地方能为他们提供生存空间呢？”

大家十分震惊，个别思维活跃的人也许在想，是否应该考虑建立“活化石保护区”，还是……

“你们到底是什么部族？啊？”五妄绝望地嗥叫，“你们是生活在上一个世界也就是传说中的天堂里的人类吗？快说话呀，连老鼠也与我交谈的！”

但“天堂人”始终只是略带尴尬地浅笑着，不回答地窟人的任何提问，似乎他们之间已没有对话的必要及可能，也仿佛五妄使用的语言在这里早已一无是用。

他们用猎奇的目光，从头到脚一遍遍地打量五妄。偶尔，某个人会小心翼翼地伸出一把镊子，轻轻拨弄一下他的眼睑、鼻孔和生殖器。五妄赤身裸体，脏兮兮的，跟一只被剥光的老鼠没什么两样。他羞怯着不敢看“天堂人”，像感到寒冷似的不停筛抖。他觉得自己正在萎缩，变得越来越小，仿佛快要从世界上消失了。然后，又有人举起手中水瓶，把黏糊糊、黑油油的液体慢慢浇到五妄头上。水顺着脸颊流过嘴角，五妄咂到一股恶心、滑腻而腥甜的味道，心中的某种欲望被激发出来。这时，“天堂人”的笑容变得淫邪了。

五妄忽然醒悟到，围观他的人并不是异族，而他本人，其实才是异族。他惭愧地低下头，又一次吃起手指。

# 十八　深窟

忽然，五妄颤栗得更厉害了。他看到，他和“天堂人”的前后左右，不知什么时候，围上了一圈老鼠。然后，是第二圈、第三圈……

很快，就数不清有多少个同心圆了。亿万只老鼠，铁锢一样紧紧包围了众人，排山倒海的磨牙声使天空中颠沛的几何图形也倾斜着摇曳了。脚下的岩石圈里发生了一连串低烈度地震。

打头的，是新一代鼠语者，它开始说话。不过不是地窟人的语言，也不是“天堂人”的语言。它带领群鼠大喊：

“克——里——兹！”

“克——里——兹！”

“克——里——兹！”

这时，天空中闪起了花花绿绿的放射状电弧，如同混凝土衬砌上产生的千万道裂缝。明亮的光线骤然消失了。混沌如浓雾的黑暗一波接一波互相冲撞，发出大型金属构件粉碎解体的巨响。崩溃后的垃圾渣子又经过拆分组合，最后纠集成亮熠熠的幽灵般的浆液大军，无足无手、无首无尾地蹈空默然滑移，让人浑身卑小着冷透。

天幕的后面，有一种“呼呜、呼呜”的声音在穿行，与隧道掘进机的嚣叫如出一辙。一道几万公里长的蓝绿色光炬如巨龙飞翔，由数不清的、尖细的十字形微观火苗构成。闪光一旦接触地面，便有岩浆受激喷出。这才是货真价实的地火。

忽然，澄子的心脏，被这火流啪地抛射出来，翻着连串的筋斗，一声不吭就跌入了宇宙的窟底。

光影之下，刹那间，五妄隐约看见了更辽远的世界，无数的世界。那些他此生无法搭乘的、在时空内径中飞驰的银河列车，正一列套着一列，在真正无际而绝冷的黑暗中赶路。

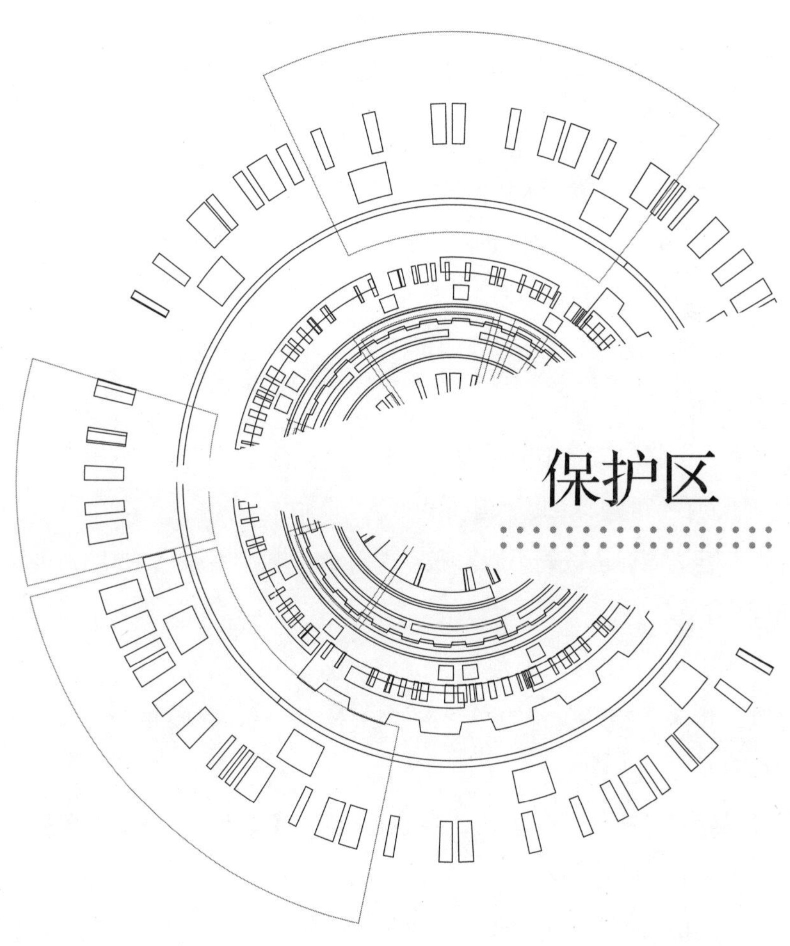

# 保护区

孩子们躲在门外，看着大人们忙进忙出。

“我家就要搬了，你家什么时候搬呢？”铅环对好朋友吹痕说。

“听爸爸妈妈说，我家不搬。”吹痕一脸的不高兴。

“干吗不搬？搬家可好玩呢。那就可以坐小熊星人的大飞船了。你坐过那种大飞船吗？”

“没有。”吹痕羡慕地咂咂嘴，“不过，听爸爸说过，小熊星人就是坐那种飞船到我们地球来的。飞船好大好大。”

“那你赶快催你爸爸妈妈搬家吧。我们一块儿到保护区去，就又可以在一起玩耍了。”

吹痕沉默了，神态像个小大人。铅环一时不知说什么好。

这时，传来了铅环爸爸的声音：“铅环，快点，我们要走了。再不走，就赶不上大飞船了！”

铅环只好遗憾地看了看好朋友，说：“得，我要走了。我们在保护区等你。一定要来啊！”

吹痕努力挤出一个笑容，说：“再见了。你们慢慢走，我一定会来找你的。”然后他就慢吞吞地回家去了。

铅环忽然觉得眼眶湿漉漉的。他和吹痕有八年的友谊了。

小熊星人的大飞船就停在地球人原来的飞机场上，不过，现在根本找不到飞机的影子了。飞机都被小熊星人拽起来扔进了大海。

飞船闪闪发亮，涂着稀奇古怪的棒状星系花纹。大队大队的地球人正蜗牛般走进船舱，不少大人都带着铅环一样的小孩子。

“爸爸，到保护区要飞多长时间呢？”走进船舱，在座位上坐好，铅环好奇地问。

爸爸正在帮妈妈系保险带，听见铅环问，侧过头来，说：“啊呀，听说要飞三年呢，到那时，你也快长大了。”

铅环心想，要飞那么久啊，到那时，他还能认出吹痕吗？

正想着，轰的一声，飞船起动了，把地面刨出一个十公里深的大坑，腾地飞上了天空。

铅环四顾，见船舱里坐满了地球人，有好几千人，一个个沉默不语。有几个蛇状的小熊星人在过道上嗤啦嗤啦地巡游。

地球越变越小了。家园永远留在了身后。想到吹痕一家还待在那儿，铅环又伤心了起来。

“爸爸，为什么吹痕他们不跟我们一起走呢？”

爸爸不说话。妈妈说：“因为小熊星人没有发给他们登船证。”

吹痕这才注意到，自己的胸前，佩着一个磷光闪闪的金属牌，跟爸爸妈妈和其他乘客胸前的一模一样。

“为什么发给我们登船证，不发给吹痕他们呢？”

“因为他们没有通过测试。”

“什么测试？”

“就是智力测试。那天，咱们不是去过吗？”

吹痕记起，在小熊星人的一个基地里，一台闪闪发光的仪器对一家人的大脑进行了反复的检测。

“他们留在地球，会怎样呢？”

听到铅环这么问，妈妈变了脸色。爸爸不说话了。

铅环拉着爸爸的衣袖：“你说话嘛。”

爸爸吼了一声：“不要问了！”

这把铅环吓坏了。

飞船很快掠过了月球，那上面也有外星人的基地。

曾经有过那么一段时间，铅环还曾梦想着到月球上去旅行。人类登月，在小熊星人来到之前，就已经实现了。

但小熊星人在月球上建立基地后，便不准人类上去了，铅环的梦想便破灭了。

后来，等到小熊星人在地球上建立基地后，情况就更糟了。为了修建基地，小熊星人要求附近的地球人统统搬走。大家只好背井离乡。

铅环他们，便这样从亚洲搬到了南极。

但这还只是前奏。据说，很快，小熊星人便要全体移民到地球来了，到那时，地球上便没有人类的住处了。

地球人进行了反复地恳求，最后，小熊星人才答应派来几百艘大飞船，挑选一些“优秀的”地球人，把他们转移到遥远星系中的保护区去。

很早以前，铅环便在科幻小说中读到过人类移民外星的描写。现在，这个愿望终于实现了。

外星人是多么的富有人情味啊，只是，他们的资源也有限，不可能把每一个地球人都转移到保护区去。

小熊星人继续在飞船过道中游动，铅环不住地偷眼看他们，十分好奇。过了一阵，他趁人不注意，情不自禁地离开座位，朝一个小熊星人走了过去。

爸爸妈妈吓坏了，赶紧拉住铅环，这时，外星人用它头上那两根淡黄色的触鞭，碰了碰大人的手臂。像被什么灼了一下，爸爸妈妈的手都松开了。

外星人用柔软的身躯把铅环团在中央，用代音器慢慢说："地球小孩，不要害怕。"

铅环看着外星人可笑的绿色复眼，说："我不害怕。我喜欢坐大飞船。"

外星人说："地球小孩，挺可爱的。"

铅环问："保护区是什么样子？"

"保护区，跟地球一样，有草有树，有山有水，只是小点，非常舒服。"

"你们自己怎么不去保护区？"

"因为地球，更适合我们。我们找它找了很久。"

"可是，吹痕还在地球上呀。"

"吹痕是谁？"

"是一个小孩，我的好朋友。他们家没有得到登船证。"

"我明白了。那一定是因为，检测时发现，他们的智力不正常。他们家是读书人吧？"外星人和蔼地笑道。

铅环吃了一惊："咦，你怎么知道他们家是读书人？吹痕的爸爸妈妈都是大学老师。"

"留在地球上的，都是读书人，跟你们不一样。"外星人说着，把铅环放开了。铅环便回到了爸爸妈妈身边。

三年后，飞船抵达了目的地。铅环也长大些了。

保护区的确如同小熊星人说的那样，有草有树，有山有水，只是没有城市和房屋。

铅环和爸爸妈妈一起，在草原和高山上慢慢过起了原始人的生活。

时光荏苒。有一天，他们忽然觉得，自己原来非常喜欢并适应这种生活呀，这美妙的日子，甚至有一种梦寐以求的感觉。

“但愿像吹痕那样的家庭不要来！”这正是铅环的爸爸妈妈此时的想法。

大家都很感激小熊星人做出的安排。

偶尔，铅环也会想到他的好朋友，便呆呆地把目光投向天空，期望新的飞船到来。

飞船的确一艘艘陆续降落，但走出来的人中，始终没有吹痕一家。

新来的人里面，有乞丐、小偷、强盗，但就是没有读书人。

后来，连飞船也不来了。

这时，先期抵达的地球人才松了一口气。只有他们自己知道，为什么会松这么一口气。

再后来，铅环也不去想吹痕了。

当地球上所有的“智力正常的生物”都被搬迁到保护区后，小熊星人便在太阳系那颗蓝色行星上开始了全面灭绝行动。

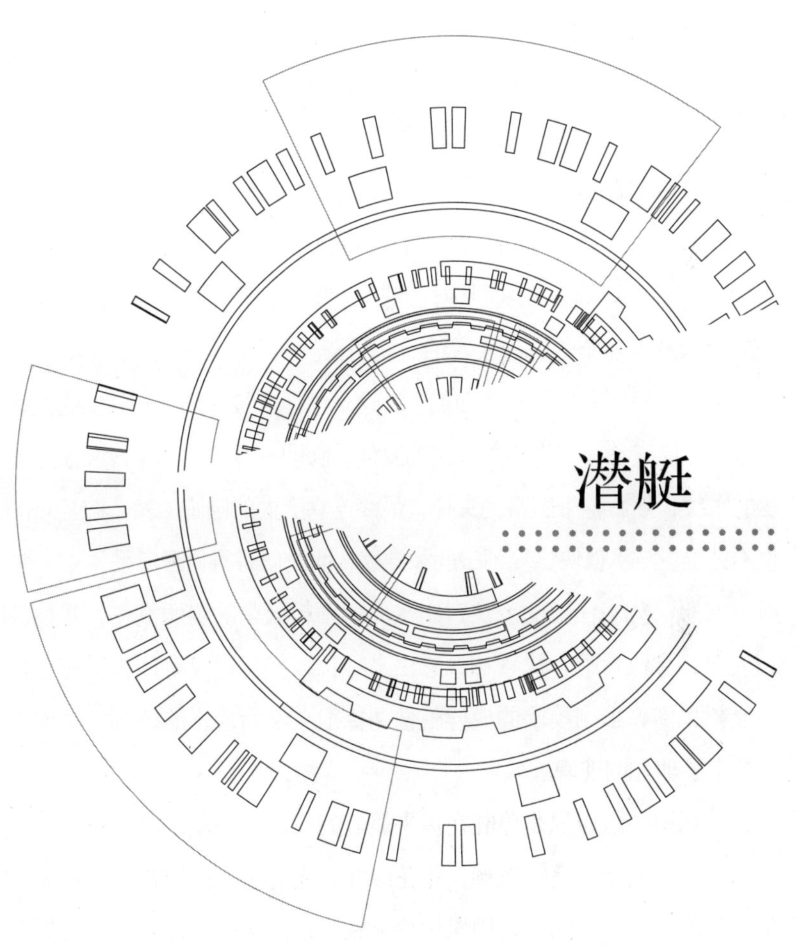

# 潜艇

小时候，应我的请求，父母会带我去长江边看潜艇。潜艇是沿着江水，成群结队来到我们城市的。听说它们中的一些也来自长江的支流——乌江、嘉陵江、汉水、湘江等等。在我眼中，这些潜艇密密麻麻的如同昆虫，又仿佛万千段的黑云从天宫坠落，让人害怕而又兴奋。

有时，某一艘潜艇会忽然从水面消失，这是最让人惊叹的——其实它是在潜水，先慢慢悠悠晃动一下那不可思议的躯体，随即一寸寸往下隐没，激起复杂而诡秘的水纹，然后整个艇身消失掉，最终连它上面的圆圆的像个瞭望塔的小楼台也不见了。江水很快恢复了宁静和神秘，而我已看得目瞪口呆。

有时，潜艇又如水怪似的忽然冒出水面，顶起大朵的艳丽浪花，我便会扯着嗓门大叫："快看呐，快看呐，它出来啦！"但父母没有什么反应，他们的神情显得呆滞，那副萎靡的模样就像两株很久没有浇水的植物，仿佛潜艇的出现掠走了他们的魂魄。

大部分时间里，潜艇只是停驻在风平浪静的江面，一动不动，艇身上牵了几根细铁丝，晾晒着层叠的衣裤，花花绿绿，还有小孩的尿布。经常能在甲板上见到穿着粗布罩衣的女人用煤炉炒菜做饭，江上远远近近，一片炊烟袅袅。女人们有时也会半蹲在艇边，就着江水浣洗衣物，用木槌在坚硬的艇骨上咚咚敲打。偶尔还能看到老人慢吞吞地爬出舱来，气定神闲，盘腿坐在艇头晒太阳。他们嘴叼旱烟，身边蜷缩着小猫老狗。

潜艇是农民的财产。在城市打工的农民收工后，就回到自家的潜艇上。而在以前，他们只能去到城中村的出租屋，在大通铺上，成排躺着睡觉。那地方像猪圈羊圈似的。现在他们在城市中有了自己的家，那就是泊在江上的潜艇。

在陆岸与潜艇之间，也开驶了专门的轮渡，由农民自己掌舵，把兄弟姐妹们摆渡来往于两个隔离开来的不同天地。晚间，他们都回家后，便是潜艇最好看的时候。每艘艇上点亮着汽灯，如无数窗花一般，晶晶莹莹、神神气气，又像是满江满河落满星宿。这时农民的一家人便围坐在一起吃晚饭。清凉沁人的江风把他们的笑语欢声传上岸，飘入千家万户，制造出城里人不熟悉的气氛。

随着夜色渐深，潜艇上的灯火就一盏接一盏地熄灭了，最后，只剩下港口大楼上打来的探照灯柱，在江面紧张兮兮地扫来扫去，把潜艇如河豚似的身段逐一映现出来。但许多的潜艇就在这时消失了。每俟探照灯荡过一遍，就会发现少掉了好多艘。它们一声招呼也不打，就静悄悄地潜到了水下，好像农民们睡觉时，亦如同水鸟打盹那样要把头插进羽翅里，一定要把他们的家室深埋入江中，才会睡得安稳踏实，避开忧虑，亦远离了危险和不测。去做他们的好梦，而不被城里人惊扰——这就是他们制造潜艇的理由吗？

这常常会使我去猜想长江究竟有多深，而河床上又能安卧下多少潜艇呢？它们那一列列黑乎乎的样子是多么的有趣而诡异啊。但如此想下去，就觉得这个世界未免过于神秘，甚至好像世界之外还有世界，有些东西总是存在于我们意料之外。

总之，不管怎样，潜艇们是在我们的身边同鸟儿一样筑巢了，成了一道众说纷纭的神妙风景。到了早上，它们又披霞兜光，咕嘟咕嘟地一个个浮出来，眨眼之间好像春潮泛滥，溢满江河。这时我又觉得，潜艇多么像电影中外星人的飞船啊。而潜艇与岸边的渡船又开始忙碌了，把精神抖擞的农民送进城里，到工地上开始新一天的劳作。

潜艇来自全国各地。除了我们这座城市，据说在流经其他城市的江河里，乃至海洋、湖泊、运河和堰渠中，也有着它们的群聚。最早的潜艇不知道是谁设计的，传说是农民中的一位能工巧匠，他手工制作出了第一批潜艇。按照城里人的标准来看，那时制造潜艇的技术尚显粗糙，使用的主要是废旧生铁，少数是胶合板和玻璃钢拼制的。

早期的潜艇大抵呈鱼形，有的在头尾部涂了红白色的油漆，鲜明地画上眼睛、嘴巴什么的，少数还描了鳍，显得有几分滑稽可笑，不过也体现了农民特有的幽默感。后来潜艇越造越多，通过每一艘涂画细节的差异，就区分了不同的人家。通常，一艘潜艇可载一户农民，平均五六口人，大一些的可以容纳两到三个家庭。但似乎农民还没有能力造出运载数十人乃至上百人的大型潜艇。城里人曾怀疑这些潜艇仿照了法国科幻小说家凡尔纳在《海底两万里》中描述的原型，说不定在制造过程中还得到了外国人的暗中协助。但后来发现，农民的潜艇与凡尔纳没有任何关系，制作者甚至都没有听说过这个人。大家才松了一口气。

小孩子对潜艇兴趣盎然，但城里的大人们大都对潜艇的出现视若无睹，或是假装没有看见。上学时，我们会在教室里热烈交流有关潜艇的逸闻故事，也撕扯下作业纸，在上面画下它们的尊容。但一本正经的老师们一概不谈论潜艇。他们一旦发现我们在说这事，就气急败坏地走过来，厉声禁止，把同学们画的画撕掉，有时甚至把人也赶出课堂。

报纸和电视上很难看到关于潜艇活动的报道。潜艇的云集就好像与城市的生活毫无关系。大人中的少数好奇者——往往是画家和诗人——偶尔也会来到岸边看看，交头接耳，说假以时日，江河中或会进化出一种新的文明，称作“潜艇文明”，该文明将与世界上已有的任何文明都不相同，就如哺乳动物与爬行动物的不同。

画家和诗人满怀遐想，欲去潜艇现场采风。但农民们似乎从未起过要邀请城里人上艇参观的念头。或许是一天忙碌操劳下来，实在太累乏，没有精力也没有心思招待陌生外人。除了害怕麻烦，农民们也是觉得那样做并不会给他们带来任何的额外收益。他们到城里来，就是一门心思为了打工赚钱，这个目的十分明确。

但说到赚钱，朴实憨厚的农民也没有想到要把潜艇用绳子圈起来，搞成旅游风景区，向城里人收取门票。对于创建什么新文明，他们则更显得毫无兴趣。他们晚上回到潜艇，吃饱喝足后就蒙头大睡，这样休息好了，白天才有力气上得岸来，去各个工地干活，做最脏、最差、最累的工作，拿最低、最少、最薄的报酬，却也毫无怨言。因为有潜艇了，他们收了工就能很快回到家，一家老小团聚一起，还求什么呢？

潜艇代替了农民们的已被当地政府和房地产开发商廉价征掉的土地。对此，城里人虽做出相安无事或事不关己的样子，心中却又有一种说不出的无奈和不妥。但实际上，潜艇对城市并没有构成任何威胁，它们上面既没有安装大炮，也没有充填鱼雷。

我学会游泳后，就和一帮孩子一起，背开大人，偷偷去潜艇那儿探险。我们嘴里含着芦苇做的通气管，潜泳到接近潜艇驻泊的江心，看到艇身下部用缆绳悬挂着一个个打有木栅栏的笼状物，浑浊的江水可以自由进出。这些笼子里面，住着农民的孩子，他们赤裸着土黄色的身躯，四肢灵活而苗条，通体闪闪发光，像鱼儿一样漂来游去，空无所依，灿然透明。我猜测这水下之笼便是农民的托儿所或小学校了，心中觉得十分神奇。

“但这算不得什么。他们哪怕下到了水中，还是比不过我们的。”组织探险的头儿是一位高年级男生，他傲慢地说。

然后我们游到水笼边，问农民孩子："你们见过汽车吗？"

他们都停下不游了，纷纷聚集过来，像塑料做的小动物一般，面无表情地盯着我们。这时才看清，他们身上并没有长出鳞和鳍一类的东西，这使我有些失望。但与我们不同，他们可以长时间在水下潜泳，而不用嘴含芦苇管换气。

"汽车？那是什么？"终于有一个农民孩子脸上像是流露出了好奇的神情，小声发问。他就像是某个漫画作品中的生物。

"噢，汽车。没有见过吧？本田、丰田、福特、别克，还有宝马和奔驰！"头儿得意地昭告。

"没见过。"农民的孩子似有些忐忑，"但我们见过鱼，鲤鱼、鲫鱼、青鱼、鲟鱼，还有鲂鱼和鳊鱼。"

闻听此言，我们反倒有些紧张了，朝四周打量，却没有见到一条鱼。老师告诉我们，长江里的鱼类已经灭绝了。那么，农民的孩子是在戏弄我们吗？他们是在什么地方见到鱼儿的呢？

"兴许，他们和我们今后将要成为不同的物种。"头儿乏味地嘟哝。

农民的孩子不解地眨眨眼，又开始漫无目的地游动起来，像要与我们保持距离。

"你们会成为鱼类吗？"我问他们。

"不会。"

"那会是什么呢？"

"不清楚。等爸爸妈妈收工回来，问问他们就知道了。"

我心想，他们生活在水下，离开了山野、田园和泥土，而我们生活在岸上，住在水泥和钢铁房子里。这幅图景就像鱼虾与牛羊，这就是所谓的未来吧。

于是，我们又装出热情的样子，试图与他们玩游戏，却失败了。我们会玩的，他们都不会，另外隔了笼子，也玩不到一起去。这让一切变得没有了意思。

我们从江底水草织成的阴暗风景中体味到了一层隐然的恐惧，便在头儿的招呼下，一齐上浮了，要赶紧回到我们的地盘。而农民的孩子还将会生活在水中，那就由他们自便吧。

我们吃力地冲上水面，看到四面八方围满潜艇，心脏怦怦乱跳，它们犹如深冬里饥饿而沉默的狼群，粗粝阴郁的艇身反射着鹅毛大雪一样的阳光，晃得大家睁不开眼。水面上没有鱼，却有很多老鼠和蟑螂的尸体，以及丛簇的腐烂藻类，缠裹着千万个废弃的手机充电器和计算机硬盘，还有无数的可乐瓶、塑料袋和垃圾物，蒸发出刺鼻臭气，使江水呈现出如人类排泄物一般的深棕色和乳白色，一群群绿头苍蝇围绕着潜艇嗡嗡乱飞。这正是一幕美艳绝伦的景象，使我们流连忘返，铭记于心，亦令我们臆测潜艇或许正是为了追逐这些事物才来的。它们在漫长无期的游荡过程中已形成了独特的价值观念和审美情趣。艇上有农妇在忙碌着什么，没有看我们一眼。她们用这肮脏无比的江水洗衣做饭，却不会像城里人一样染病死去。但这时，岸上的大人已在火急火燎地呼唤我们回去了。他们脸上写满“可怕”“危险”的表情。

我小学毕业准备上初中那年，发生了一件事情。那是一个初秋之夜，我在睡梦中，忽然被喧嚣吵醒，好像整座城市沸腾了。父母慌张地为我披上衣服，拉我出门，往江边奔去。

一路上还有许多人在跑动，脚步声和尖叫声像除夕夜爆竹，震响得我紧紧捂住耳朵。我心头十分害怕，不知道出了什么事。

到了岸边才发现，原来，有潜艇着火了，火焰蔓延开来，把其他潜艇也点燃了。我记忆中那就像是一个盛大的节日来临。全城人兴奋不已地冲到江边，脸上的麻木不仁一扫而尽，皆嗷嗷叫着，跟看电影似的，来见证这奇观。我紧随父母，抖颤着站在岸上，见这里已是人山人海，水泄不通。人们看着那横铺竖叠的炎炎之形，把整条长江烧得绸子般彤红，火是那么的酷烈无情，又如舞裙般舒展开来，把两岸的高楼大厦映得和深秋红叶一样焕然夺目，最后竟成了通透明晰的油画一般，着实令人掩口惊异。后来我再也没有再见过这种盛况。

但不知为什么，潜艇竟都没有下潜，仿佛忘记了自己的身份，就那么纹丝不动地群浮于水面，不逃不躕，一艘艘任凭冰结似的火焰吞噬。这里面一定有什么秘密吧，或是某种难言之隐，它完全超出了人类的智识和想象。我怀疑水底下也布满了奇诡的大火。由于某种尚不清楚的原理，水分子统统化作了一种与以前不一样的东西，整条长江都改变了大自然赋予它的物理属性，所以潜艇在这忽至而离奇的火之舞台上是潜不下去的了。

我也想到了那些在水笼中的孩子，不知他们现在怎样了，心里涌上一层说不出的怪异感。我扭头看看父母，见他们像一对僵尸，毫无作为，垂手而立，眼睛瞪得像灯笼，呆若木鸡地观望着。有的大人嘴里不停紊叨，就像和尚念经一样，却谁也没有提议救火，只像是要随便着江中的外星怪兽般的异物自生自灭，要还那些不速之客以彻底的自由似的。

这个夜晚过得特别漫长，我却没有片刻想到死，只是感受着生的凄美和无谓。我一点儿也不悲哀难过，只为今后再不能游到潜艇边去看令我尴尬却又心跳的景致了，而觉得有些遗憾。我体悟到了寂然的孤独，但也明确地知道自己未来的人生之路不会因此而发生任何改变，一切均是某个定局的一部分，而关于那个冥冥中的操纵者，我使尽解数、毕其终生也是见不到一面的……

终于到了清晨，晦暗的阳光洒落下来。江面上触目所在都是了无生气的黑色废铁块，纵横阖捭、合抱勾连，东一堆西一摊漂浮着，泛出清淡无味的冷冷辉光，空气中弥漫开来迟暮枯秋的气味。城里人这才用吊车一类的机械把潜艇的残骸慢慢打捞起来，送到废品收购站。

这事做了一个多月才告完成。此后，长江里就再没有潜艇来过了。

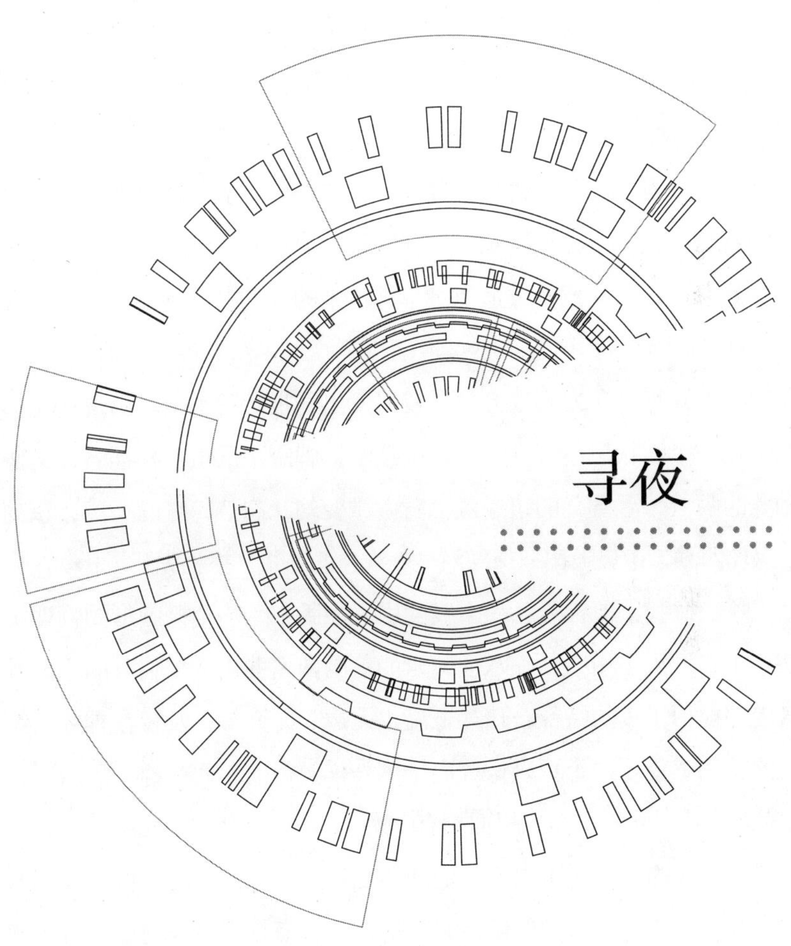

# 寻夜

# 一

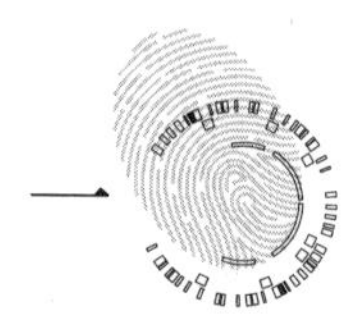

子时，烈日当空。我和搭档去寻夜，行走在北京城。我已做了十年寻夜人，而搭档是大学毕业刚刚加入这支队伍的。她跃跃欲试，对执行首次任务满怀好奇。这次我们要去追缉一个逃亡中的夜的非法制造者及他乘载的夜，这具有危险性。

我们潜入故宫。在太和殿旁，寻夜器发出警报。我举枪。出现在显影器中的，是一个瘤状黑色物，在“建极绥猷”牌匾下同茧一样挂着，又像一朵枯萎的阴云，毛茸茸的边缘颤动着微微变幻。忽然，哗的一声，该物破裂，黑丝四溅，中央喷出一抹红液——人类的脑浆。搭档先开了枪。

她欢呼，拉我上前检视。一个夜的丙五型版本，一个椭圆形的物理实体，使用十二度人工引力，在八立方米的范围内弯曲出一个临时的小型时空；其内部模拟了夜的特征，诸如低温、无声、无光等，及夜在神经系统上引发的特殊感受。这个可以像等离子体一样飘行的东西亦称“黑瘤”，能独立存在十小时至三天。它里面栖有一人。

此刻，这人的尸体掉了出来，他却不是我们此行追寻的主体目标，而只是一个普通的夜用户。夜的制造者又逃掉了。搭档召唤来清理车。我们为尸体编了号，将它与夜的残骸一起，扔进车中。一张写满字的纸条飘落在地——死者的遗嘱。

我收起遗嘱，与搭档继续前行，搜寻既定目标。逃亡者是个厉害的家伙。他制造并支配着三千个夜，有很强的反侦查能力。

我们来到望京，又发现两个“黑瘤”藏在垃圾站中。我们立即予以摧毁。阳光穿透如水母般分崩离析的黑暗，辉映着红艳艳的大脑物质，让人产生发疯般的恍惚。“黑瘤”是精密的人造物。人类曾经制造了许多东西，石器、铜器、陶瓷、船、火车、飞机、电脑……夜却是一种完全不同的作品。

搭档第一次干这事，十分兴奋。但我们并不知道这些人造夜的用户姓甚名谁、何种身份。据说各阶层各行业都有。他们为何痴迷于夜呢？——其实也都是些假夜。自然界的夜已然不复存在。

## 二

在新摧毁的“黑瘤”中，我们也发现了遗嘱，便将其收好。早上，我们在首都机场稍事休息，喝着星巴克。

搭档忽然问我：“他们为何要入夜呢？明知会死，却也要与黑暗共处哪怕短暂的一刻……”

我说：“变态。”

她脸上泛起红晕：“我听说，夜的乘载者都是世上最孤独的人。”

我道：“孤独者需要夜，就像吸毒者需要毒品。”

死者在人造的、促狭的夜中，看到了奇异的、寻常难见之物，这确如毒品一样深深吸引了他们——比黑还黑。一双眼睛、星空、死亡、内心，鬼魂的世界、妖怪、自己的影子、恐惧、神秘……在白昼世界，在光明境界，这些闻所未闻。他们的遗嘱，并无悲伤气息，反而更像精彩纷呈的游记，亦不谈孤独，洋溢着幸福的迷醉。在他们眼中，夜是一种圣明而非凡的存在。

我把遗嘱取出，逐一放在桌上。搭档以女人的好奇心，急不可耐地阅读。

她念："以前，黑夜往往被认为是令人恐惧的，鬼魂和僵尸俱要夜游。曾有人说，恐惧只是人在夜里的一种感觉，它来自人体接收到的不同的外界信息。因为夜晚光线不足，人的瞳孔会扩张，这使人的神经处于警惕状态。夜的气温也比较低，人身上的毛孔会收缩，而且在夜里，听觉也警惕些。但恐惧到底存不存在呢？这需要实地体验。因此，我决定入夜。啊，真的感到了恐惧，多么奇妙！为体验这种感觉，就是死也值了！"

她评价："这个夜的乘载者，大概早预料到了与夜同归于尽的结局吧。"

她又念另一份遗嘱："哪怕是短暂的方寸之夜，进入它后，才第一次看到了火！这证实了人类最伟大的发明确与夜有关。火并不仅用来煮熟食物，它还让人在温暖和光明中，能够围坐一起，用语言交流，看到希望，熬过长夜和严冬；而正是语言，促进了大脑进化。这不就是夜的功绩吗？我死而无憾啊！"

又一份这样说："我在夜中看到了爱侣们的缠绵！但在永昼的世间，这消失了。我才明白，原来，从前爱侣们缠绵，多在夜晚！——这却不是因为害羞，而是生存本能使然。夜晚往往是男人防御力最低的时刻。一个儿童也可以从背后把他杀死。这自然是夜之危险性的证明。但同时，浓郁而宽厚的夜色又为人类的繁衍提供了伪装和掩护，减少了我们遭到伤害的机会。多么了不起的生物本能！夜使我喜极而泣。我不禁想到，没有了夜，又哪来种群的繁衍呢？正是由于黑暗中的性，加上恐惧感和神秘感，科学和艺术才产生，人类文明才繁花似锦起来。难道，夜不正是创造力的源泉吗？由此看来，夜才是人类进化的最大动力。可悲的是，今天，我们的生活中没有夜了，也没有了性和爱……"

搭档放下遗嘱，长叹口气："这竟成了他们执意做夜的乘载者的理由！那个夜的制造者，也这么想吗？"

我看看她。她很年轻，二十出头，目光清澈，面容皎洁，应该没有体验过性和爱。她说这话时，有种失魂落魄的神情。看得出来，她越来越想早日见到追寻的对象，并一窥他乘载的夜的奇诡。据说那个夜能维持三十多天，是普通"黑瘤"的十多倍。对此我颇忧心，她是否会误入歧途呢？曾经，有的年轻队员，受了夜的诱引，背叛组织，放弃使命，坠入魔道，甚至逃到夜中。

我严肃地说："你看到的夜，全是骗局。夜的消失已是确定事实，这始于那个叫做工业化的时代。随着电的发明，夜渐渐没有了，国家成了一座不夜城。黑夜比白昼明亮，这是文明的进步。"

"您想过要进入某个夜吗？"搭档忽然死死地盯住我，像个修行的女妖。

"哦，寻夜者从不那么想。"我虽然经验丰富，但此刻也被问得有些狼狈，这不同寻常。新一代寻夜者，头脑中思虑些什么呢？

"什么是夜？"她追问。

这个问题一直没人能回答清楚。夜曾经是地球自转的一种反映或尺度，但或许没有这么简单——有人说，它本质上可能是一个逻辑模型，是一组数字在现实世界中的物理呈现；还有人说，它不是一种独立于人类肉身之外的客体实在；另有人认为，它并不存在，只是一种主观体验。

“最后一批见过真正的夜的人，已经死去。”我说。

“他们是什么样的人？”

我脸色微变，一时无语。

她幽幽道：“也许，我们正在追寻的那人，是他们中幸存下来的……”

我再次提醒：“他只是一个危险的叛逆者。私下里人工定制的夜，并不是真正的夜，而只是夜的赝品。”

## 三

国家组建了寻夜大队，以搜索人造夜，摧毁不断涌现的“黑瘤”。我大学毕业，即被招入。正常的中国人，生活在永昼中。记得刚入队时，在培训班上，教官对我们讲：你们这一代是最幸福的，因为拥有连续不断的昼。这不仅仅由于工业昌盛，我们成了制造业大国，而更是先辈经过艰苦努力，与美国置换来的。我国科学家发明了时间再编码技术，把美国人的白天弄了过来，因为我们两个国家的位置，刚好在东西半球正好相对，彼方的昼恰是我方的夜，反之亦然。我们运用时间编码器将他们的昼拿来使用，再把我们的夜送给他们。也就是说，美国成了长夜，我们则是永昼。从此，我们重新确立了相对发展优势。我们建立起永昼经济模式，创造出新的增长点。后来我们对时间编码器进行了升级，让欧洲也进入了长夜。中国便成了全球光明的唯一源泉，这才是真正的全向性、支配性的世界大国哟。是的，有人说，这不公平，而且极其不公平。但我们认为，这才是最大的公平，把从前列强强加给我们的黑暗一举驱逐了。这不正是文明的基础，同时也是文明进步的基础。地球演化史翻开了崭新一页。我们储存了大量白昼，把它们卖给友邦，卖给发展中国家，卖给支持我们的国家。我们还为南极科考队免除了极夜。我们把白昼泵入地下五百米深的矿井。我们为乌蒙山区没有通电的村寨带去光亮……建设永昼工程，绝不是为了称霸世界，而是为了全人类的福祉。光明必须无处不在——从物理学意义上永远免除人民对于黑暗的恐惧。要确保太阳下面无新事……

但是，后来，孤独者造出了人工夜。千万个“黑瘤”静默悬垂，缓缓飘行在山河大地的缝隙间，越过高岭，飞经平原，掠行海岛，出没森林，就好像在光润明亮的婴儿脸上，打上了黑色的老人斑。夜以碎片化的形式存在，对国家构成威胁。如果人造夜的数量超过某个限度，新世界的平衡就会遭到破坏。如果有一天它们与美国的夜连结起来，就会形成侵蚀和反噬，甚至让黑暗的洪水决堤而至……

## 四

随后我和搭档来到河南开封。那个鬼魅般的身影在前方若即若离，他很狡猾。他乘载的夜，时常伪装成光明的副本，令寻夜器难以识出。有几回，他们差点追上了他，但就在采取行动的瞬间，他忽然消失，掩入了昼的强大背景。

我们只是又消灭了几个夜的普通用户。每一次，搭档都要仔细阅览遗嘱，她似乎已对此着迷。她发现，入夜者怀有各式目的：有的只是为了睡上一觉，有的是为了做一个梦，还有的仅仅是为了让自己拥有一些想象力……看着看着，女人发起呆来。我赶紧拉她走。

经过对逃亡者行动轨迹的重新判断，我们向国家的西部行去。不知不觉，越过了很多阳光普照的省区。由于日照量的重新分布，生态圈已大为不同。山川易容，气候改变，熟悉的动植物灭绝了。但出现了人工合成的新型生物，以适应于永昼，甚至国民也已经过基因的重新编辑，重获新生，均成了不眠之人，生命增加了一倍，能全时态为国家工作。那么，地球上曾经有过的自然界，是什么面目呢？对此，搭档一路上都在问我。我则闪烁其词。

一个月后，我们追踪到喜马拉雅山。这儿离天很近。由于阳光过于充裕和恒久，高原已然无雪。我们有些累，在峭壁上坐下歇息。脚下山谷和沙原一望无际，泛起苍茫白光，似万千丹炉。搭档忽然拉住我的手。

“你怎么了？”我不安地问。

“我有种感觉……”她在颤抖。

“什么感觉？”

“……孤独。”

我好像看见了黑暗的影子，心中升起危险的预感。

她眼圈发红：“您说，这一切是假的吗？毕竟是编造的、借过来的时光啊。”

我不知怎么回答，只轻拍她的肩膀。她的瞳孔空空的，眸中没有夜的影子。

这是在珠穆朗玛峰，周围没有别的人。

# 五

寻夜器又鸣响了。那家伙在北坡留下一段弧线。看样子，是在试图逃到尼泊尔——那个国家的某些地区还保留着原始的夜。

寻夜器显示，逃亡者在八千米的岩壁上逃窜。他乘载的这个夜是配装了武器的。我和搭档互相掩护，追了上去。女孩飞行的姿势有些像喝了酒。有一刻，她冲在我前面，摇曳着进入五彩彤云。我看不见她了……

我在珠峰峰顶找到她时，她已身负重伤，小腹上有一个夜一样的洞，内脏如一堆灯火滚滚涌出。

“他没能逃掉。”她气若游丝，咬牙露出胜利者的微笑，“我抵抗住了夜的诱惑，把它击溃了。”

我取出急救包，为她包扎止血，但她伤势太重。

她喃喃：“……我想当面问他，为什么要制造夜？就是因为孤独到不能忍受吗？”

“他怎么说？”我很紧张。

“他死了。”

她眼角闪耀着红色的泪花。她把那人的遗嘱交给我。

搭档死后，我把她的尸体就地埋在了一座庙的废墟旁。我一人越过青藏沙漠，踏上回程。一路上，我再没见到夜。我身心俱疲，眼前不停浮现出搭档临死前的容颜，对庇护我的白昼第一次产生了怀疑，甚至担心它会随时终结。

我取出那份遗嘱来看，上面写着：“这个世界没有白昼，所有人生活在一个了无尽头的长夜中。”

我抬眼看看距头顶三尺的太阳，它发出单纯的白光。搭档最后的话是：“他告诉我，这天天照耀着我们的东西才是人工的……有人在长夜中感到孤独，害怕一觉醒来什么都没有了，于是让人做出了昼，也就是‘白瘤’……”

夜的制造者一直在寻找传说中的真正长夜，却功亏一篑。他在遗嘱中，拜托找到并打死他的寻夜者替他完成这事，但搭档来不及去做了。

## 六

回到北京后，我患了抑郁症。我不停地想到那个女人。

后来我请了假，开始独自寻找造夜者遗嘱中提到的“真正的长夜”。

一年后，在一个阳光灿烂的午夜，我鬼使神差，爬上东三环的电视台大楼。站在著名的大斜坡上，我抬头看去，见到天空开了一道口子。那儿漏出一个金色月亮，旁边缠绕着煞白的几簇星宿和一抹银河。深不见底的黑暗包裹住了我置身于斯的白昼。我活在一个人工的昼中，这竟然是真的。而外面的世界果然是无尽长夜，一个更大的“黑瘤”。但那是自然之作，还是人造的呢？

这一幕只向我展现了短短一瞬，我却似乎从星月的后面，看到了一个漆黑的枪口和女人的一双明亮眼睛。

惊愕之下，我回过头，却见日冕扑到了我的身体上。

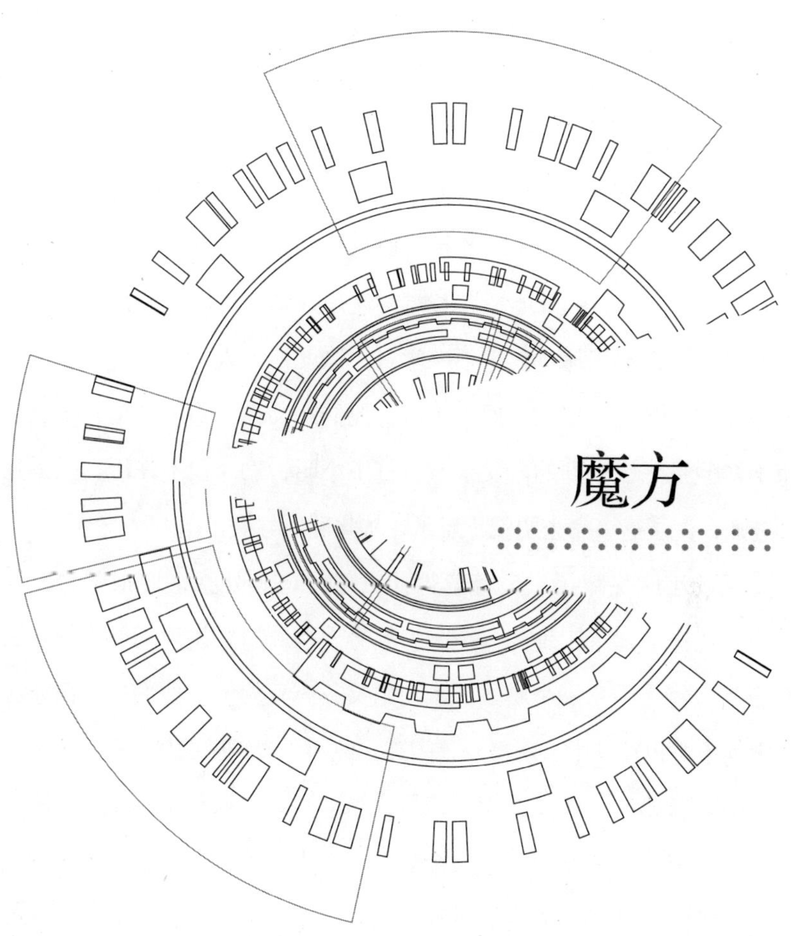

# 魔方

# 一

小明六岁，上小学一年级。他是个普普通通的男孩，身材、五官、言谈、举止，都很一般。与众不同的是，他总是喜欢闷头玩魔方。不知他是什么时候迷上这个的。刚开始，家长觉得这是好事，可以开发智力。但小明玩得不思吃饭，不想睡觉，也不愿学习。这就让大人不高兴了。于是，他们就把魔方拿走藏了起来。但不久后，他们却又在小明手上见到了这东西，也不知他是怎么找到的。父亲气得打了小明，勒令他不许玩，又去见小明的老师，说了这事。小明就不玩了，从此郁郁寡欢。

有一天，小明失踪了。父母急得什么似的，到处找，还报了警。后来，警方在城市某建筑工地的一个大型混凝土构件里，发现一群小孩躲在巨幅阴影下，每人手拿一个魔方，咧嘴嬉笑，疯狂旋转。他们都是离家出走的儿童。小明也在其中，玩得双瞳闪亮，像两只青铜做的显微镜。

家长们脊背发凉。他们没收了魔方，领走了各自的孩子。小明默默跟随父母回家，父母这才发现，他整个变了一个人，不长时间，已经消瘦清矍，像一只冬天里找不到食物的饿狼，却仍然不愿吃饭，常常仰头，呆痴地看天花板，一看就是几个小时。但那上面又有什么呢？难道那也是一个魔方？他坐在课堂里，却也是如此。一天天，他就这样下去，仿佛要自绝于人类。

于是，父母把他带去医院。这么小的孩子，怎么会这样呢？医生给出的诊断是，轻度精神障碍，属于偏执类型。这把父母愁坏了。他们让小明休学，在家吃药调养。一家人好似遭了灾祸，做父母的整日惶惶。

## 二

小明一家住在一座污染严重的北方大城市里。这里天空总是灰蒙蒙的，好像死人的脸，不断吐出苍蝇一样的、作降落状的飞机，到处都是工地。城市景观变化急遽，不过几天，就连久住的居民也不认得了。

休学后，小明整天待在家，歇息，服药，情况才慢慢有所好转。一时无法复学，父母就鼓励他自学，并自告奋勇为他做辅导。但是，一天，他们下班回到家，看到小明的手上又玩着一个魔方。“谁给你的？”父亲气急败坏问。小明不说话，敌意地瞪着父亲，飞快地把魔方掖藏到身后。父亲怔住，不能动，也忘记了去夺取它。小明像个大人似的，嘴角挂着褐色而犀利的浅笑。

但父母随即发现，孩子的学习，倒是进步了。很难的数学题，他都能解开，不输于正常上学的孩子。难道真的是魔方促进了智力的开发吗？

这天晚上，母亲睡到半夜，心里堵得慌，猛然醒来，很是害怕，就拉了一下丈夫，令他也醒了。两个大人互相倚靠，感到很冷，他们赤足下地，缩着脖子，悄声朝着窗户走。彼此递了个眼色，一起拉开窗帘，就见到，有一双瘦骨嶙峋的手扒在窗台上。原来，是个人悬吊在那儿。是小偷吗？听见了动静，吊着的人把手一收，好像掉了下去，消失在黑暗中。小明父母打开窗户，探头往外看，见到地面上一个矮矮的、佝偻的身影，正同狒狒一样摇晃着跑走，很快隐没在了波涛起伏般的楼群之间。他们惊诧地回过头，见小明从床上坐起，露出狰狞而灿烂的笑容。

丈夫悻悻对妻子说："就让他玩那东西吧。我们管不了他啦。"

就这样，小明又玩起魔方。他真是着魔了。

## 三

不久，传来一个意外的消息：市里要举行一场魔方比赛。小明不知从哪里知道了，闹着要去参加。父母也没有办法，就为他报了名。

比赛那天，一家人去到赛场，发现竟有很多孩子来参赛，不少是跟小明一块儿钻过混凝土构件的儿童。孩子们兴奋不已，跃跃欲试，聚在一起，叽叽喳喳地讲着大人们听不懂的话语。家长心情矛盾地在一旁竖耳窃听，也不敢打搅他们。

比赛结束，小明得了第三名。第一名是个女孩，她在七秒钟内把一个颜色彻底打乱的魔方还了原。小明的成绩是七秒九。他们像英雄一样，被簇拥在鲜花和掌声中，市领导还上台颁奖。小明父母难以置信地看着这一幕，也机械地鼓起掌来。

就在这天晚上，一家人刚刚吃完晚饭，就听见了敲门声。开门一看，是一个老爷爷，不，不是老爷爷，而是长得很像老头儿的一个小孩。他的脑袋大得跟身子不成比例，他的眼睛像鸟一样往外凸出，他的头发几乎掉光了，铮亮的头皮上绽放着股股青筋。他似乎就是那天晚上，从窗台上掉下去的那个人。他颤颤巍巍说：“我是小明的朋友，来看望小明啦。”小明的父亲阴沉着脸，说：“小明不在。”但是，已从里屋传来了小明的愉快笑声：“你终于来啦！”小明父亲虽然不情愿，也只好把这不速之客迎进了家里。

“我是来祝贺小明得奖的。”小老头朗声说。小明牵着他的手，两人亲热地一同钻进小明的卧室。父母紧张地从门缝里看进去，见他们手中并没有魔方，却十指舞动，凭空做出快速旋转的姿势，比画得让人眼花缭乱，还无声地张开嘴巴大笑。

一直玩到晚上十点钟，那小老头儿才背着手，精神抖擞地走出来。

“就是你给小明魔方玩儿的吧？”父亲不安地问。

“是的，有天我在街上捡到了一个魔方，就送给了小明。但我自己不会玩儿，我的手太不灵活啦。”他举了举苍藤危岩般的手。

父亲心想，不对吧，刚才，你的手动得可快呢。“那么，你也给小明和其他小孩子送饭吗？”

“我的四肢都僵硬得像木头了，哪里送得了？我是发动我的朋友送的，也就是那些在建筑工地劳动的民工。他们下班后很无聊，想找女人也找不起，幸好有孩子们玩魔方，他们看得可高兴了，也算是一种娱乐吧。”

“谁让你做这个的？”

“是我自己要做的。”

“为什么呢？”

“要找到救世主嘛。”小老头沉着地说，“几年前，有个流浪汉告诉我，救世主就在玩魔方的小孩子里面。”

大人毛骨悚然，觉得由于小老头儿的到来，家里气场变得阴森了。

“你快回去吧，这么晚了，你家里大人一定找你了。”母亲小心翼翼劝道。

“不，他们才不找我呢。说实话吧，我是从农村来的。我们那里孩子多得很，都是留守儿童。大人们不稀罕我们，抛下我们都走了。为什么城里的孩子这么娇气呢？”说罢，小老头跟小明打了个招呼，又礼貌地对小明父母说了再见，就走了。

妻子怯怯地对丈夫说：“我们都是普普通通的人，只想安安稳稳过日子，从来没有想到过家里要出救世主。”

“是啊，多奇怪啊。这座城市从来没有举办过魔方比赛。”

“难道世界要出什么乱子吗？只有玩魔方的小孩子救得了吗？”

夫妇二人就赶紧让孩子洗澡，上床睡觉。小明却兴奋异常，不愿睡，又从枕头下取出魔方，聚精会神地玩了起来。像是从小老头儿那里获得了什么秘诀，他玩得更加熟练，转得更为快速。“呱、呱、呱。”满屋都是魔方那像是不顾一切拧动乾坤的尖叫声。

“瞧，他倒好像是有恃无恐呢，再也不把我们放眼里了。”母亲畏怯地拉了拉父亲的衣角，如临大敌地小声说。

这一夜，夫妇无眠。

# 四

次日，他们到书店买来有关魔方的书籍，又托人引荐，去求教有关的专家。

“魔方之所以让人着迷，就在于它数目惊人的颜色组合。”专家开门见山地对小明父母说，“一个魔方出厂时，每个面各有一种颜色，总共有六种颜色。但这些颜色被打乱后，能形成的组合数却多达四千三百二十五亿亿。仅仅这样的数目，就让人着迷啊。”专家是个脸相憔悴、獐头鼠目的中年男人，用吸毒一般的语调说。

听闻了这样巨大的数字，这对夫妇好像被雷霆击中。他们都是普通职工，学历不高。四千三百二十五亿亿，是什么意思呢？

专家神秘地解释：“也就是说，如果将这些组合中的每一种都做成一个魔方，这些魔方一个挨一个排在一起，可以从地球一直排到二百五十光年外的星空。如果我们在这样一长串魔方的一端点上一盏灯，那灯光要在二百五十年后才能照到另一端。如果哪位勤勉的玩家想要尝试所有的组合，哪怕他不吃、不喝、不睡，每秒钟转出十种不同的组合，也要花上一千五百亿年才能如愿。作为比较，我们的宇宙目前还不到一百四十亿岁呢。这你们明白吗？你们想过吗？”

专家好像在谈论一个陌生怪异的事情。骇人听闻，梦魇一般，距离生活太遥远了。小明的父母像被捕兽夹攫住，想逃却无法逃，心跳加速，冷汗淋漓。的确不可思议。他们好像被甩入了一个暗黑的、吞噬人的漩涡，又仿佛跌进了一个没有空气的深窟。他们十分害怕，犹如斑马遇上狮子。妻子死死地攥紧丈夫的手，觉得那儿像尸体一样冷。他们天天为柴米油盐而操劳奔走，怎么会遭遇这样的祸事呢？这么一个八竿子打不着的天文数字，这么一个庞然无疆的宇宙，压在了平凡的一家人头上。为什么呢？凭什么呢？

“可以很有把握地说，假如不掌握诀窍，只是随意乱转，一个人哪怕从宇宙大爆炸之初就开始玩魔方，一刻不停地玩到时间终结，也几乎没有任何希望将一个色彩打乱的魔方复原。”专家不顾及小明父母的情绪，继续虚张声势地说，他那自鸣得意的模样令两位访客羞惭得恨不得打个地洞钻进去。但他们还是鼓起勇气反诘：“我们家小明，已经能够只用七八秒钟就把一个魔方复原了……”

“这正是因为他掌握了诀窍。这是宇宙的诀窍，只向部分人类能打开。”专家脸上流露出复杂而阴晦的神情。

他继续说：“颜色组合虽然千变万化，但其实都是由一系列基本的操作产生的。用数学方法就能推算出复原任意颜色组合需要的最少次数转动。你们知道群论吗？这是一种有力的数学工具……后来，人们又用超级计算机推算出来，还原魔方需要的最少转动次数应该是二十——是的，二十，这就是“上帝之数”。玩家们都在追求达到这个境界，在实战中转出这个数目来。你们家的小明，虽然还没有掌握高深的数学理论，但他头脑里有一套看不见的程序，在帮助他用最不可思议的手法，完成这魔术般的行为。他正在与其他孩子比试，努力向二十前进。谁转出这个数来，谁就是救世主。”

小明的父母仍然没有听明白，却愈感厌恶，觉得世上的人们无聊。生活中那么多的问题还没有解决，房子买不起，生病瞧不起，物价天天涨，却有人穷尽心思捣鼓这个，玩转那不能吃不能喝的塑料小方块，去做神做的事情。二十？上帝之数？为什么不是魔鬼之数？他们并没有因为专家的开示而获得安慰或解脱，却反而滋生了绝望的心情，便一起说：“就算用二十步复原了，又有什么用呢？救世主？能帮我们长薪水吗？能帮我们买房子吗？小明今后上大学的钱能攒出来吗？”

“不，不能这么说。救世主不是做这种小事情的，他有大谋略。这关系到民族复兴。另外，你们不看报纸吗？我们这座城市，因为孩子们玩魔方玩得优秀，已进入全国先进城市的行列啦！市长和他的同事们要把魔方作为本市的一块金字招牌，向全国和全世界推出，这正是软实力的一种表现。我们的城市就要成为一座魔方之城啦！”专家眉飞色舞地说，蔑视着小明父母一脸的窘态。

其实，这位专家是多么地希望，自己家里也能产生一位精通魔方之术的小精灵呀。他和老婆花了大力气教七岁的儿子玩，欲令他在比赛中夺魁，名次却依然靠后。那些玩得最好的孩子，都不是教育出来的，他们仿佛天生就会。一夜之间，这块土地上出现了这么一批孩子。这让专家十分嫉妒，十分困惑，觉得冥冥中有什么东西在操纵神机。这个世界匿藏着天大的秘密，他却解不了。他目不转睛瞅着小明的父母，恨不得把这两个人撕碎。

“但是，世界真的是要毁灭吗？”忽然，小明的父亲问。专家僵了，久久没说话。

## 五

“不是什么好事，这一定是个阴谋。”告别专家后，男人阴郁地对妻子说。

“我也这么想呢，那个数字真是奇怪，为什么恰好是二十呢？另外，我们真的要在一座魔方城市里生活下去吗？我们对这个一点也不懂。”女人难过地说。她在一种自己不明白的未知面前，体会到了信心正在崩溃。

但他们又暗含期待地想，说不定，今后，这孩子真要来救世？他们都要靠他呢？两人互相搀扶着，心情沉重地走回去。

他们怀着世界快要完蛋的预感，决定离开这座城市，搬家到另外一个地方去。惹不起还躲不起吗？他们对居住在魔方之城感到疑惧。像很多低收入的市民一样，他们并不相信市长的许诺。他一定是想自己升官吧。这座城市，近年不停地变身，花样百出，挖了又填，填了又挖，折腾不休，一天天走向“繁荣”。

但搬家这事，可是一个天大的决定，意味着大人的工作、小孩的学业、整个家庭的生活，还有他们习惯的一切，都要被颠覆掉，从头再来。这将会发生复杂烦琐的、不可测度的变化，会带来无穷尽的麻烦。他们的未来也不可预期。但是，一想到那个莫名其妙的二十，他们就觉得，付出这样的代价，是值得的。至少，他们可以远离魔方大赛了。一想到坐在场子中怔怔地像机器一样鼓掌，他们就怀疑自己是否还是正常人。

小明却不愿意离开，大哭大闹，但最后还是妥协了。他毕竟是孩子，虽然执着地追逐上帝之数，但在大人面前仍是被动的弱者。属于他的日子还没有到来。

## 六

一家人登上了南行的列车，到了另一座城市去，投靠亲戚。他们竟然发现，在车上，乘客们都在大肆谈论魔方，喇叭也在不断广播这方面的新闻，甚至列车员也用金属托盘盛着大大小小的魔方，在车厢里兜售。好像是城市的宣传机器，已经无处不在开动起来了。看来，魔方这玩意儿注定要风行天下，单个人的努力怎么阻挡得了呢？他们又战栗了，觉得好像逃脱不了早已由一只看不见的手布好的网罗。

乘客们个个都像是魔方专家，如痴如醉地谈论：“这可是增加负熵的一种手段哟。”“什么是负熵呢？”“这就不懂了吧。也就是减少世界的混乱程度，让我们过和平安宁的日子。”“听说，这只有孩子才能办得到啊。大人是不行了，彻底不行了。”“呀，原来是这样子的啊……”“所以，将希望寄托于魔方。”“那是当然，事关未来呀。”“听说，那些麻烦问题都要解决了。股市也会好起来哟。”“噢，噢……”

小明的父母惴惴地听着，也插不进话。丈夫小声对妻子说：“也许我们低估了什么，忽略了什么。我们小时候，可没有这么好的条件。那时也没有魔方。这东西毕竟最初是从外国进口的，我们从前哪里见过呀，跟我们习惯的儿童玩具格格不入。也许是我们想错了？我们杞人忧天，却忧错地方了？”是的，夫妻二人都未能接受高等教育，他们的头脑还很封闭。这也是为什么他们对于孩子的成长付出如此多心血的缘故。小明是独生子，他们希望他安分守己，好好学习，有一天能出人头地。他们回忆小明幼时的情形，却记不得他有什么怪异。他并不是那种具有特异功能的小孩，可他却忽然在玩魔方上，显现了出类拔萃的天赋。小明父母的家族，一代代都没有过这样的情况。为什么今天如此了呢？谁在惩罚他们，还是谁在嘉奖他们?

最后，他们心意彷徨，疲惫不堪，靠在座位上，昏沉沉地睡了过去。

母亲忽然醒来，猛拽父亲，说：“我做了一个梦，我们两个……变成了小人儿，居住在一个很大的魔方里面。到处都是些花花绿绿、房屋一样的格子。每格中都住着人，看不清大家的脸，却仿佛浑身血迹斑斑，那模样像过着幸福美满的生活，比我们今天好多了。”

“你不要说了。”

“为什么？”

“你看，小明不见了。”

是的，这孩子又失踪了。他的一切行为，就像是要跟这个世界过不去，要颠覆这个世界。父母一惊，冲出座位，歇斯底里地一节节车厢寻找，也没有找到。他们打听一下才知道，在他们睡觉时，火车经停了一站，那么，小明是不是自己下车了呢？于是，父母到达下一站，就赶紧下了火车，又坐公共汽车，返回前面那个车站，去找小明。这是一个很脏很乱的县城，乌七八糟的建筑物就像刚刚从燃烧过的灰烬里刨出来的一簇砂石。居民们的神情，要么麻木不仁，要么凶狠顽冥。这儿的化工厂造成了严重的污染，加上煤矿开采，使这里连一丝晴天也看不到。到处都是降尘，就像刚刚发生过核爆炸。没走几步，行人从头到脚已成了一具具灰柱，五官都没有了。一切都有一种地狱感。这里像是一片尚未开垦的处女地，没有见到街上有人在玩魔方，但城市给人的感觉，却像新的魔方之城的雏形。小明会到这里来吗？

“真是莫名其妙，我们怎么会来到这里。”母亲像是自嘲一样，对着她的男人奇怪地笑起来。

“仿佛是一艘逃难的方舟啊。”父亲也勉强挤出一个笑容说，“搞不好，你的梦就是预言，我们今后真的要转移到魔方国里去居住。”

他们互相之间产生了疏离感，觉得这样一对原本陌生的、在血缘上没有关系的男女，怎么会走到一起呢？他们这一辈子过得磕磕绊绊，是因为从一开始就没有玩魔方吗？他们对对方怀有了怨憎的感情。

结果，他们也没有找到小明。没有办法，他们便只好又到公安局报案，并向警察描述了那怪诞的小老头儿一般的孩子。警察根据这条线索，进行排查，但是，找不到有这样一个孩子。他给人的感觉就好像是来自另外的世界。

# 七

半年过去了，世界不但没有毁灭，反而更加欣欣向荣，就好像这正是由魔方的普及带来的。本来颓败的制造业，也似乎复苏了。麻木的人们，打了鸡血似的，又潮涌在了街头，到商场里疯狂购物，刺激消费。

只是，小明仍没有找到。小明的父母更加消瘦了，精神濒临崩溃，他们认定这是魔方作的怪，一看到城市里无处不在的鼓励孩子玩魔方的广告和标语，就满腔怒火。但他们什么也做不了。唯一能做的，是去有关部门上访，他们认为，市长的政策有问题，误导了孩子，也给家庭带来了灾难。但是，接待的人告诉他们："没有任何人在利用你们的孩子。政府提倡玩魔方，是为了经济社会的可持续发展啊。而且最后玩不玩，是每家每户自愿的，还要看孩子有没有天赋。这是多么好的一件事啊。真是羡慕你们，不是每家每户都能有这样的天才儿童的。但你们二位有些稀里糊涂、不明事理啊。你们教育孩子的方式方法有问题，这不光对你们不好，还会给城市的发展造成损害，你们知不知道后果的严重性啊？不要再来上访了！"

小明的父母默然退出。他们坐在街头，哭了。他们不吃东西，哭到夜幕降临。这时，他们看到一颗星星闪亮起来。自从城市被污染之后，他们就没有见过星星了，但此时，竟有星星出现，这太奇怪了。它就像死神案台上的蜡炬一样，充满了奇诡而幽幻的诱惑。受了这星光的启示，他们决定继续寻找小明，不找到他，决不回头。他们又上路了，离乡背井，从一个城市找到另一个城市，从一个乡镇找到另一个乡镇，盘缠用光了，就一路乞讨。他们完全不再是以前那样的两个人了。他们渐渐觉得，自己已经不再是被对孩子的爱牵引去的，而是有个神魔一般的、六面体的东西在召唤他们的灵魂。

这天，他们遇到了一个人，也是乞丐。仔细一看，原来，是小明的班主任小曹老师。小明的父母觉得很奇怪，小曹老师怎么不在学校体面教书，而出来要饭了呢？难道，他们住的那座城市最后还是出事了吗？连学校也办不下去了吗？小曹老师说："你们这样看着我干吗？实话告诉你们吧，世界目前还没有毁灭！我原来反对孩子们玩这个，但现在彻底改变主意了。因为，我听说了，他们中间有救世主！世界明天或者后天就要毁灭了，可是大家还在整天抱怨社会……只有玩魔方的孩子能够拯救我们。"小曹老师说的话，与那农村来的小老头儿说的倒是颇相似。

"你为什么这么想呢？"小明的父母悲恸地问小曹老师。

"因为我是命中注定要获得诺贝尔奖的那个人啊，这，你们知道吗？"小曹老师像猩猩一样挥舞拳头，唾沫四溅，踌躇满志地说。这令小明的父母觉得，他是不是疯了。

小曹老师又说："爱因斯坦当初不就是一个专利局的小职员吗？也就算是民科吧。后来他用毕生精力寻找大统一理论——也就是把宇宙中所有的规律用一个最简单的公式表达出来。这一公式标志着人类对世界奥秘的彻底掌握——这就相当于把一个魔方还原。但他也没有找到。知道为什么吗？就是因为他并不懂得怎样玩魔方啊！寻找大统一理论，就意味着把宇宙这个打乱了一百四十亿年的魔方还原。但是，不光爱因斯坦，还有其他的科学家，都还没有掌握玩魔方的诀窍，而只是在那里傻乎乎地绞尽脑汁，靠自己的那点儿小聪明，用自己的那些个小知识，一个数字一个数字、一个公式一个公式、一个猜想一个猜想地试来试去，随机性太强了，怎么可能还原出大统一理论呢？所以，人类直到现在，还生活在黑暗之中。当然了，爱因斯坦算是运气比较好的，他试来试去试出了相对论。在他之前，牛顿的运气也不错，他找来找去找到了万有引力定律。但是，这充其量也只能说是靠运气还原了相邻的几个色块；爱因斯坦稍微厉害一些，也只相当于还原了一个面，但距离还原六个面，还差得太远了。可以说，用目前人类掌握的这些所谓的科学方法来弄通宇宙的秘密，不过是盲人摸象。可以很有把握地说，假如不掌握诀窍，只是随意乱来，一个人哪怕从宇宙大爆炸之初就开始搞科学，一刻不停地搞到时间终结，也几乎没有任何希望将宇宙这个大魔方复原。”

“似乎以前也有专家这么说过……”小明的父母警惕地说。他们已不再相信任何人。

“请听我说完。”小曹老师正色道，“是孩子们的出现，使事情有了希望。这些魔方小天才，找到了还原的套路，而不是靠灵感和偶然。套路就是公式后面的公式。掌握了公式的公式，就等于摸清了魔方的规律。明白吗？这样，就再不用瞎猫碰死耗子般地穷尽遍历了！我现在要做的，就是去找到这些孩子，把他们头脑里的东西整理出来！大人的思维已经混乱了，但有些孩子的大脑具有特殊的构造，他们的基因很特别，他们的酶也不一样，他们兴许是一个我们无法知道的神秘实验的产物。他们的脑子中潜藏着还原整个宇宙规律性的东西，如今，投射在了魔方上。在他们的眼中，魔方就是一个宇宙，宇宙就是一个魔方。万物是全息的，具有对应关系。魔方的奥妙也就是宇宙的奥妙。破解孩子身上的秘密，就能找到决定生命、宇宙和一切的上帝之数，就能发现世界生成的规律，我就能获得诺贝尔奖啦！”小曹老师兴奋地嘶叫，双目像熊罴那样哗哗眨动，像要把人的肝脏吸出来。

“那又怎样呢？小明还能回到我们身边吗？”小明的父亲问，心想，宇宙真够无聊的。

“那又怎样？”小曹老师脸蛋儿忽然胀得像一个注了水的番茄，“你们怎么老是想自家事啊，这关系着国家和人类的前途命运。很多事情还没开始干呢。”

“那么，怎么做到呢？你是要把孩子的脑袋打开来看吗？”

“哈哈，哈哈！”

“你是个疯子，你还我们孩子！”像面对猎人而无路可退的狼一样，小明的父母双双扑了上去，凶猛地抓扯住小曹老师的衣领，厉声啸叫。他们想，连老师都这样了，这世界还能如何呢？他们三个扭打起来，褴褛的衣服很快就被撕扯得更不像样子了。路人都围上来，兴致勃勃地看乞丐打架，看他们白花花的肉在太阳下闪动。

小曹老师像个女人一样尖着嗓子对围观的人说：“别都站着不动呀，快助我一臂之力啊，瞧，这两个疯子要谋杀我国未来的诺贝尔奖获得者呢！”可是大家只是笑嘻嘻地看，谁也不来劝架。

小明的父母打了一阵就厌倦了，他们放掉了小曹老师，找个地方把衣服缝好，又继续寻找孩子。

# 八

最终，苍天不负苦心人，他们在一个小山村，找到了小明。小明和一大群同龄孩子，住在一个造型像是魔方的农家院子里。在对面的小山包上，鹤一样伫立了很多家长，都是辞了工作，陆续来到这里的。此刻，他们正咬紧牙关，屏住呼吸，举着高倍率望远镜往院子瞭望。小明的父母很是着急，赶紧借了别人的望远镜，也看过去。他们见到孩子们正襟危坐在那奇怪的屋子里，小狗一样呼哧喘气，飞快地翻动手中的魔方。那个先前见过的小老头儿又出现了，他背着手站在窗户边，兴致盎然地窥视孩子们玩魔方。他究竟是什么人呢？

这个村子叫三桥村，是负债一百二十万元、村级集体经济年收入仅五万元的贫困村。孩子们栖居的大院的主人，是一个五十多岁的农民，叫张老山。据他讲，几个月前，有个身份不明的男人来到村中，看中了他的房子，花大价钱买下使用权，改造成一座样式别致的乡间别墅，长宽高都是二十米。不久后，那人便把这些孩子领了过来，让他们住下。但那人自此后就再没出现。“你们说的小老头儿，他的名字叫做张小山，今年八岁，是俺的儿子。小山很喜欢看城里孩子玩魔方。城里孩子也很喜欢和小山待在一起，他们仿佛找到了知己。他们管小山叫老爷爷，小山也很高兴。城里孩子叫乡下孩子老爷爷，你想想是什么感觉呀。他们是得大奖的孩子吧？”张老山得意扬扬地对家长们说。村民们很喜欢这些来自城里的孩子，每天给他们送饭送水，却不允许远道而来的家长们接近那个院子。

“这是劫持啊，这是绑架啊。”小明的父亲低声对妻子说，“要报警的。”“我们都报了多少次警了呢？”女人失望地说。

张老山说：“俺的孩子小山，两岁时，有天夜里，村子被一片红光笼罩，这孩子就忽然失踪了。第二天红光消散了，他又自己回来了，却得了怪病。医生说他活不长。他的梦想就是长成一个青少年啊。”他忽然落下泪，“你们不要报警，警察不会管的。”

但这时传来了另一个声音：“你们这些农民，太自私了，太狭隘了。这些孩子，说到底，是国家的人才啊，不能关在这里的。他们中间有救世主，耽误了，怎么得了。这还关系到一位杰出的中国青年获取诺贝尔奖的大事啊！”大家看过去，才发现，小曹老师幽灵似的不知从哪里钻了出来。他像头猎狗，也觅寻到了这儿。

张小山的哥哥张大山和张中山正好站在旁边，兄弟俩愤愤不平地齐声嚷：“什么？你说什么？事实可能恰恰相反吧。是俺村救了这些孩子！在村子里，孩子们玩儿魔方玩得越来越好了。当然了，他们也给俺村带来了希望。这里以前是没有什么科学的，孩子们上学都上不了。俺哥俩，今年一个十八岁，一个十六岁，初中毕业后就没有读书了。俺们刚刚从城里打工回来，那里的活不好干。但看到你们的孩子在村里玩魔方，心里一下明朗了。俺们的村子真正有希望了。”

但小曹老师还是偷偷报了警。

警察来了，刚到村口，就被村民们堵住，他们举着锄头，阻止警察进村，形势剑拔弩张，一触即发。镇长也来做工作，却没有取得什么效果。原来，让孩子们留下来的决定，是经过全体村民投票表决的，还在村委会的墙上作了公示。双方就这样僵持了三天三夜。

张老山乐哈哈地对警察和家长说："请放心，孩子们的安全由俺们保障。俺已被选为民兵队长，以前俺还在部队干过呢。"

警察找来谈判专家，一男一女。经过与村委会主任的协商，谈判专家进了村，又进了孩子们待的房子。两小时后，他们各自手拿一个魔方出来，一边转动，一边说，这是孩子们送的，有意思吧。这是前往新世界的通行证。他们手舞魔方，唱歌一样说："没事了，没事了，经过谈判，他们答应不玩魔方了。"村民们听了，都笑着摇起头。警察撤走了。他们巴不得找个离开的理由。家长们傻了。他们想，孩子们怎么可能不玩魔方了呢？

## 九

孩子们继续留在村里，好像是在慢慢恢复因外人打搅而丧失掉的元气。他们果然不再玩魔方了，却换作了整天面壁。

"他们怎么可能不玩魔方呢？你们上当受骗了。他们只是不玩看得见的魔方了。他们在自己的脑子里，用想象力玩着无形的魔方哩。”家长里面，一个人深思熟虑地说。“你怎么知道的？”“因为我是城市中唯一研究魔方的资深专家啊。”小明的父母循声看去，才把这人认了出来。他们之前找他做过咨询，从他那儿知道了那个四千三百二十五亿亿的魔幻大数，以及二十这个所谓的上帝之数。

“俺们要下地干活了，都这么耗着，不种粮食大家吃什么呀？”张老山对家长们说，“因此，你们也要给孩子们送饭送水。出了问题，俺就拿你们是问。”

家长们乐得如此，他们已有很久没接近自己的孩子了。于是，组织起送饭送水队，轮流到大院去。不过，也不能直接进去，家长们只能把饭碗水瓶放在院门口，胆子大点儿的，会往屋内偷窥两眼。的确，孩子们是在面壁，满脸严肃，比大人还要一本正经。

有细心的家长发现，那墙壁上，会出现迷离而纷乱的星宿影像，还有多彩的、灿烂的色块，像蚱蜢一样跳来跳去。“难道，孩子们要成道成仙了吗？”家长大惊小怪地说。

家长和村民的关系逐渐又变得好了起来，村民帮助家长造了几座土坯房，让他们住在了小山包上。

家长中有人是做新闻工作的，他把有关这群神奇的魔方孩子的故事报道了出去。于是，不断有好奇的旅游者来到三桥村参观。警察又一次来了，不过这回是奉上级的指示，帮助维持秩序的，还与村民们一起，向参观者收门票，以此拉动当地经济的发展。这样，一直持续到冬天。

# 十

一个大雪纷飞的寒夜，小明父母被泼泼的声音吵醒，他们就起身来，走到屋外，看到山下孩子们住的大院，正火光冲天。其他家长也出来了，着急万分，纷纷冲下去救火，却在房屋前好像被一道无形的屏障阻住，不能近前。原来，那是水帘一样的火，一共呈现出六种颜色。火中能隐约见到孩子们的身影。他们像神佛一样，端坐不动，面色绮丽，身体发出荧光，沉静地目视墙壁，不知道逃命似的，叫都叫不动。渐渐地，他们在烟雾中犹如蛾子一样模糊了。

家长们发出凄惨的嘶叫。但慢慢地，这里面也间杂了孩子们的声音，蚊虫叫般。他们似乎并没有被烧死。这时，火忽然自动熄灭了，那面奇怪的墙壁则不见了，好像它从来没有存在过。房屋的其他部分则坍塌了。孩子们毫发无损，坐在废墟上，像深海的鱼儿一样，也不作声。受到惊吓的家长们上前，见到孩子们围着一具烧得面目全非的尸体，他们仔细辨认，才看出是小曹老师。他是什么时候，是怎么进去的呢？这把火会不会是他放的呢？一个将要获得诺贝尔奖的青年就这么被烧死了。

那么，世界毁灭的灾难还会不会来呢？小明的父母忧虑而期待着心想。

也许是经历了火淬的缘故吧，孩子们的面目变得差不多了，都成了老头儿的模样。由于没有了可供居住的房屋，他们折了树枝做成拐杖，纷纷拄着，排成一队，在张小山的带领下，离开废墟，集体上路了，却不知这番又要到哪里去。家长和村民都自觉让出道，让孩子们蹒跚通过。他们头也不回地离开了三桥村。大人们都悄无声息自动跟在后面，但不敢靠得太近，也不敢跟孩子们打招呼。队伍在风雪中逶迤着消失了。

只有研究魔方的专家没有去，他折回村里，挖了个坑，把小曹老师的尸体埋了。

次年，魔方之城的市长因为贪腐下了台。新市长随便找了个理由，把魔方大赛停掉了。这事出乎大家的意料。很多人疯了。

研究魔方的专家听说了这个消息，就自杀了。

## 十一

又过了三年，在魔方发明人鲁比克的故乡匈牙利，举行了一次魔方竞速大赛。前来参加比赛的，有世界各地的人。观众里面，还有西方著名的科学家、经济学家。

一个英国孩子——仅仅是个三个月大的婴儿——只用了二十步就复原了完全打乱的魔方。这时，美国中央情报局的一位专家暗笑一下，走出比赛现场，抬头一看，发现天空的颜色一下子变了。他想，我们居住的这个世界，不是平时看到的那样啊。

新的历史开始了。

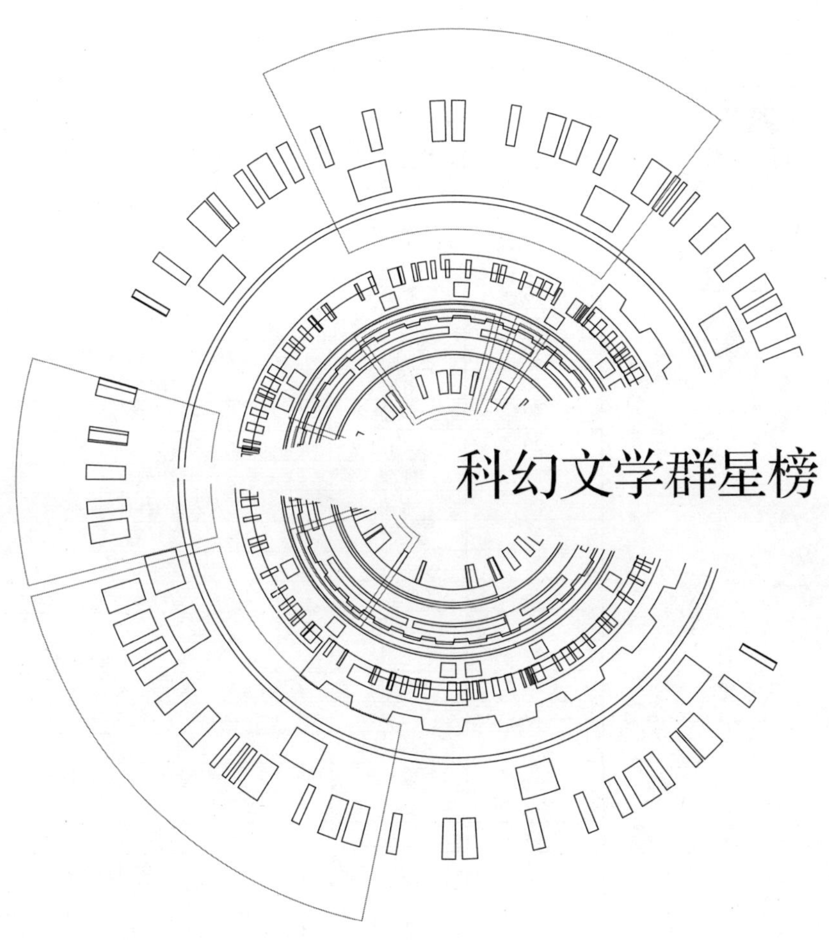

# 科幻文学群星榜

| 序号 | 作者 | 书名 |
|---|---|---|
| 1 | 郑文光 | 侏罗纪 |
| 2 | 萧建亨 | 梦 |
| 3 | 刘兴诗 | 美洲来的哥伦布 |
| 4 | 童恩正 | 在时间的铅幕后面 |
| 5 | 张静 | K 星寻父探险记 |
| 6 | 程嘉梓 | 古星图之谜 |
| 7 | 金涛 | 月光岛 |
| 8 | 王晋康 | 生死平衡 |
| 9 | 刘慈欣 | 纤维 |
| 10 | 潘家铮 | 子虚峡大坝兴亡记 |
| 11 | 韩松 | 青春的跌宕 |
| 12 | 星河 | 白令桥横 |
| 13 | 凌晨 | 猫 |
| 14 | 何夕 | 异域 |
| 15 | 杨鹏 | 校园三剑客 |
| 16 | 杨平 | 神经冒险 |
| 17 | 刘维佳 | 使命：拯救人类 |
| 18 | 潘海天 | 饿塔 |
| 19 | 拉拉 | 永不消逝的电波 |
| 20 | 赵海虹 | 月涌大江流 |
| 21 | 江波 | 自由战士 |
| 22 | 宝树 | 人人都爱查尔斯 |
| 23 | 罗隆翔 | 朕是猫 |
| 24 | 陈楸帆 | 动物观察者 |
| 25 | 张冉 | 灰城 |
| 26 | 梁清散 | 欢迎光临烤肉星 |
| 27 | 七月 | 撬动世界的人于此长眠 |
| 28 | 杨晚晴 | 天上的风 |
| 29 | 飞氘 | 讲故事的机器人 |
| 30 | 程婧波 | 第七种可能 |
| 31 | 万象峰年 | 点亮时间的人 |
| 32 | 长铗 | 674 号公路 |
| 33 | 迟卉 | 蛹唱 |
| 34 | 顾适 | 为了生命的诗与远方 |
| 35 | 陈茜 | 量产超人 |
| 36 | 刘洋 | 单孔衍射 |
| 37 | 双翅目 | 智能的面具 |
| 38 | 石黑曜 | 仿生屋 |
| 39 | 阿缺 | 收割童年 |
| 40 | 王诺诺 | 故乡明 |
| 41 | 孙望路 | 重燃 |
| 42 | 滕野 | 回归原点 |